엄마, 내친김에 남미까지!

엄마, 내친김에 남미까지!

초판 1쇄 발행 2016년 4월 20일
초판 10쇄 발행 2021년 1월 22일

글·사진 태원준

펴낸이 金湞珉
펴낸곳 북로그컴퍼니
주소 서울시 마포구 월드컵북로1길 60, 5층
전화 02-738-0214
팩스 02-738-1030
등록 제2010-000174호

ISBN 979-11-87292-06-7 04810
978-89-94197-48-7 04810(세트)

키만 큰 30세 아들과
깡마른 60세 엄마,
미.친. 척. 500일간
세계를 누비다! 03

엄마, 내친김에 남미까지!

글·사진 태원준

북로그컴퍼니

프롤로그 _ 중남미 여행

당신이 있어 가능했던 세.계.여.행.

엄마와 함께한 200일간의 중남미 여행을 무사히 마쳤습니다. 지난 300일간의 유라시아 여행 뒤에 이어진 대장정이었죠. 그리고 그 이야기를 마무리하는 지금에야 비로소 여행이 끝났다는 기분이 듭니다. 실제로 저는 이번 이야기를 써 내려가는 동안 여행을 하듯 늘 들떠 있었습니다. 여행의 기록과 사진을 들추어 볼 때마다 당시의 기억이 또렷하게 떠올라 늘 그 속에서 허우적댔고, 그런 이유로 몇몇 에피소드들은 첫 문장을 쓰는 데 며칠이 걸리기도 했습니다. 글을 쓰다가 문득 여행 당시의 벅찬 감정이 휘몰아쳐 마음을 가라앉히느라 한참 동안 애를 먹기도 했습니다. 네, 그 모든 순간들이 지나간 지금에야 엄마와의 긴 여정이 끝났다는 생각이 듭니다.

그리고 다시, 여러분 앞에 새로운 이야기를 내놓습니다. 숙제 검사를 기다리는 학생의 마음이 아닌, 새 영화의 개봉을 기대하는 배우의 마음으로 말입니다. 무척이나 설레고 기쁜 마음입니다. 엄마와 제가 길 위에서 마주한 순간들이 여러분의 마음을 방망이질했으면 좋겠습니다.

유라시아 여행을 시작할 때는 아들인 제가 엄마를 모시고 떠나는 기특한 여행이라고 생각했습니다. 하지만 여행에서 돌아왔을 때는 엄마가 있었기에 가능했던 아름다운 여행이란 걸 깨달았습니다. 중남미 여행을 시작할 때는 우리이기에 또 한 번 떠날 수 있는 용감한 여행이라고 생각했습니다. 하지만 여행에서 돌아왔을 때는 우리를 응원해준 수많은 이들이 있었기에 가능했던 기적 같은 여행이란 걸 깨달았습니다.

김정민 대표님과 김옥자 편집장님을 비롯한 북로그컴퍼니 가족들께 감사의 마음을 전합니다. 특히 이 책을 편집해준 나의 누나, 태윤미 팀장님과 이 책을 아름답게 만들어준 이새미 실장님께 두 손 모아 감사를 드립니다. 더불어 한결같이 우리의 여행을 지지해준 가족들과 친구들에게도 온 마음을 다해 고마움을 전합니다.

긴 여행 내내 우리의 이야기에 울고 웃으며 마음으로 동행해주신 많은 분께도 진심으로 감사를 드립니다. 블로그와 SNS에 남겨주신 수천, 수만 개의 응원과 격려의 글 모두가 한 걸음, 한 걸음이 되었습니다. 단 한 순간의 의심도 없이 여러분은 늘 우리 여행의 일부였습니다. 여러분께 '경의'를 넘어 '경이'를 표하고 싶습니다. 고맙습니다.

마지막으로 당신의 아내와 당신의 아들이 함께 세계를 누비는 모습을 흐뭇하게 바라보셨을 나의 아버지께 감사드립니다. 여행하는 내내 우리는 하늘을 함께 바라보곤 했습니다. 당신께 이 책을 바칩니다.

태원준

프롤로그 _ 유라시아 여행

제 여행 파트너를 소.개.합.니.다.

짧은 시간을 사이에 두고 아주 소중한 사람 둘을 잃었습니다. 제게는 아버지, 외할머니였지만 엄마에게는 남편, 어머니였지요. 저 역시 슬픔에 휘청 다리가 풀릴 판이었는데 엄마는 오죽했을까요. 강단 있던 엄마가 가끔씩 눈물을 보였습니다. 그 눈물이 너무 뜨거워 제 가슴이 다 타버렸습니다.

그런 서로를 위한 '힐링캠프'라고 해야 할까요. 아니, 30년 동안 가족만을 살피며 작은 가게를 운영하던 엄마의 인생 2막을 위한 '환갑 선물'이라고 해야 할까요. 엄마와 함께 배낭 하나씩 짊어지고 세계여행을 해야겠다고 마음먹었습니다. 이 여정에서 엄마가 매일 세 번, 더도 말고 덜도 말고 딱 세 번 아무 걱정 없이 신나게 웃을 수만 있다면 그것으로 족하다고 생각했습니다.

세계여행 파트너로 엄마를 초청했다고 하니 혹자는 무모하다 했고, 혹자는 대단하다 했습니다. 하지만 저는 언젠가 한 번은 해야 할 당연한 선택이라 느꼈습니다. 해가 갈수록 엄마가 세계여행을 할 기회는 점점 줄어들 테니까요.

어느 정도 여행이 구체화된 뒤, 하던 일을 그만두고 엄마가 운영하는 작은 가게를 정리하면서 30여 년간 자식을 위해 일해온 엄마의 은퇴 순간을 함께했습니다. 더없는 영광이라 생각합니다. 그날 밤, 누나와 함께 조촐하게나마 은퇴 파티를 준비한 뒤, 어설프게 만든 '세계여행 상품권'을 엄마에게 내밀었죠. 그때 환하게 웃던 엄마의 얼굴을 어찌 잊을 수 있을까요.

그렇게 엄마와 저는 거침없이 세계에 발을 내디뎠습니다. 칭다오에서 시작해 런던으로 끝나는 장장 10개월간의 여정. 그동안 왜 소소한 말싸움이나 생각지도 않은 위험이 없었겠어요. 언제라도 엄마가 돌아가자, 하면 돌아갈 생각이었습니다. 하지만 엄마는 해냈습니다. 서른 살 저도 힘들었던 세계여행을 예순 살 아줌마가 소화해낸 것이지요. 엄마의 귀국 소감은 더 놀랍습니다. "세계여행, 별거 아니네!"

세계 어디를 가도 똑같은 질문을 받았습니다. 도대체 왜, 연인도, 친구도 아닌 엄마랑 여행을 하느냐고요. 글쎄요. 연인만큼, 친구만큼 소중한 엄마와 여행을 하면 안 될 이유가 없었으니까요. 그리고 이 여행의 주인공은 처음부터 끝까지 엄마였으니까요. 엄마가 아니었다면 이 여정은 시작조차 되지 않았을 테니까요.

이 여행을, 그때는 몰랐지만 지금에 와서야 너무 그리워하게 될 시간을 선물해준 아버지께 드립니다. 한국에서 끝없는 지지와 사랑을 전해주고, 이 책을 멋지게 편집해준 누나에게 고마움을 전합니다. 엄마와 제게 늘 큰 힘이 되어준 친지분들께 이 책이 보답이 되었으면 합니다.

여행을 떠난다 했을 때 자기 일처럼 기뻐하던 지인들, 제 블로그 〈둘이 합쳐 계란 세 판, 세계여행을 떠나다〉를 읽어주신 모든 분들, 일면식도 없는 우리를 위해 댓글과 메일로 끊임없는 응원과 격려를 보내주신 블로그 이웃님들께 이 글을 드립니다. 마지막으로 이 이야기에 큰 숨을 불어넣어 세상에 퍼질 수 있도록 도와주신 북로그컴퍼니 식구들께도 감사의 마음을 전합니다.

때로는 드라마처럼, 때로는 시트콤처럼 당신의 눈물 콧물을 쏙 빼놓겠다는 의지를 담아 이야기를 시작하려 합니다. 이 글은 슬픈 이야기가 아닙니다. '놀 줄 아는' 반전 있는 엄마와 그런 엄마를 부추기는 아들이 등장하는 유쾌한 여행기입니다. 저희 여행에 동참하실 분들은 세계지도를 준비하셔도 좋습니다. 웃다가 흐른 눈물을 훔칠 손수건을 준비하셔도 좋습니다. 무엇보다 옆에 있는 엄마의 손을 꼬옥 붙잡으면 더욱 좋겠지요.

자, 그럼 준비되셨나요? 시작해볼까요?

태원준

더욱 자.유.로.운. 여행을 하고 싶다.

여행 자체가 자유로움을 준다지만 이번에는 특히 하고 싶은 거 다 해보고 싶고, 보고 싶은 거 다 보고 싶고, 느끼고 싶은 거 다 느끼고 싶다. 엄마에게도 많은 것을 보여주고 싶다. 이번 여행은 나의 욕심도 있었지만 엄마에게 드리는 헌정 여행이기도 하다. 엄마의 속도에 맞추고 엄마의 즐거움을 최대한 존중할 것이다.

엄마와 함께 이런 여행을 꿈.꾸.다.

여행 중 꼭 한 번은 감동의 눈.물.을. 흘려보고 싶다.

성인이 된 후 눈물을 고작 세 번 흘렸다. 아버지가 돌아가셨을 때, 외할머니의 임종 앞에서, 그리고 아주 먼 옛날처럼 느껴지는 고3 시절 헝가리 영화를 봤을 때. 그 뒤로 슬픈 일도 겪었고, 2천 편이 넘는 영화도 봤고, 눈물 짜는 TV프로그램도 접했지만 눈물이 나지 않았다. 내 가슴속에 생기를 불어넣어주는 여행이 되길 바란다.

공정하고 착.한. 여행을 하고 싶다.

세계 어느 곳에서, 누구를 만나더라도 업신여기거나 차별하지 않을 것이다. 생명의 존엄함에 경의를 표할 것이고, 자연의 위대함에 고개를 숙일 것이다. 최대한 현지인들에게 도움이 될 수 있는 소비를 하고, 현지의 문화와 환경을 평가하거나 파괴하지 않을 것이다. 각 여행지의 언어와 문화를 아주 얄팍하게나마 공부할 것이다.

주변 사람들에게 꿈.을. 주고 싶다.

거창한 포부가 아니다. 둘이 합쳐 나이 90세, 몸무게 겨우 100kg 남짓. 누가 봐도 위태위태해 보이는 조합일 것이다. 반대도 있었고, 예상치 못한 문제도 발생했지만 결국 마음을 먹으니 떠나게 되더라. 의지만 확고하다면 세상 어떤 일도 시작할 수 있다는 사실을 알려주고 싶다. 꿈꾼 자들이여, 떠나라.

LAUNDRY SERVICE

차례

Columbia

엄마,
내친김에 남미까지!

"엄마, 여기 보시고 손 좀 흔드셔!"

비행기 안으로 들어서던 엄마가 돌아보며 세상을 다 가진 듯 환하게 웃는다. 하지만 엄마는 아직 세상의 절반밖에 가지지 못했다. 그 나머지 절반, 거대한 중남미 대륙을 가슴에 품기 위해 다시 한 번 유쾌한 방랑길에 오르는 엄마. 그 어떤 영화보다도 드라마틱했던 우리의 여행이 2년 만에 다시 시작된 것이다. 아시아 · 유럽 여행 후 일상으로 돌아와 잠시 잊고 있던, 아니 까맣게 잊고 있던 '여행자' 엄마를 2년 만에 다시 마주하니 눈물이 다 날 것 같다. 나의 벅찬 감정만큼이나 들떠 있는 엄마가 비행기 창문을 두드리며 대한민국과 잠시 이별을 고한다. 그 모습을 바라보며 우여곡절 많았던 지난 몇 개월을 반추하자 입가에 웃음이 번진다.

약 3개월 전, 합정동의 한 카페.

"우와! 정말 파란만장한 이야기네요. 어머니와 아들의 세계여행이라니! 너무 감동적이에요! 대단하세요!"

우리를 인터뷰하던 기자가 흥분하며 말했다.

"하하, 어머니께서 고생이 많으셨죠. 어머니 덕분에 저희 여행이, 그 여행을 담은 책이, 그리고 제가 많은 사랑을 받을 수 있었고요."

아닌 게 아니라 이건 부인할 수 없는 사실이었다. 여행 중에도 그렇게 엄마 덕을 보더니 여행 후에도 나는 엄마 덕을 톡톡히 보는 중이었다. 어느 강연이든, 어느 방송이든, 어느 모임이든 나를 찾는 사람들은 엄마의 이야기를 듣고 싶어 하는 사람들이었다.

"어머니와 또 여행 가실 생각은 없으세요?"

그때까지 진지하게 고민해본 적 없던 질문이라 우물쭈물하는데 갑자기 엄마가 불쑥 말을 꺼냈다.

"저는 지난 여행으로 충분해요. 아들도 이제 서른이 넘었는데 자기 삶을 살아야죠. 결혼도 해야 하고."

"왜요, 어머니! 요새는 다들 늦게 결혼하잖아요. 아드님 결혼하기 전에 한 번 더 다녀오세요, 하하하!"

"그나저나 주변에 혹시 좋은 사람…."

아니, 이게 뭔 일이지? 대화의 불똥이 결혼으로 튄 것도 참 당황스러운데 만난 지 1시간이나 됐을까 싶은 두 여인이 나의 결혼 문제를 놓고 심도 있게 논의하고 있다니. 마치 나도 모르는 나의 이야기가 흘러나오는 텔레비전을 보듯 나는 할 말을 잃은 채 앉아 있었다. 그러기를 10여 분. 엄마가 마지막 멘트를 치며 이야기를 종료시켰다.

"아들이 여행 작가로 사랑받고 있는 것만 봐도 저는 세상을 다 가진 기분이에요. 열심히 일하고 있는 아들한테 또 긴 여행을 가자고 하면 나쁜 엄마죠."

집으로 돌아오는 길, 엄마에게 물었다.

"엄마, 정말 또 여행 갈 생각 없어?"

"가면 좋지. 그런데 너 지금 할 일이 태산인데 어딜 가? 엄마 신경 쓰지 말고 지금 하는 일 열심히 해."

"응."

'가면 좋지.'라는 엄마의 한마디가 순간 내 마음속으로 훅, 파고들었지만 엄마의 표정에서 딱히 아쉬움이 묻어 나오지 않았기에 나는 대수롭지 않게 그 말을 넘겨버렸다.

약 열흘 뒤, KBS 별관 녹화 현장.

꽤나 긴장했던 텔레비전 강연을 무사히 마친 후 고개를 숙이자 따뜻한 박수가 터져 나왔다. 엄마와 함께한 여행 이야기는 객석의 뜨거운 반응을 이끌어냈다. 나만 비추던 조명이 꺼지고 무대 전체가 밝아지자 낯익은 MC가 내 쪽으로 걸어 나왔다. 그는 박수를 치며 내게 덕담을 건넨 후 청중을 향해 말했다.

"태원준 씨 이야기를 들으니까 참 부러워요. 오늘 이 자리에 300일간의 여행 동반자였던 어머니께서 나오셨습니다. 안녕하세요?"

그제야 객석에 앉아 있던 엄마의 얼굴이 시야에 들어왔다. 누가 여행자 아니랄까 봐 에펠탑이 잔뜩 그려진 하얀 셔츠를 입은 엄마가 MC의 인사에 화답하며 자리에서 일어났다. 텔레비전 출연은 너무 부담스럽다며 몇 번이나 출연을 고사했던 엄마가 예상보다 능숙하게 대화를 이어갔다. 조마조마한 가슴을 쓸어내리는 사이, MC의 마지막 질문이 이어졌다.

"여행 또 가고 싶으시죠?"

잠시 우물쭈물하던 엄마가 조심스레 답했다.

“남미에 가보고 싶어요.”

기분 좋게 웃어대는 사람도 있었고, 자기 생각도 그렇다는 듯 열심히 박수를 치는 사람도 있었다. 하지만 나는 순간 얼어버렸다. 그동안 엄마가 인터뷰 혹은 방송에서 직설 화법으로 여행을 가고 싶다고 말한 게 처음이었기 때문이다.

대기실에서 엄마를 만나자마자 물었다.

“엄마! 아들 장가보낸다던 분이 왜 남미 이야기를 꺼내셨어?”

“우리 여행을 좋아하는 사람들한테 ‘나 이제 여행 안 가고 싶어요.’라고 말하는 건 너무하잖아.”

생각해보니 맞는 말이라 그저 웃어넘겼지만 또 이상하게 마음이 일렁거렸다.

그리고 일주일 뒤, 이른 아침.

“원준아! 빨리 좀 나와봐! 빨리!”

엄마의 목소리에 놀라 침대에서 벌떡 일어났다. 이곳저곳에 보낼 원고가 산더미처럼 쌓여 며칠째 밤을 새고 있던 터라 방문을 나서는데도 정신이 몽롱했다. 글을 쓰는 동안에는 웬만한 일로 나를 깨운 적 없던 엄마였기에 무슨 큰일이라도 났나 싶어 떠지지 않는 눈으로 엄마를 찾았다. 엄마는 나와 눈도 마주치지 않고 텔레비전을 가리키며 물었다.

“원준아! 저기가 남미에서 제일 유명한 데 맞지?”

엄마의 시선을 따라가자 엄홍길 대장이 숨을 헐떡이며 페루 마추픽추에 오르는 장면이 눈에 들어왔다. 내가 고개를 끄덕이자 엄마도 잔뜩 흥분한 표정으로 고개를 끄덕였다. 그러고는 아주 텔레비전 속으로 들어갈

태세로 뚫어져라 마추픽추의 웅장함을 바라보았다.

눈을 비비며 '아, 엄마, 지금 이것 땜에 나를 깨운 거야?'라고 말하려던 찰나, 잠이 확 달아났다. 아니, 정신이 번쩍 들었다.

엄마는 새로운 여행을 꿈꾸고 있었다. 나는 300일 여행 이후에도 기회가 닿는 대로 여행을 다녔다. 그게 일이든 개인적인 여행이든 끊임없이 돌아다니며 계속해서 여행자로 살고 있었다. 머무는 게 익숙하지 않을 정도로. 하지만 엄마는? 그렇게 여행을 즐기던 엄마는? 한곳에 3일 이상 머물면 심심하다며 배낭을 싸던 엄마는? … 엄마도 나처럼 얼마나 다시 세상으로 나가고 싶었을까? 생각이 여기까지 미치자 나에 대한 자책이 뒤따랐다.

'아니, 나는 왜 엄마도 여행하고 싶을 거라고 생각하지 못한 거야? '원없이 돌아다녔으니 여행은 더 안 가도 된다.'는 엄마의 말을 왜 곧이곧대로 믿은 거냐고?'

고백하건대, 나는 지난 1년간 새로운 일에 온 힘을 쏟았다. 여행 작가라는 예상치도 못했던 삶을 살게 되면서 자리를 잡기 위해 무척이나 치열한 시간을 보냈다. 여행과 관련된 일이라면 어떤 일도 마다하지 않고 무조건 달려갔기에 집에 들어오는 날이 한 달에 일주일도 되지 않았다. 너무나 감사하게도 많은 분들의 사랑 덕분에 나는 바쁜 삶을 이어나갔다. 그러느라 엄마를 잊고 있었다. 이런 아들의 모습을 보며 엄마는 '혹시 나도?'라는 기대감을 점차 지우고 있었을 것이다. 이제 좀 자리를 잡고 정신없이 일하는 아들의 다리를 붙잡고 싶지 않았을 것이다.

나는 1시간도 고민하지 않았다. 엄마한테 물어보고 말 것도 없었다. 이미 세상의 절반을 둘러본 엄마에게 나머지 절반도 보여주겠다는 의지가 내 머리와 마음을 지배했다. 방으로 돌아온 나는 다이어리를 펼쳤다. 앞

으로 4개월간의 일정이 빼곡하게 적혀 있었다. 옅은 한숨이 새어 나왔다. 취소할 수 있는 일정(물론 양해를 구해야 하는)과 그렇지 못한 일정을 차근차근 분류한 후 휴대폰을 뒤져 담당자들의 연락처를 취합했다.

그날 오후, 나는 스무 통이 넘는 통화를 정말 죄송하다는 말로 마쳤다. 당장 해외로 떠나기로 되어 있는 TV 기행 프로그램 하나와 취소가 불가능한 몇몇 강연 행사만 남기니 두 달 뒤부턴 아무런 일정이 없었다. 크게 심호흡을 한 뒤 비행기 예매 사이트에 접속했다. 그리고 두 달 뒤 멕시코로 떠나는 비행기 티켓을 덜컥 예약했다. 다시 떠날 시간이 되었다.

외출을 마치고 돌아온 엄마에게 나는 별일 아니라는 듯 한마디를 툭 던졌다.

"엄마, 내친김에 또 가봅시다. 이번엔 중남미로!"

엄마의 여행 노트 #1

가끔 그런 생각을 한다. 내가 이렇게 세상 구경에 나선 것을 우리 엄마가 보셨다면 얼마나 좋아하셨을까. 일하는 딸이 안타까워 늘 등을 쓰다듬고, 늦은 밤에도 밥을 차려주시던 엄마. 이렇게 여행을 시작할 때면 그런 엄마가 더 보고 싶다.

중남미 여정의 닻을 올려라!

동이 트기도 전인 이른 새벽, 우리가 탄 비행기가 중미 최대 도시인 '멕시코시티'에 연착륙한다. 기지개를 켜며 옆을 바라보니 밤새 한숨도 못 잤을 엄마의 얼굴이 빛나고 있다. 가슴속에서만 피고 있던 '남미'라는 꽃이 만개할 시간이 된 것이다. 창가 쪽에 앉아 있던 엄마가 조금이라도 더 빨리 내리자며 내 등을 떠민다. 엄마의 흥분지수가 상승 중인 게 분명하다. 자기 몸통만 한 배낭을 가볍게 들쳐 메고 뛰듯이 걷는 엄마의 뒷모습, 이 가슴 떨리는 장면을 마주하는 게 얼마만인지! 엄마의 씩씩한 발걸음에 우리의 무모했던 첫 발걸음이 오버랩 된다. 지금 아니면 못 간다며 하던 일까지 정리하고 세계여행을 제안한 서른의 아들, 그 아들만 믿고 세상을 둘러보겠다며 집을 뛰쳐나온 예순의 엄마가 내디뎠던 용감무쌍했던 첫걸음 말이다. 우리는 그렇게 300일간 세상을 떠돌며 유쾌하고 감동적인 여행 이야기와 여행 노하우를 저 발끝부터 머리끝까지 쌓았다.

하지만 그렇다고 해서 이번 여행을 만만하게 볼 수는 없다. 우선 우리는 강제로 두 살씩 적립받았다. 30대인 나는 그렇다 치더라도 엄마가 우리 나이로 예순셋이 되었다는 이야기다. 손주 손 붙들고 보행기 밀어줄 나이의 엄마가 아들 손 붙들고 비행기를 타신 것이다. 게다가 이번 여행지는 결코 만만한 상대가 아닌 중남미 대륙. 베테랑 여행자조차 애를 먹일 만큼 상당히 높은 여행 난이도를 자랑하는 곳이자 치안과 관련된 무시무시한 괴담이 가득한 곳이다. 과연 이번 여행도 지난 여행처럼 해피엔딩으로 끝날 수 있을까? 시작부터 물음표가 가득하지만 뭐, 지난번에 우리가 300일을 여행할 거라고 누가 상상이나 했겠는가!

"엄마, 같이 가!"

저만치 앞서 걷는 엄마에게 보내는 나의 이 우렁찬 대사로 우리의 세계여행 시즌 2, 중남미 탐험이 본격적으로 시작된다.

이번 여행 역시 순도 100퍼센트의 저예산 배낭여행! 고로 예산심의위원회와 비상대책위원회, 긴급회의가 상시 가동될 예정이며, '호화 유람선'이나 '5성급 호텔' 따위의 단어는 금기시된다. "10만 원짜리 여행을 닷새 하느니 5만 원짜리 여행을 열흘 하겠다."는 배낭여행계에 회자될 만한 엄마의 명언을 적극 반영한 선택이기에 환갑 넘은 엄마를 고생시킨다는 미안함은 접어두었다. 오히려 그 선택을 증명이라도 하듯 나는 일부러 꼭두새벽에 멕시코시티에 도착하는 비행기를 예약했고 (도착 시간이 애매하면 티켓 가격이 싸다.) 공항에 도착해서는 기어코 수수료가 없다시피 한 은행의 현금인출기를 찾아 멕시코 페소를 인출했으며, 공항을 나서자마자 달려드는 택시 기사들을 물리치고 지하철역을 향해 열심히 걸었다.

그렇게 호기롭게 지하철을 타고 숙소 근처 역에 내렸건만 예상치 못한 변수가 발생한다. 길 찾기라면 도가 튼 나의 여행 레이더가 먹통이 된 것이다. 몇 발자국 내딛지 않았는데 말 그대로 눈앞이 캄캄하다. 멕시코시티 시장님은 왜 역 앞에 조명 하나 설치해주시지 않았을까. 흔하디흔한 가로등 불빛 하나 없이 역 주변의 가정집에서 새어 나오는 희미한 불

빛만으로 어떻게든 방향을 잡아보려 하지만 헛수고다. 내가 우왕좌왕하자 엄마가 살짝 겁이 나는지 내 팔을 슬며시 잡는다. 여행 전에 수집한 정보에 의하면 중남미에서 일어난 아찔한 사건 사고들은 대개 어둡고 외진 곳에서 발생했다. 지금 우리가 마주한 전경이 상당히 어둡고 충분히 외지다. 눈을 부릅뜨고 주변을 살펴본다. 저 멀리 표지판 같은 게 보이는데 워낙 으슥한 골목 쪽이라 가까이 갈 엄두가 나지 않는다. "어머니 모시고 가기엔 중남미는 너무 위험하지 않아?"라고 말하던 지인들에게 "사람 사는 데는 다 똑같다."며 큰소리 빵빵 치고 왔건만 여행 시작과 동시에 잔뜩 겁을 먹고 역 안으로 도망치는 꼴이라니. '이럴 거면 그냥 택시를 타지 그랬어?'라고 핀잔하지 않는 엄마의 인내심과 이해심이 고마울 따름이다.

하는 수 없이 우리는 그나마 빛이 있는 역 계단에 자리를 잡는다.

"엄마는 잠깐 앉아 있어. 방법을 좀 찾아볼게."

말은 이렇게 했지만 나도 그저 역 계단에 엉거주춤 선 채 고개를 빼고 주변 동태를 살피는 게 전부다. 그때, 역사로 다가오는 교복을 입은 여학생. 나는 너무도 기쁜 나머지 한달음에 여학생에게 달려간다. 그러자 여학생이 기겁하며 비명을 지른다. 나도 그 기세에 눌려 주저앉는다. 하긴, 어둠 속에서 커다란 배낭을 멘 남자가 튀어나왔으니 얼마나 놀랐겠는가. 다행히 내 뒤를 쫓아온 엄마가 여학생의 경계심을 누그러뜨린다. 내가 숙소 주소가 적힌 쪽지와 약도를 내밀자 여학생은 그제야 상황이 이해된다는 듯 웃으며 말한다.

"#*&^%$*…."

"원준아, 이 학생이 뭐라고 하는 거야?"

"그러니까… 음…."

여학생이 열심히 설명하는데 스페인어라는 거대한 벽에 부딪혀 도통 알아들을 수가 없다. 내가 공부해 온 스페인어라고는 '안녕하세요.' '고맙습니다.'와 숫자 몇 개. 나의 멍한 얼굴을 바라보던 여학생이 이건 아니다 싶은지 역사 뒤편을 가리키며 따라오란다.

"마마, 카…."

아마도 엄마 차가 주차되어 있는 모양이다. 여학생을 따라나선 우리는 금세 푸근한 인상의 아주머니와 마주한다. '학교는 안 가고 웬 동양인 둘을 데리고 왔냐?'는 아주머니의 의문 가득한 표정에 여학생이 쫑알쫑알 무언가를 이야기한다. 그러더니 이내 손을 흔들며 지하철역 안으로 사라진다. 밝은 웃음만 남겨놓은 채.

동도 트지 않은 새벽, 생뚱맞게 대면한 아주머니와 우리는 주소가 적힌 쪽지 한 장을 사이에 두고 손짓·발짓을 섞어가며 대화를 시도한다. 아주머니가 스페인어로 열변을 토하고 나면, 나는 쉬운 영어 단어만 골라 이야기를 이어가고, 보다 못한 엄마가 한국어로 "여기를 어떻게 가야 해요?"라고 묻는 식이다. 아주머니가 스페인어로 속사포 랩을 하면 내가 영어 랩으로 맞받아치고 엄마가 한국어로 피처링하는 꼴이다. 3개 국어가 허공을 방황하던 이 엉망진창인 대화는 결국 아주머니의 단호한 손가락질 하나로 끝을 맺는다. 아주머니가 가리킨 곳은 바로 차의 뒷좌석. 그냥 데려다줄 테니 잠자코 타란 의미로 해석된다. 계속해서 '뜨레스(숫자 3)' 어쩌고저쩌고 하는 걸 보면 차로 3분이면 간다는 소리 같다. 설마 셋이서 오래오래 행복하게 살자는 말은 아닐 테고.

엄마와 나는 눈빛으로 의견을 나눈 뒤 염치없이 아주머니에게 신세를 지기로 한다. 원래 여행이 시작되면 염치란 것을 조금씩 까먹기 마련이다. 아주머니는 "진작 이렇게 할걸 그랬네!"(어디까지나 추측이다.)라고 시원스레 외치며 시동을 건다. 그리고 정말 3분 만에 우리의 숙소 이름이

적혀 있는 건물 앞에 차를 세운다. 기쁜 마음보다는 신기한 마음이 앞선다. 불과 10분 전, 암흑 속에서 길을 잃고 두려움에 떨던 2명의 여행자가 어느새 찬란하게 반짝이는 숙소 간판 앞에 서 있는 것이다.

차에서 내린 우리는 돌림노래를 부르듯 "그라시아스!(고맙습니다.)"를 반복하며 연신 고개를 숙인다. 정중한 한국식 인사에 당황한 아주머니가 별일 아니라는 듯 손을 내저으며 웃지만 우리에겐 이번 여행 내내 기억될 별일임이 분명하다. 엄마가 배낭을 뒤지더니 간식용으로 산 커다란 초콜릿을 아주머니에게 건넨다. 한사코 거절하는 아주머니의 품에 엄마가 반강제로 초콜릿을 안기자 함박웃음을 짓는 아주머니. 우리는 아주머니 차가 사라질 때까지 손을 흔든다. 일면식도 없던 멕시코에 갑자기 애정이 샘솟는다. 역시 한 나라에 대한 인상을 좌우하는 건 사람이다. 숙소 너머로 살며시 해가 떠오른다. 동시에 내 마음도 따뜻해진다. 이 마음을 시작으로 우리의 중남미 여정의 닻이 올라간다. 이번 여행도 예감이 좋다.

이번 여행의 캡틴은 엄마

타코 집에서 점심을 먹으며 다음 여정을 고민하려던 찰나 가이드북에 코를 박고 있던 엄마가 고심하는 표정으로 말한다.

"음, 이 근처 금은방 거리를 지나면 라티노 아메리카나 타워가 나온다니까 전망대에 올라가서 멕시코시티 전망을 내려다보면 되겠다."

"타워가 얼마나 높은데?"

내 질문에 엄마가 가이드북에서 눈을 떼고 답한다.

"44층으로 180미터가 넘는대. 전망대에 서면 시내가 한눈에 다 보이고 야경도 엄청난가 봐. 밤에는 치안이 안 좋을 수도 있다니까 지금 올라가 봐야겠어. 날씨도 좋으니까 시내 구경 제대로 할 수 있을 것 같네. 밥 다 먹었어?"

엄마가 가이드북에 밑줄까지 그어가며 동선과 치안까지 고려한 맞춤 루트를 짜는 모습이 재미있다. 가만, 그런데 이건 원래 내 몫이지 않았나? 고개를 갸우뚱하는 사이, 엄마가 먼저 자리를 털고 일어난다. 이 놀랍고도 흐뭇한 상황에 격세지감이 느껴진다. 새로운 여행의 시작점에 서 있어선지 자꾸만 지난 여행이 떠오른다.

유라시아 여행 때만 해도 30년 세월이 극적으로 반전되어 마치 어린아

이처럼 변한 엄마를 내가 이끌고 다녔다. 난생처음 세상 구경을 나와 모든 것을 생경스럽게 바라보던 엄마와 그 곁을 충직한 호위무사라도 되는 양 한시도 떠나지 않던 아들. 나 스스로도 얼마나 긴장을 했던지 엄마에게서 절대 눈을 떼지 않았고, 엄마 역시 시야에서 내가 사라질까 봐 내 가방에 눈에 잘 띄는 하늘색 손수건을 묶어놓았었다. 새벽에 숙소 공용 화장실을 가는 엄마가 혹여 방을 제대로 찾지 못할까 봐 화장실 앞에서 졸린 눈을 비비며 서 있던 적도 여러 번이다. 물론 시간이 흐르면서 엄마는 세상에 자랑할 만한 능동적인 여행자로 업그레이드되었지만, 300일의 여행이 끝날 때까지 루트를 짜고, 무엇을 보고 어떤 것을 먹을지 정하는 건 온전히 내 몫이었다. 어느 날은 그게 너무 힘들어서 간식거리는 엄마가 좀 찾아보라며 심통을 부리기도 했었다. 그런데 지금은 어떠한가. 식당 문을 박차고 길을 나서는 엄마의 모습이 위풍당당하다. 아니, 그 이상이다. 만약 한글 형용사에도 영어처럼 최상급이 존재한다면 '위풍당당한'이라는 형용사에 최상급을 붙여주고 싶다.

"오늘은 엄마가 캡틴이네!"

내 말에 엄마가 활짝 웃으며 엄지를 세운다. 오랜만에 보는 '여행자' 엄마의 모습은 물 만난 고기요, 새장을 빠져나와 비상하는 한 마리 새다.

멕시코시티에서 가장 번화한 곳인 '금은방 거리'가 주말을 맞아 그야말로 수만의 인파로 넘실댄다. 화려한 장기를 뽐내는 공연자들의 모습도 자주 눈에 들어온다. 그들에게 주저 없이 다가가는 엄마. 카메라 속에 엄마의 환한 얼굴이 하나씩 늘어간다. 그 웃음에 나도 행복해진다. 원래 내가 행복한 것보다 내가 아끼는 사람, 내가 사랑하는 사람이 행복해할 때가 훨씬 더 행복한 법이다. 게다가 혀끝에서 행복이란 단어가 가장 많이 뒹굴 때가 바로 여행할 때 아니던가! 그렇게 행복한 추억들을 차곡차곡

쌓으며 고개를 직각으로 꺾어야만 겨우 꼭대기를 볼 수 있는 라티노 아메리카나 타워에 도착한다.

전망대에 올라 멕시코시티의 전망을 품으니 가슴이 뻥 뚫린다. 주변에 시야를 가리는 높은 건물이 없어 인구 2000만의 거대 도시, 멕시코시티가 한눈에 담긴다. 우리가 점심을 먹은 '소깔로 광장'과 방금 걸어온 금은방 거리는 물론 저 멀리 우리의 숙소가 있는 도심 외곽 지역까지 보인다. 전망이 꽤나 좋아 입을 떡 벌리고 있으니 엄마가 묻는다.

"엄마가 선택 잘했지?"

뿌듯한 표정으로 건넨 엄마의 한마디에 고개를 세차게 끄덕일 정도로 도시 정상에서 바라본 멕시코시티의 파노라마는 정말 환상적이었다.

멕시코시티는 중남미 여정의 시작점이라는 큰 역할을 맡기기에 충분한 능력을 가진 도시였다. 기대했던 것보다 아름다웠고 예상했던 것보다 현대적이었으며 생각했던 것보다 재미있었다. 오히려 비행기 환승을 위해 잠시 머물렀던, 아름답다고 소문이 자자한 미국의 '샌프란시스코'보다 마음에 들었다.

금세기를 대표하는 최고의 여성 화가이자 비운의 여인인 프리다 칼로와 그녀의 희망이자 절망이었던 멕시코 벽화 운동의 선두주자 디에고 리베라의 도시인 만큼 일단 문화와 예술이 넘쳐났다. 뜨거운 열정이 뿜어져 나오는 프리다 칼로의 작품들과 가치를 매길 수 없다는 디에고 리베라의 대규모 벽화들이 도시 곳곳을 물들이고 있었는데, 그것들의 감성을 흠뻑 빨아들인 듯 도시 자체가 어찌나 화려하고 열정적인지! 마치 프리다와 디에고가 팔레트를 열어 그 안에 있는 모든 물감을 도시에 흩뿌려놓은 것 같았다.

이글대는 화려함과 대척점에 있는 고풍스런 역사 건축물의 활약도 만만치 않았다. 아메리카 대륙에서 최대 규모를 자랑하는 대성당은 이름 앞에 왜 '대' 자를 붙였는지 설명하려는 듯 웅장함으로 우리를 압도했고, 그 주변에 흩어져 있는 유서 깊은 옛 건물들도 자신들을 봐달라는 듯 앞다투어 매력을 발산했다.

뉴욕 '센트럴파크'에 비견되는 도심 속 대규모 녹지, '차뿔떼빽 공원'과 근교의 아즈텍 유적지 '떼오띠우아깐'도 혀가 꼬일 만큼 이름이 어려운 것만 빼면 완벽했다. 하루 종일 걸어 다녀도 힘든 줄 모르면 그 도시는 기본은 한다는 소리인데, 멕시코시티는 기본은 무슨, 기본을 뛰어넘고도 남았다.

그리고 무엇보다 우리를 만족시킨 건 바로 치안. 여행 전 우리뿐 아니라 지인들 사이에서 떠오른 뜨거운 감자는 바로 멕시코의 치안이었다. 마약, 권총 강도, 납치, 살인 등 온갖 범죄의 온상으로 알려져 있어서였다. 하지만 실상은 달랐다. 여행 초반엔 우리도 움츠러들었던 게 사실이지만 막상 겪어보니 한낮의 대로변, 관광객들이 넘쳐나는 관광 명소는 서울과 다를 바 없었다. 물론 해가 지면 상황이 바뀌고 관광객이 뜸한 곳은 여전히 위험했지만, 그 부분만 주의한다면 매력이 너무나 많은 도시였다. 안에 독이 들었다는 소문에 잔뜩 겁을 먹고 조심스레 껍질을 깠는데 그 안은 달콤한 열매로 가득했다. 어디든 가서 봐야 그 속을 안다는 뻔한 사실을 다시 한 번 깨달았다. 이 아름다운 도시에서 우리는 예정보다 이틀을 더 머물렀다.

멕시코시티를 떠나기 전날, 다음 여정지로 가는 버스를 예매하기 위해 버스 터미널에 들렀다. 다음 목적지는 '구아나후아또'. 가이드북에 따르면 멕시코에서 가장 아름다운 곳이며 지구상에서 가장 낭만적인 도시로 꼽힌단다. 그 달콤한 수식어에 마음을 홀랑 빼앗겨 앞으로 우리가 나아가야 할 방향과 반대쪽에 위치한 구아나후아또로 행선지를 정했다. 하지만 이게 웬걸. 버스표 가격이 지나치게 비쌌다. 대여섯 시간밖에 걸리지 않는 곳인데 1인당 5만 원이라니. 5000원이면 둘이서 타코와 과일을 배 터지게 먹을 수 있고 지하철 1회권이 400원이 안 되는 멕시코에서 터무니없이 비싼 가격이었다. 첫 숙소라 나름 심혈을 기울여 찾은, 깨끗한 화장실과 케이블 TV까지 딸린 널찍한 더블룸조차 2만 원이 안 되었는데 버스비가 5만 원이라니. 게다가 구아나후아또는 여행 진행 방향과 반대이기에 일단 가게 되면 멕시코시티로 복귀한 뒤, 다시 동쪽으로 이동해야 한다. (대구에서 부산을 가려는데 서울에 들렀다 간다고 생각하면 이해가 쉽다.) 고로 왕복 비용이 들어가니 교통비만 20만 원에 육박한단 소리다. 우리

가 5일간 멕시코시티에선 쓴 돈이 약 20만 원이었다. 여행 초반이라 비교적 풍족하게 쓴 게 그 정도다. 결국 장고에 빠졌다.

'그래도 멕시코에서 최고라는 곳인데 여기까지 와서 구아나후아또를 안 보고 가는 건 너무 아깝지 않나?'

'아니야. 20만 원이 누구 애 이름도 아니고! 그 돈이면 며칠을 여행할 수 있는 돈인데!'

이러지도 못하고 저러지도 못한 채 시간만 보내고 있자, 옆에서 가만히 나를 지켜보던 엄마가 한마디 툭 던졌다.

"구아나후아또 다음으로 갈 도시가 오아하카라고 했지?"

"응."

"그럼 그냥 구아나후아또는 포기하고 바로 오아하카로 가자."

내가 대답도 하기 전에 엄마가 매표소 직원을 향해 V 자를 그려 보이며 외쳤다.

"오아하카, 투 티켓!"

갈팡질팡하며 머리가 꽉 막혔었는데 이번에는 말문이 막혔다. 이렇게 우리의 다음 여행지는 '오아하카'로 단번에 결정되었다. 긴가민가했는데 확실해졌다. 의심할 여지없이 이번 여행의 캡틴은 엄마다!

엄마의 여행 노트 #2

함께 여행하기 위해서는 함께 여정을 만들어가야 한다. 아시아와 유럽을 돌 때는 내가 그 지점에 미흡하여 아들이 곤란을 겪기도 했다. 그러니 이번에는 내 마음의 색깔을 마음껏 드러내야겠다.

우리는 초식동물 같은 육식동물

지도상 멕시코시티 바로 옆에 붙어 있던 오아하카까지 오는 데 거의 8시간이 걸렸다. 워낙 오랜만에 타는 장거리 버스라 온몸이 찌뿌듯하다. 유라시아를 횡단하면서 10시간, 아니 20시간 이상 가는 장거리 버스를 밥 먹듯 탔었는데 고작 8시간짜리 버스에 쩔쩔매는 걸 보니 그동안 한국에서 참 편하게 살았구나, 라는 생각이 든다. 엄마도 오랜만의 장거리

이동이 힘든지 눈이 퀭하다. 우리는 좀비처럼 비틀대며 숙소에 들어선 후 그대로 쓰러져 잠든다. 그렇게 1시간쯤 지났을까. 엄마 좀비가 불현듯 일어나 외친다.

"원준아, 배고파!"

그러고 보니 아침도 버스 터미널에서 간단히 해결했고, 점심도 버스에서 빵으로 대충 때웠다. 아들 좀비 역시 갑작스레 허기가 진다.

우리는 숙소를 박차고 나와 누가 먼저랄 것도 없이 '11월 20일 시장'으로 향한다. 시장 근처에 다다랐을 뿐인데 기대해 마지않던 진한 숯불 구이 향이 진동한다. 홀린 듯 시장 안으로 들어가 코를 킁킁대며 냄새의 진원지로 향하자 은혜로운 육식의 신세계가 펼쳐진다. 11월 20일 시장은 현지 음식이 가득한 먹을거리 시장으로, 시장 한쪽에는 각종 고기를 즉석에서 구워 파는 고기 골목이 있다. 우리는 그 사실을 알게 된 이후부터 오아하카에 가면 무조건 고기 골목부터 가자며 의기투합한 상태였다.

2년 전이나 지금이나 여전히 둘이 합쳐 100킬로그램. 한없이 측은함이 느껴지는 앙상한 몰골의 우리는 의외로 육식을 선호한다. 가냘픈 겉모습은 영락없는 초식동물이지만 알고 보면 왕성한 식욕을 자랑하는 육식동물인 것이다. 그런 육식동물이, 심지어 잔뜩 허기져 있는 육식동물이 고기 골목을 만났으니 어금니가 얼마나 가려웠겠는가.

2, 30미터쯤 되는 고기 골목에 자리 잡은 수십 개의 식당은 모두 똑같은 방식으로 영업 중이다. 주렁주렁 걸어놓은 고기(소고기와 돼지고기는 물론 소시지와 남미식 순대에 이르기까지, 그 종류가 이루 말할 수 없이 다양하다.) 중 원하는 걸 고르면 즉석에서 숯불에 구워주는 식. 육식을 선호하는 이들에겐 젖과 꿀, 아니 살코기와 기름이 줄줄 흐르는 천국이다.

어디서 먹어야 할지 고민하던 차에 영어를 구사하는 아주머니가 "싼 값에 많이 주겠다."라는 거부할 수 없는 한마디를 던진다. 배낭여행자에게 싸고 많이 준다는 말은 가장 매력적인 유혹이다. 돼지고기와 소고기의 가격이 비슷해 소고기를 주문했는데, 1킬로그램(한 근이 아니다!)에 우리 돈 1만 3000원이 조금 안 된다. 이 말도 안 되는 가격에 몇천 원만 추가하면 각종 채소와 소스, 토르티야까지 딸려 나온다.

식당 한 편에 앉은 우리는 주문한 음식이 도착하자마자 쌈을 싸 먹듯 토르티야 위에 고기와 채소, 멕시칸 소스를 올려 입안에 털어 넣는다. 상추와 삼겹살, 쌈장의 조합을 비웃을 만큼 알찬 토르티야 고기쌈이 목구멍을 지나가자 경쾌한 생의 찬가가 울려 퍼진다. 나도 엄마도 맛있다, 한마디 없이 고기쌈 먹는 데만 열중한다. 동양에서 온 깡마른 손님 둘이 물 마시듯 고기를 먹고 있는 게 웃긴지 주인아주머니와 고기 굽는 청년이 연신 웃어댄다. 1킬로그램이 많아서 반만 주문했던 우리는 결국 1킬로그램을 다 채운 후 마침내 손을 턴다.

본 경기보다 재미있는 연습 경기

큰일이다. 도저히 못 알아듣겠다!

고기 골목을 베이스캠프 삼아 오아하카에서 지내길 3일째. 슬슬 마음 저 끝에서 어딘가로 움직이고 싶다는 욕구가 찰랑거리기에 시내에서 멀지 않은 곳에 흩어져 있는 명물만 골라 도는 투어를 냉큼 신청한다. 꼬박 하루 걸리는 투어가 단돈 만 원이라 엄마와 나는 마치 횡재라도 한 듯 기쁜 마음으로 발걸음을 옮긴다. 게다가 알아서 데려다주고 먹여주고 가이드까지 해주니 마음이 발걸음만큼이나 가볍다. 하지만 투어 차량에 오르는 순간 솜털 같았던 마음이 물 먹은 종이처럼 무거워진다. 우리를 이끌어줄 젊은 가이드의 영어 수준이 나의 스페인어 수준과 비슷했기 때문이다. (그렇다. 간단한 인사말과 숫자 정도밖에 모른다는 소리다.) 그래도 10명 정도 되는 투어 일행 중 영어를 할 줄 아는 사람이 있을 거라 생각하며 질문을 던져본다.

"죄송하지만 제가 스페인어를 할 줄 몰라서 그런데, 혹시 영어 하시는 분 계신가요?"

"어머, 나 뉴욕에서 왔어."

엄마보다 연배가 더 있어 보이는 할머니가 손을 번쩍 들며 말한다.

"다행이네요. 투어할 때 짧게라도 도움 좀 부탁드릴게요."

"나도 스페인어 못 알아듣는데. 그냥 대충 들으면 되지 뭐. 하하하."

이 무모하지만 유쾌한 한마디와 함께 투어가 시작된다. 다행히 첫 번째 방문지는 딱히 설명이 필요 없는 곳인 데다 곳곳에 영어 표지판도 있다. 그곳에는 어마어마하다 못해 무서울 정도로 거대한 '툴레 나무'가 엄청난 위용을 자랑하고 있었는데, 가까이 다가가니 이게 정말 나무가 맞나 싶을 정도의 크기라 입이 떡 벌어진다. 설명을 보니 나무의 수령이 2000년, 둘레가 58미터, 높이가 42미터다. 그중 가장 놀라운 건 바로 둘레다. 얼핏 봐서는 열댓 그루의 나무가 엉켜 있는 것 같은데, 자세히 보면 그저 한 그루의 나무다. 스페인어로 열심히 설명하던 가이드가 여전히 입만 벌리고 있는 우리를 바라보며 외친다.

"피프티 피플(fifty people)!"

50명이 달려들어 나무를 감싸야 나무의 둘레를 잴 수 있다는 말인 것 같다. 당연히 살면서 본 나무 중 가장 크다. 여

행을 다니다 보면 더 크고, 더 오래되고, 더 높은 무언가가 계속해서 나온다. 도대체 세상 곳곳엔 얼마나 많은 '대단한 무언가'가 있는 걸까. 이거, 나만의 여행 기네스북이라도 만들어봐야겠다.

두 번째 방문지는 천연염료 염색으로 유명한 전통 마을이다. 한 가정집으로 들어가자 염색 과정을 시연하고 있는 마을 주민들이 보인다. 가이드가 그 옆에서 침을 튀겨가며 열심히 설명을 하는데 우리에게는 외계어일 뿐이다.

"원준아, 저 염색 원료가 뭐래?"

"원준아, 여기는 마을 사람 전체가 염색하는 사람들이야?"

"원준아, 도대체 저런 건 얼마나 한다니?"

엄마가 1분에 한 번씩 질문을 던지지만 나라고 알 길이 있나? 애벌레같이 생긴 곤충에서 붉은색 염료를 뽑아내는 과정이 너무 신기해서 이것저것 묻고 싶은데 가이드와 대화를 시도하면 그야말로 미궁에 빠져버린다.

이어지는 세 번째 방문지는 오아하카를 대표하는 전통 술 '메스칼'을 주조하는 공장. 술이라면 귀가 번쩍 뜨이는 나는 결국 더 이상 참지 못한다. 가이드가 다른 건 못 알아들어도 좋은데 술 좀 더 달라는 말을 못 알아듣는 것이다. 그래서 공장 직원에게 '한 잔만 더 달라.'는 의미로 "원 모어, 원 모어!"를 외쳐보지만 직원은 뭐라 뭐라 할 뿐 내 잔에 술을 채워주지 않는다. 돈을 내면 더 준다는 것인지, 독한 술이니 적당히 마시라는 것인지(메스칼은 40도가 넘는다.) 당최 알 길이 없다. 그렇게 발만 동동 구르고 있는데 생각지도 못한 슈퍼 히어로가 나타난다. 투어 내내 가이드의 말을 못 알아듣는 내가 불쌍해 보인 건지, 답답해 보인 건지 조심스레 영어로 말을 걸어오는 멕시코 출신의 두 미녀, 세실리아와 디아나다. 안 그래도 일행 중 유일하게 내 또래인지라 관심을 가지고 지켜보던 중이었는

데 이렇게 고맙게도 다가와주다니! 두 친구 역시 영어를 유창하게 하는 편은 아니었지만 그녀들의 따뜻한 마음이 음절이 되어 대화가 술술 이어진다. 역시 소통에 있어 언어보다 더 중요한 건 마음이다. 그녀들 입에서 내 입으로 전해지는 이야기에 엄마의 눈이 반짝 빛난다. 중남미 특유의 글래머러스한 몸매를 자랑하는 두 미녀의 설명이 워낙 달콤해 내 입가에서 미소가 떠나질 않는다.

살짝 지루했던 네 번째 방문지 '미틀라 유적' 투어를 마치고 마침내 오늘의 하이라이트이자 마지막 코스인 '이에르베 엘 아구아'에 도착한다. 석회암 지대를 흐르던 용천수가 솟아올라 만들어진 에메랄드빛 천연 호수와 석회 폭포인데, 첩첩산중에 숨겨져 있어 존재 자체로도 한없이 신비롭다. 특히 석회층이 절벽을 따라 흐르다 그대로 굳어버린 석회 폭포는 세상 어느 곳에서도 보지 못한 독특한 풍광이다. 가이드의 긴 설명이 끝난 후 엄마와 내가 호수에 발을 담그고 물장구를 치고 있는데 어느새 수영복으로 갈아입은 세실리아와 디아나가 함께 사진을 찍자며 다가온다.

"아들 입이 귀에 걸렸네."

이 한마디를 남긴 채 슬그머니 사라지는 엄마. 실로 놀라운 센스다.

이렇게 인연을 맺은 세실리아와 디아나는 남은 멕시코 여정 내내 우리의 길잡이가 되어주었다. 투어 바로 다음 날, 그녀들의 추천으로 오아하카 치즈와 '몰레(전통 소스)' '니에베(전통 아이스크림)' 등 오아하카의 각종 먹을거리를 정신없이 흡입했다. 우리가 고기 골목에 빠져 모르고 있었는데 오아하카는 다른 도시에 사는 멕시코인들도 미식 여행을 올 만큼 음식으로 유명한 도시였다. 두 친구는 우리에게 다음 여정지인 '산 크리스토발 데 라스 카사스'와 '메리다'라는 도시의 정보도 한가득 안겨주었다.

오아하카에서 헤어진 뒤에도 그녀들의 호의는 계속되었다. 우리가 머물고 있는 도시에 행사가 있으면 다급히 메시지를 보내 알려주었고, 루트가 막혀 갈팡질팡하고 있을 땐 친절히 대안 루트를 추천해주었다. 듬직한 현지인 친구가 생기니 멕시코 여행은 점점 탄력을 받았다. 우리는 오아하카 고기 골목에서 급속히 쌓아 올린 체력과 친구들의 든든한 도움을 바탕으로 동쪽으로 쭉쭉 치고 나갔다. 어떻게 보면 멕시코 여행은 본 경기라기보다는 슬슬 몸을 푸는 연습 경기였다. 그런데 생각보다 연습 경기가 재미있어 본 경기처럼 열심히 경기에 임했다. 산 크리스토발 데 라스 카사스와 메리다를 지나 멕시코가 자랑하는 거대 마야 유적들까지 꼼꼼하게 둘러보니 어느덧 우리는 멕시코 동쪽 끝에 다다라 있었다.

멕시코 동부 지역에는 수많은 마야 유적들이 퍼져 있다. 그중에서도 정글 속에 있는 빨렌께가 가장 독특한 마야 유적으로 꼽힌다. 신비스러운 분위기가 감도는 수풀을 헤치고 안쪽으로 들어서면 거짓말처럼 거대한 피라미드와 신전들이 나타난다. 게다가 주변이 온통 숲이라 부지런히 유적 사이를 누비는 원숭이와 열대 새들을 만날 수 있다. 하지만 우리는 빨렌께 유적에 들르기 전 근처에 위치한 두 개의 폭포 '미솔 아'와 '아구아 아술'에서 물놀이를 즐긴 까닭에 땡볕이 내리쬐는 빨렌께 유적 내에 들어서자마자 기진맥진했다. 어이없게도 우리는 시원한 나무 그늘을 찾아 달콤한 낮잠부터 즐겼다.

:

빨렌께가 가장 독특한 마야 유적이라면 치첸 잇사는 가장 잘 알려진 마야 유적이다. 2007년, 세계 신(新) 7대 불가사의에 당당히 뽑힌 치첸 잇사의 피라미드는 고대 유적을 통틀어 가장 과학적인 유적으로 꼽히는데, 그 자체가 바로 커다란 달력이기 때문이다. 피라미드 4면에 위치한 계단은 각각 91개, 그리고 정상의 계단까지 합치면 모두 365개다. 현재 우리가 사용하는 365일력이 바로 이 피라미드에서 유래되었다고 한다. 또한 피라미드 주변에서 별자리를 관측했던 천문대가 발견됐고, 수학과 의학 등 각종 학문을 탐구했던 흔적도 발견되었다고 한다. 이게 1500년 전 흔적이라니, 정말 혀가 돌아갈 만큼 놀라운 사실이다.

엄마와
깐꾼이라니!

버스 창밖으로 '깐꾼까지 10킬로미터'라는 표지판이 보이자 두근대던 가슴이 더 이상은 못 참겠다는 듯 요동치기 시작한다. 그리고 약 10여 분 뒤, 버스가 '깐꾼' 시내에 들어서자 출렁이던 기대감이 마침내 개봉되어 팡팡 터져 나온다.

"깐꾼이다, 깐꾼! 우와, 내가 살면서 깐꾼에 다 오게 되다니!"

이 얼마나 기다렸던 순간인가! 이번 멕시코 여정 내내 가장 기대했던 곳이 바로 이곳, 깐꾼이었다. 여행에서 지나친 기대감이 때로는 얼마나 심각한 부작용을 야기하는지 잘 알고 있었지만 깐꾼은 내게 '소문난 잔치'였다. 사진으로 만났던 깐꾼의 카리브 해는 지구에 존재하는 물빛이라고는 믿기지 않을 만큼 투명했다. 신이 전 세계의 그 어떤 바다보다 깐꾼의 바다를 편애하는 게 틀림없었다. 인터넷에 깐꾼을 검색해보면 대부분의 글에 '지상낙원'이라는 단어가 쓰여 있는데, 그 호들갑이 과장이라고 느껴지지 않을 만큼 사진 속 깐꾼은 천국이었다. 짙푸른 빛깔의 우열을 가리기 힘든 하늘과 바다, 끝이 보이지 않는 눈부신 백사장, 그곳을 뒤덮고 있는 야자수와 비키니 입은 미녀들! (혹은 근육질의 미남들!) 국내에 알려지자마자 가장 인기 있는 신혼여행지가 된 건 우연이 아니었다.

하지만 알아야 할 게 있다. 깐꾼은 크게 두 개의 지역으로 나뉜다. 해변과 거리가 먼 현지인들의 평범한 거주 지역 '센뜨로'와 에메랄드빛 카리브 해가 이어지는 '호텔존'. 대다수가 상상하는, 그리고 내가 기대하는 깐꾼의 모습은 당연히 후자 지역에 속한다. 하지만 호텔존은 관광객이나 신혼부부를 상대로 하는 고급 호텔만 있기 때문에 체류비가 만만치 않다. 물론 숙박과 함께 호텔 내의 레스토랑, 바, 수영장, 스파, 리조트 등 모든 시설을 무제한으로 이용할 수 있는 올 인클루시브(All-Inclusive) 정책을 쓰고 있어 작정만 한다면 본전(?)을 뽑을 수도 있지만 그래도 하루 체류비가 장장 50만 원에 육박한다. 배낭여행자에게 그 금액은 열흘 생계비, 아니 물가가 싼 곳이라면 한 달 생계비로도 사용될 수 있는 돈이다.

나는 단 1초의 망설임도 없이 센뜨로 지역으로 행선지를 정한다. 나도 아쉽다. 그런데 엄마가 더 아쉬운 모양이다.

"너 나중에 결혼해서 여기 오더라도 센뜨로에 숙소 구해야 한다!"

나는 새어 나오는 웃음을 감추며 고개를 끄덕인다.

다음 날, 숙소를 나선 우리는 드디어 지상낙원으로 향하는 버스를 잡아탄다. 가슴이 두근거리는 건 물론이고 방정맞게 어깨까지 들썩인다. 비록 고급 호텔 앞의 잘 정돈된 해변이 아닌, 우리처럼 센뜨로 지역에 머무는 이들을 위해 운영되는 왁자지껄한 공용 해변으로 향하고 있지만 지금 나의 마음은 백만장자의 그것과 매한가지다. 지상낙원을 즐기는 데에도 빈부의 차이가 존재한다는 게 다소 서글프지만 우리에게 허락된 공간에서 우리만의 행복과 재미를 충분히 즐길 예정이다. 어차피 여행의 진정한 재미는 '지금'을 즐기는 자의 몫이 아니던가.

그렇게 꿈꾸던 카리브 해에 도착해 눈을 몇 번 깜빡이자 자동으로 혓

바닥이 입 밖으로 빠져나온다. 무한대로 기대를 쌓아 올렸음에도 실망감이 삐져나올 틈이 없다.

"와, 이건 정말 말도 안 돼…!"

이게 말이 되려면 지금껏 봤던 바다는 뭔가 다른 단어로 대체되어야 한다.

"이게 웬일이니, 이게 웬일이야?"

엄마도 옆에서 '감탄' 추임새를 넣는다. 우리는 한동안 말없이 눈앞에 펼쳐진 장면에 넋을 놓는다. 어디에 카메라를 들이대도 작품이다. 아무렇게나 열두 장만 찍어도 1년 치 달력 사진이 완성될 정도다. 특히 물빛이 달라도 너무 다르다. 우선 백사장에 맞닿아 있는 물빛은 한없이 투명하다. 그 얕은 물에서 물장구를 치는 아이들이 마치 허공에 둥둥 떠 있는 것처럼 보일 만큼. 그 뒤로 이어지는 물빛은 최상급 에메랄드를 녹여 풀어놓은 듯 푸른빛과 옅은 초록빛이 공존한다. 깐꾼의 바다를 보기 전에는 '에메랄드빛 바다'라는 표현을 자제해야 한다는 생각이 들 만큼 오묘하고 매력적이다. 이어지는 저 먼 바다는 남색에 가까운 짙은 파란색이다. 그곳을 응시하다가 고개를 돌리면 주변이 푸르스름하게 보인다. 그리고 그 너머의 푸르른 하늘은 또 얼마나 멋진지! 마치 네 개의 바다가 모여 있는 것 같은 이 환상적인 장면에 입술까지 파르르 떨린다.

하지만 그렇게 멍하니 바라만 보고 있으면 무슨 소용인가! 나는 꿈에서 깨어나 티셔츠를 벗어던지고 만나기도 전에 짝사랑에 빠졌던 깐꾼 바다의 품에 풍덩, 하고 안긴다. 투명한 층을 지나 에메랄드빛 층에 다다르자 온몸 위로 보석이 쏟아지는 것 같다. 물 위에 둥둥 뜬 채 하늘을 바라보니 천국이 따로 없다. 이러니 지상낙원이라 불릴 수밖에! 가끔씩 머리 위로 새파란 갈매기들이 휙휙 지나가는데, 그게 정말 파란색 갈매기인지,

푸른빛에 반사된 갈매기인지, 그저 허상인지 알 길이 없다.

물이라면 기겁을 하고 도망가는 심각한 물 공포증 환자인 엄마도 깐꾼의 바다 앞에서 무너져 내린다. "여기까지 와서 물에 들어가지 않으면 평생 후회할 것 같다."라는 의미심장한 말을 던진 엄마가 자진 입수를 선택한 것이다. 비록 코앞의 얕은 물에서 말 그대로 땅 짚고 헤엄을 치는 정도지만 엄마가 여행 중 자신만의 의지로 바다에 뛰어든 건 이번이 처음이다. 세상 사람 다 신기하다고 말하는 사막 속 오아시스에서도 물 가까이에 가지 않던 사람이 바로 우리 엄마다. 깐꾼의 바다는 거부할 수 없는 궁극의 매력을 가지고 있는 게 분명하다.

한참 동안 물장구치던 엄마가 갑자기 물 밖으로 나와서 가방을 뒤지기 시작한다. 그러더니 바위 뒤에서 옷을 갈아입는 엄마.

"배경이 이렇게 예쁜데 엄마도 예쁜 옷을 입어야 할 것 같아서…."

내 앞에 수줍게 선 엄마, 심지어 스카프까지 두르고 있다. 나는 그런 엄마가 너무 귀여워서(?) 깔깔대고 웃다가 각 잡고 사진을 찍기 시작한다. 최대한 화보 같은 컷을 얻어내기 위해 엄마에게 이런저런 주문을 넣고 있는데 근처에서 익숙한 언어가 들려온다.

"자기야, 조금만 더 왼쪽으로 가봐."

고개를 돌리니 달콤한 향이 진동하는 한국인 신혼부부가 엄마와 내가 하고 있는 화보 촬영 놀이를 하고 있다. 한참 신이 나 있던 마음에 거친 바람이 불어온다. 카리브 해의 아름다움에 빠져 보지 못했던 주변 풍경이 그제야 눈에 들어온다. 이럴 수가! 온통 커플 천지다. 오른쪽에는 한국인 커플, 저 멀리에는 서양인 커플, 엄마 뒤로는 현지인 커플…. 그들이 우리를 얼마나 의아하게 쳐다봤을까, 생각하니 갑자기 오싹해진다. 놀랍도록 섬뜩한 반전이다!

스쿠버다이빙 도전기

한적하다. 확실히 거대 자본의 지배를 받는 깐꾼과는 또 다른 분위기다. 깐꾼에서 보트로 20분이면 닿는다기에 소풍 가는 기분으로 넘어온 이곳 '이슬라 무헤레스'는 여인의 섬이라는 뜻의 작은 섬으로, 깐꾼을 찾은 시간이 넉넉한 장기여행자들을 위한 특별부록 같은 곳이다.

남북으로 길쭉하게 뻗어 있는 이 섬의 길이는 불과 8킬로미터다. 대중교통이 다니기에는 짧은 거리고, 땡볕 아래에서 걸어 다니기엔 다소 긴 거리다. 그래서 나온 교통수단이 있었으니, 바로 골프 카트! 아니나 다를까, 섬의 좁은 골목들이 온통 골프 카트 물결이다. 대여 비용이 생각보다 비싸 망설였지만 여기가 아니면 언제 몰아보겠냐는 마음으로 우리도 그 물결에 기꺼이 동참한다.

잘빠진 골프 카트 한 대를 빌려 섬 탐험에 나서자 깐꾼과 마찬가지로 온 동네방네가 커플 천지다. 간혹 가족 여행자들도 보였으나 우리를 지나치는 골프 카트의 대부분은 커플들이 점령하고 있다. 그냥 곱게 지나가면 좋을 것을 꼭 우리를 보며 '저 둘은 무슨 조합이지?'라는 표정을 짓다가 이내 고개를 돌려 다시 한 번 나와 엄마를 쳐다보고 간다. 엄마는 해맑게 웃으며 손까지 흔들어 보이지만 나는 눈인사조차 건네지 않고 정면만 응

시한 채 묵묵히 운전을 이어간다. 엄마, 내가 절대 창피해서 이러는 것도, 부러워서 이러는 것도 아니야. 그냥 안전을 위해 운전에 집중하는 것뿐이라고!

골프 카트로 스피드를 즐겨보겠다며 속도를 좀 내려 하자 등을 가격하며 천천히 가라고 말하는 엄마. 그 덕분에 경운기보다도 느린 속도로 섬 한 바퀴를 돌아본다. 섬의 하이라이트인 '푼타 수르'는 섬 남쪽 끝에 자리 잡은 절벽이다. 그곳에 서자 깐꾼에서 봤던 아찔한 카리브 해가 파노라마로 펼쳐진다. 백사장이 아닌 절벽 끝에서 바라보는 풍경이라 더욱 근사하다. 게다가 일광욕을 즐기는 이구아나가 지천에 널려 있어 이국적인 정취가 짙게 풍긴다. 하지만 섬의 볼거리는 딱 이만큼이다.

짧은 드라이브를 마치고 다시 시내로 돌아와 숙소로 향하는데 스쿠버 다이빙 숍이 눈에 띈다. 이 아름다운 바다에서 다양한 수상 스포츠를 즐

길 수 있다는 것은 별로 대수롭지 않았는데 문에 써놓은 가격이 상당히 대수로웠다.

'응? 1000페소에 스쿠버다이빙을 할 수 있다고? 에이, 설마…!'

하지만 다시 확인해봐도 고지된 가격은 정확히 1000페소. 그러니까 7만 원이 조금 넘는 금액이다. 스쿠버다이빙치고는 놀랍도록 저렴한 가격이다. 사실 여행 중 다이빙 포인트로 유명한 곳을 많이 다녔지만 단 한 번도 가격을 알아본 적이 없었다. 수영을 못하기에 일단 깊은 바닷속으로 들어가는 것 자체가 무서웠고, 가격을 물어보는 것은 훨씬 더 무서웠다. 은연중에 최소 20만 원은 되겠거니 생각했다. 하지만 그 절반에도 한참 못 미치는 가격을 보고 있으니 아무리 깊은 바다라도 누빌 수 있을 것 같은 근거 없는 자신감이 피어오른다. 나는 무언가에 홀린 사람처럼 숍 안으로 미끄러져 들어간다.

"정말 1000페소면 스쿠버다이빙을 할 수 있어요?"

"물론이지. 오전에 한 번, 오후에 한 번 떠나는데 원하는 시간에 오면 돼."

설마 했는데 사실이라 당황하고 있자 내가 가격 때문에 놀란 거라고 생각한 사장님이 가격을 할인해주겠단다.

'다른 건 몰라도 목숨이 걸린 일의 가격은 깎지 말자.'

나는 할인 대신 수중 사진을 찍어달라고 말하며 즉흥적으로 예약금을 건 후 숙소로 돌아온다. 내가 예약을 했지만 왠지 믿기지가 않는다. 하지만 이 상황을 더 믿지 못하는 건 바로 엄마다.

"아니, 수영도 못하면서 무슨 다이빙이야? 하지 마!"

"엄마, 여기가 엄청 싼 거야!"

"지금 돈이 문제야? 목숨이 걸린 일인데!"

반박할 수 없는 사실이다. 하지만 그래도 하고 싶다.

"아, 몰라! 그냥 한번 해볼래. 어차피 예약금까지 걸고 왔어!"

엄마도 완강하다. 내가 뭘 하든 믿고 맡기던 엄마가 이번엔 달라도 너무 다르다.

"절대 안 돼. 돈도 안 줄 거야!"

엄마가 마침내 히든카드를 꺼내든다. 여행 중 현금은 엄마가 쥐고 있다. 지난 유라시아 여행 초반, 모든 걸 내가 정하고 돈도 내가 관리하다 보니 엄마가 늘 소극적이었다. 나는 엄마의 사기를 북돋우기 위해 경제권을 엄마에게 일체 위임했고, 그 작전은 유효했다. 그 이후 현금은 언제나 엄마 차지였다. 하지만 방금 전 그 작전의 부작용이 발생했다. 아니, 내가 애도 아닌데 엄마를 쫓아다니며 돈 좀 달라고 졸라야 하나? 아니다. 안 된다. 차마 그럴 수는 없다. 나는 숙소 안을 재빠르게 한 번 훑은 뒤, 한 마리 나비처럼 움직여 창가에 있던 목걸이 지갑을 손에 넣는다. 그러고는 500페소짜리 지폐를 잽싸게 꺼내 도망친다. 엄마가 황급히 내 옷자락을 붙들려 하지만 나의 순발력을 따라오지 못한다.

"엄마, 고마워!"

나는 엄마를 놀리듯 500페소 지폐를 팔랑이며 방을 뛰쳐나온다.

다음 날 아침, 비장한 각오를 다지며 숙소를 나서려는데 엄마가 나를 붙잡는다.

"지금이라도 다시 생각해봐!"

내가 바닷속으로 들어가 있는 동안 가슴이 타들어갈 거다, 숨도 제대로 못 쉬고 있을 거다, 머리가 쭈뼛 설 정도로 긴장이 돼서 다음 여행에 지장을 줄 거다 등등 엄마가 갖은 작전을 구사해보지만 이미 칼을 뽑은

나는 무를 썰러 가야 한다. 나는 엄마의 간곡한 만류를 뿌리치고 다이빙 숍으로 향한다. 발걸음이 가볍지만은 않은 게 나 역시 무섭기는 한 모양이다. 수영도 못하는데 괜한 일을 벌이는 건 아닐까? 에라, 모르겠다. 일단 해보고 정 겁이 나면 그때 포기하지 뭐!

숍에 도착하자 어제 이야기를 나누었던 사장님이 다짜고짜 나를 밀실 안에 가둔다. 입수 전 안전 교육을 받아야 하는데 그걸 안전 수칙 비디오 시청으로 대체하기 때문이란다. 평소라면 거들떠보지도 않을 지루한 영상이지만 목숨이 걸린 일이라 걸그룹 뮤직비디오를 보듯 열과 성을 다해 시청한다. 다이빙 안전 수칙과 호흡법, 수중 수신호와 긴급 상황 대처법 등을 설명하기 위해 등장하는 다이버의 모습이 멋있어 보이기는커녕 섬뜩하게 느껴진다. 영상이 끝나자 나를 책임져줄 강사, 루돌포가 등장한다. 오늘 내가 하게 될 스쿠버다이빙은 입문자를 위한 '체험 다이빙'. 스쿠버다이빙을 하려면 자격증이 있어야 한다. 하지만 체험 다이빙은 전문 강사가 상시 동행하기에 자격증 없이도 가능한, 말 그대로 '맛보기' 다이빙이다.

하지만 시작부터 비상이다. 루돌포와 언어 소통이 안 된다. 안 그래도 다리가 후들거리던 차에 내 목숨을 온전히 맡겨야 하는 루돌포와 말까지 통하지 않다니! 나는 식은땀까지 흘리며 사장님에게 달려가 이 상황을 하소연한다. 하지만 사장님 왈.

"물속에서는 말할 필요가 없으니 상관없어."

뭔가 그럴싸한 설득에 넘어가 루돌포와 함께 물가로 향한다. 본격적인 다이빙에 앞서 얕은 물에 들어가 훈련하는데 역시 시작부터 난관이다. 물속에선 공기탱크와 연결된 호흡기를 입에 문 채 입으로만 숨을 쉬어야 하는데 자꾸 코로 숨이 쉬어져 호흡이 엉망이 된다. 아무리 노력해도 입으

로만 숨 쉬는 게 어려워 물 밖으로 뛰쳐나오길 여러 번. 얕은 물에서야 일어서면 물 밖이니 괜찮지만 깊은 물속에서 이랬다간 죽을 수도 있다. 이쯤에서 미련 없이 포기해야겠다는 생각이 든다. 하지만 루돌포가 포기하지 않는다. 내가 물 밖으로 나가려 하면 내 목덜미를 잡고 다시 물에 처넣는다. 끊임없이 "릴렉스! 릴렉스!"만 반복하는 루돌포의 지도가 아무 소용 없다. 아무리 생각해도 무리라는 판단이 들어 그만두겠다는 의사를 전하자 일단 물에 들어가면 입으로 숨이 쉬어지니 한번 들어가보자는 루돌포. 그렇게 나는 나의 의지와 상관없이 보트에 올라 먼 바다로 향한다. 물빛이고 뭐고 눈에 들어오지도 않는다. 대체 뭐가 어떻게 돌아가는 거지?

그렇게 넋을 놓은 채 약 15분을 달려 다이빙 포인트에 도착한다. 안 그래도 정신이 없는데 뱃멀미까지 겹쳐 죽을 맛이다. 하지만 루돌포는 차분히 입수를 준비한다. 나의 장비들을 꼼꼼하게 체크한 뒤 먼저 물에 뛰어드는 루돌포. 물 위에 둥둥 뜬 채 빨리 들어오라고 손짓한다. 날지도 못하는 새끼 새에게 절벽을 뛰어내리라고 외치는 꼴이다. 하, 올 것이 왔구나…. 한 겹 두 겹 쌓이던 공포가 최고조에 달한다. 내 평생 처음으로 바닥이 보이는 않는 물에 뛰어들어야 한다. 무거운 공기탱크를 짊어지고 있어 살금살금 기어서 내려갈 수도 없다. 루돌포의 지시에 따라 보트 가장자리에 앉는다. 그리고 에라 모르겠다, 하며 그대로 몸을 던져 뒤통수부터 물속에 처박힌다. 순간 시야가 흐려진다. 너무 놀라 입에 문 호흡기가 반쯤 빠져버린다. 그 사이로 바닷물이 새어 들어온다. 이대로 죽을 수 없다는 생각으로 잇몸이 터져라 필사적으로 호흡기를 꽉 물자 거짓말처럼 입으로 숨이 쉬어진다. 신기하다. 루돌포의 말대로 물속에 들어오니 알아서 호흡이 정돈된다. 못 하면 황천길이니 몸이 알아서 반응하나 보다. 역시 인간의 생존 본능은 대단하다. 하지만 생존에 성공했을 뿐 정신은 여전혀 제자리를 찾지 못하고 있는 상황이라 바닷속 풍경을 즐길 여유가 없다. 물고기와 산호는 무슨, 유사시 나의 생명을 건져줄 루돌포부터 찾아야 한다. 몸이 점점 가라앉자 저 아래에 익살스런 자세로 사진을 찍고 있는 루돌포가 보인다. 잔뜩 겁에 질린 꼬마가 엄마 치마폭으로 뛰어가듯 나는 있는 힘껏 몸을 움직여 루돌포가 있는 곳으로 향한다. 그러자 루돌포가 주변 풍경 좀 보라며 두 팔을 휘젓는다. 나는 막 잠에서 깨어난 듯 주변을 천천히 둘러본다. 상상했던 것보다 화려하지는 않다. 물고기가 시야를 가릴 정도로 많을 거라 생각했는데 조그마한 물고기들만 듬성듬성 보이고, 다채로운 산호 군락도 보이지 않는다. 하지만 지금 중요한 건 그게 아니다. 내가 지금 바닷속을 유영하고 있고 그 속에서 숨을 쉬고 있다는 게 중요하다. 평생토록 해보지 못한 황홀한 경험! 패러글라이딩으로 하늘을 날 때와는 또 다른 기분이다. 하늘을 나는 것보다 물속을 유영하는 게 훨씬 더 신비로운 체험이란 걸 깨닫는 순간이다. 수심이 아주 깊은 지점은 아니라 저 아래로 바닥이 보인다. 잠수복으로 싸인 몸에 소름이 쫙 끼친다. 늘 얕은 물에서 물장구나 치던 나에게 저 멀리 있는 깊은 바다는 끝없는 낭떠러지였다. 그리고 그걸 들여다보는 건 두려움 그 자체였다. 하지만 지금 나는 낭떠러지를 지나 두려움 속을 유영하고 있다. 내친김에 멀지 않아 보이는 바닥까지 내려가려는데, 초보 다이버라 몸이 자꾸만 위로 향한다. 두려움에 잠식된 무의식이 나를 물 밖으로 끌어내려는 것 같다. 그럴 때마다 열심히 내 사진을 찍던 루돌포가 다가와 내 어깨를 잡고 저 아래로 힘껏 밀어준다. 겨우겨우 바닥에 가까워지자 산호가 보이고 그 사이에 숨어 있는 작은 물고기들도 보인다. 여유가 생기자 이젠 루돌포에게서 멀어져 자유롭게 해저 탐험에 나선다.

수압으로 인해 고막이 찢어질 듯 아파 물 밖으로 도망치려다 루돌포에

SPECIAL PRICE FOR STUDENTS
diving
sharks
PADI

게 수중 꾸지람을 들었던 것 빼고는 나의 첫 스쿠버다이빙은 성공적으로 마무리되었다.

물 밖으로 나와 보트로 올라가려는데 몸이 말을 듣지 않는다. 극한의 긴장감과 체력 소모로 인해 완전히 탈진 상태가 되어버린 것이다. 게다가 무거운 공기탱크까지 짊어지고 있어 도무지 보트 위로 올라가지를 못한다. 그래도 죽기 싫다고 호흡기는 어찌나 꽉 물었는지 잇몸이 퉁퉁 붓고 피까지 나고 있다. 결국 보트 선장인 안드레아가 내 어깨를 잡고 물에서 고기 건지듯 들어 보트 위에 내팽개친다. 나는 손가락 하나 까딱하지 못하고 그대로 드러눕는다. 감당할 수 없는 피로감에 말조차 할 수 없다. 내가 너무 힘들어하자 안드레아가 다독이듯 말한다.

"원래 물속보다 물 밖에서 움직이는 게 훨씬 힘들어. 보통 첫 다이빙 후에는 탈진하거나 잠에 빠져드는 게 정상이야!"

다행히 나는 잠에 빠져들지 않은 채 뭍으로 돌아온다.

온몸이 천근만근이라 제대로 움직일 힘도 없는데 잠시 쉴 틈이 없다. 숙소를 나선 지 4시간이 지났기 때문이다. 엄마에게 3시간 안에 숙소로 돌아오겠다고 말했으니, 지금쯤 엄마의 얼굴은 사색이 되어 있을 것이다. 숍 사장님에게 제대로 인사도 못한 채 지친 몸을 질질 끌고 최대한 빨리 숙소로 향한다. 거의 기다시피 3층까지 올라가 숙소 방문을 두드린다. 아무런 기척이 없다. 엄마가 나를 찾으러 밖으로 나간 걸까? 급한 마음에 문을 벌컥 연다. 그런데 세상에! 엄마가 비상용 햇반에 도시락 김을 싸서 신나게 밥을 먹고 있다.

"엄마… 나 걱정한 거 아니었어?"

나는 황당함을 감추지 못하고 묻는다.

"… 걱정했지."

엄마가 잠시 정지 화면처럼 있더니 밥도 다 넘기지 않은 입으로 조용하게 말한다. 걱정은 무슨, 밥만 잘 드시는구먼! 나는 왠지 모를 배신감에 그냥 침대에 누워버린다. 그래, 차라리 엄마가 걱정하지 않은 게 다행이지, 싶다가도 그렇게 나를 말리던 엄마의 모습과 김밥을 오물대는 엄마의 얼굴이 겹쳐져 기분이 묘해진다. 그러다 갑자기 웃음이 나기 시작한다. 그냥 웃음이 아니라 두 발이 허공에서 난리를 칠 정도의 박장대소 말이다. 꼬마 김밥을 말아 입에 넣으며 의아하게 나를 쳐다보던 엄마도 갑자기 배를 잡고 웃기 시작한다. 그렇게 한참을 웃던 엄마가 말한다.

"진짜야. 엄마가 얼마나 걱정했는데! 밥도 반밖에 못 먹었잖아!"

그 말에 엄마도 나도 눈물이 날 정도로 웃는다. 시트콤 같은 여행이 이어지고 있다.

후에 베테랑 스쿠버다이버에게 나의 첫 스쿠버다이빙 경험을 자랑하니 경악을 금치 못했다. "원래 체험 다이빙은 초보자용 다이빙이라 강사가 다이버의 공기탱크 위에 딱 붙어서 밀어주고 끌어줘야 해. 만약에 사고가 생기면 본인 책임이기 때문에 초보자 곁에서 절대 떨어지지 않지. 넌 살아 돌아온 것에 감사해야 해!"

엄마의 여행 노트 #3

딸아이가 고등학생 때였을 것이다. 기관지가 약해 수술을 해야 했는데, 그때 딸아이의 팔에 링거를 꽂던 의사가 아주 어린 의사였다. 그래선지 그 의사는 바닥에 피가 흥건해질 정도로 딸아이의 핏줄을 다 터뜨렸다. 지금 생각해도 머리가 지끈해지는 장면이다. 수술 후 마취에서 깬 딸은 커피를 마시고 있는 내게 물었다. "엄마! 엄마는 어떻게 내 팔이 이렇게 됐는데 여유롭게 커피를 마실 수가 있어?" 그때는 "다행히 별일 없었잖아."라고 말했지만 사실 딸아이가 수술실에 들어갔을 때 나는 수간호사며 직위 높은 의사까지 불러 한바탕 소동을 벌였었다. 엄마인 내가 어찌 딸아이의 아픔을 그냥 지나칠 수 있었겠는가. 내가 어찌 자식을 걱정하지 않았겠는가.

시간이 멈춘 도시, 아바나

쿠바. 여행자들에게 이 두 글자는 나라 이름이라기보다 언젠가는 만나야 할 막연한 환상, 또는 더없이 달콤한 로망에 가깝다. 때문에 멕시코 동쪽에 위치한 유카탄 반도에 들어서면서부터 나는 쿠바를 입에 달고 살았다. 환상적인 로망이 곧 실현된다는 생각이 나를 흥분시켰던 것이다.

여전히 폐쇄적인 사회주의 체제를 고수하는 세상에 몇 안 되는 나라. 그럼에도 거리에서 살사를 추고 모히또를 마시며 혁명을 꿈꾸는 자유로운 영혼의 나라. 이 역설적이고도 신비로운 나라로 향하는 길. 내 마음에 '기대 반, 설렘 반'이라는 표현이 정확하게 내려앉는다. 처음 들어보는 쿠바 국적기 '쿠바나'에 탑승하자 엄마가 묻는다.

"사회주의 나라를 여행하는 게 합법이야?"

엄마의 마음에는 '기대 반, 걱정 반'이 내려앉은 듯싶다.

"응. 우리나라 사람이 여행하는 데에 아무런 문제 없어."

그렇게 엄마를 다독이며 도착한 아바나. 짐을 찾고 입국 신고를 마치니 어느새 밤 10시가 넘어 있다. 묘한 기대를 가지고 공항을 나선다. 습한 공기가 훅 하고 품 안에 파고든다. 새까만 어둠과 끈적끈적한 공기, 아바나의 첫인상이다.

쿠바는 과연 듣던 대로 과거의 모습을 하고 있다. 공항과 시내를 잇는 버스도 없고 공항 근처에 널려 있을 광고판도 보이지 않는다. 나는 이 단순한 사실에 문화 충격을 받는다. 내가 사는 곳은 물론 내가 지나온 곳과 너무도 다른 까닭이다. 우리는 시내로 나갈 방도가 없어 쿠바 물가에 비하면 턱없이 비싼 여행자용 택시를 탄다. 전기 공급이 원활하지 않은지 거리에는 칠흑 같은 어둠뿐이다. 알 듯 모를 듯한 아바나의 첫날이 그렇게 지나간다.

다음 날 아침, 엄마의 비명에 가까운 소리에 놀라 눈을 뜬다.

"원준아, 이리 좀 와 봐! 도시에 전쟁이 났나 봐!"

'전쟁'이란 단어에 놀라 침대를 박차고 발코니로 달려나간다. 제법 높은 곳에 위치한 숙소라 아바나 구시가지의 모습이 한눈에 들어온다. 거기에는 정말 믿을 수 없는 풍경이 펼쳐져 있다. 전쟁 난 것 같다는 엄마의 표현이 무슨 말인지 정확히 알 것 같다. 구시가지를 꽉 채운 수백, 수천, 아니 수만 개의 건물들이 며칠 전 폭격에 맞은 듯한 모습으로 서로를 지지대 삼아 '겨우' 서 있다. 딱 봐도 지은 지 수십 년은 되어 보이고, 낡았다는 표현조차 쓰기 어려울 정도로 남루하다. 실제로 외벽이 무너진 건물도 있고 구멍이 숭숭 난 건물도 있다. 그 자체가 거대한 곰팡이인 건물도 여러 채 보인다. 건물이라는 거대한 무생물에 측은함을 느끼는 건 이번이 처음이다. 내 사비를 탈탈 털어서라도 보수해주고 싶다. 그런데 더 신기한 건 다 쓰러져가는 건물 사이사이로 그게 뭐 대수냐는 듯 오가는 사람들과 인력거, 마차, 똥차 들의 행렬이다.

숙소를 나온 우리는 미지의 세계로 들어서는 탐험가처럼 충격의 현장으로 뛰어든다. 가까이에서 본 아바나의 모습이 멀리서 봤을 때의 모습과

다르지 않다. 몇몇 건물들은 마치 우리를 덮칠 듯 기울어져 있고 건물들만큼이나 낡고 바랜 옷을 입은 사람들이 거리에서 하릴없이 노닥거리고 있다. 골목을 누비며 자세히 살펴보니 양옆으로 늘어선 건물들이 쓰러지기 일보, 아니 반보 직전이라 각 층마다 나무 지지대가 놓여 있다. 지나가던 개가 건물 벽에 살짝 오줌만 싸도 무너져 내릴 것 같은 건물 안에서 수많은 사람들이 살고 있다는 사실이 기적처럼 느껴진다.

미로 같은 골목을 벗어나 아바나의 볼거리가 모여 있는 중앙 공원 쪽으로 이동한다. 큰길에 들어서자마자 내가 꿈꾸던 '아바나스러운' 풍경이 펼쳐진다. 여행자들의 로망이 재현되는 풍경이랄까. 특히 눈에 띄는 건 원색의 향연을 보여주는 올드카의 행렬. 그 알록달록한 클래식카들이 매캐한 연기를 내뿜으며 도로를 질주한다. 역시나 내가 알던 세상에는 없는 풍경이기에 얼떨떨함이 가시지 않는다. 평소 골동품 수집에 열을 올리는 엄마 역시 눈이 사방팔방으로 돌아가는 건 당연지사. 아바나 자체가 그 어느 곳에서도 보기 힘든 골동품이었으니까.

왜 허물지 않을까, 라는 생각이 드는 낡은 건물, 어떻게 아직도 존재할 수 있을까, 라는 생각이 드는 오래된 클래식카. 이 두 가지를 이해하기 위해서는 60년 전으로 거슬러 올라가야 한다.

1950년대 초반, 미국이 쿠바를 지배하던 시절. 아바나는 미국에서 가장 인기 좋은 관광지 중 하나였다. 미국의 최남단에 위치한 플로리다 주에서 배로 몇 시간이면 닿을 수 있을 정도로 가까운 거리, 카리브 해가 내뿜는 낭만적인 풍경, 그리고 1년 내내 따뜻한 기후가 아바나를 최고의 관광 도시로 만들어준 것이다. 미국의 백만장자들은 아바나의 화려한 풍광에 반해 앞다투어 이곳에 별장과 유흥 시설을 지었고, 아바나는 마치 미국에 속한 휴양 도시처럼 인식되며 최고의 환락가이자 유흥 천국으로 변해갔다.

TAXI
P108212
P106869

HOTEL

하지만 1950년대 중후반, 피델 카스트로, 체 게바라 등의 인물들이 그 유명한 쿠바 혁명을 일으켰고, 미국 타도를 부르짖으며 쿠바에서 자본주의를 밀어냈다. 이에 분노한 미국은 쿠바에 '엠바고', 즉 경제봉쇄정책을 펼쳤고, 쿠바에 머물던 미국인들은 모두 자국으로 추방당했다. 미국보다 쿠바를 더 사랑했던 미국 작가 어니스트 헤밍웨이도 그중 한 사람이었다. 이후 지금까지 미국은 자국산 원료가 0.001퍼센트라도 들어가 있으면 알약 하나도 쿠바로 들어가지 못하도록 조치했다. 해서 쿠바는 경제적으로 완전히 고립되었다. 전 세계에서 거래되는 대부분의 물건과 원료에는 극소량이라도 미국산 원료가 섞여 있기 때문이다. 당연히(자본주의 사회에서 살아온 나에게는 당연할 수 없는) 그 흔한 맥도날드나 코카콜라, 나이키를 구경조차 할 수 없는 곳이 바로 이곳, 쿠바다.

물론 열악한 경제 사정 속에서도 모든 이에게 평등한 교육과 무상 의료를 실시하는 개가를 올리기도 했지만 '수입'이란 단어 자체가 사실상 사라져버린 쿠바는 결국 자원 부족에 허덕이며 큰 경제 위기에 빠졌다. 그런 이유로 한참 전에 지어진 건물이 여전히 남아 있고 당시에 사용되던 물건 역시 고스란히 남아 있다. 한마디로 1950년대 후반에서 시간이 완전히 멈춰버린 것이다. 우리나라였으면 진즉에 재개발되었을 허름한 건물들도 물자 부족으로 계속 고쳐 쓰고 있는 것이고, 올드카 역시 부호들이 남겨놓고 간 자동차들을 끊임없이 고쳐 쓰고 있는 것이다. 애초에 자재 수입이 여의치 않기에 새로운 것을 만들기보다는 있는 것을 고쳐 쓰고 재활용하는 방식이다. 화려한 올드카도 사실 진하게 도색된 겉만 번지르르할 뿐 내부에는 60년 전에 장착된 고물 부품들이 가득하다. 오늘 아침, 올드카를 한 번 타보고자 택시에 올랐는데 택시 기사가 운전대 밑으로 늘어진 전선에 스파크를 일으키며 시동을 거는 걸 보고 우리는 아연실색했

다. 그 정도로 부실하기 짝이 없는 게 바로 지금 우리 앞을 지나치는 올드카들이다.

그럼에도 불구하고 여전히 아바나는 매력적이다. 안타까운 역사적·정치적 배경을 잠시 잊게 할 정도로 신기한 풍경이 가득하다. 물론 성당이나 박물관, 미술관과 같은 관광지의 전형적인 볼거리들도 꽤 많다. 하지만 다른 도시에서 쉽게 만날 수 있는 그런 볼거리들에는 전혀 눈이 가지 않는다. 세상 어디에도 존재하지 않을 것 같은 구시가지 내의 좁은 거리만이 우리의 관심을 독차지한다. 낡은 건물 사이에서 펄럭이는 원색의 빨래를 올려다보고, 골목 사이를 오가는 수백 대의 클래식카를 보는 게 그렇게 재미있을 수 없다.

소문대로 사람들의 모습 또한 이색적이다. 대한민국에서 온 우리에게 사회주의나 공산주의라는 체제는 자연히 북한의 모습과 겹쳐져 상당히 부정적인 이미지(나쁘게 산다가 아니라 어렵게 산다라는 의미에서)로 인식되는 게 사실이다. 하지만 쿠바의 모습은 우리의 예상을 완전히 깨부수었다. 특히 사람들의 모습이 그랬다. 적어도 이방인의 눈에 비친 현지인의 모습은 걱정거리라고는 없는 듯 느긋했고, 지나치게 유쾌했다.

뜨거운 태양이 내리쬐는 광장에 도착하자 곳곳에 살사를 추는 젊은이들이 가득하다. 풍만한 몸매의 여인들이 상점 앞에 모여 큰 소리로 수다를 떨고 있고, 연로한 노인들이 낡은 의자에 걸터앉아 담배를 피우며 여행자들에게 손을 흔든다.

"와, 정말 이건 평생 듣도 보도 못한 풍경이다!"

"엄마, 듣도 보도 못한 풍경을 보는 게 바로 여행이야."

"그렇지, 그게 여행이지."

엄마가 잊고 있던 당연한 이치를 깨달은 듯 고개를 끄덕인다.

Buenas Tardes
ALENTEJO

우리는 내친김에 광장 곳곳을 살피기 시작한다. 사회주의라 해도 완전한 폐쇄국은 아니기에 자본주의로 내달리는 익살스런 풍경이 자주 포착된다. 노천카페마다 관광객들의 두둑한 팁을 끌어내기 위해 '부에나 비스타 소셜 클럽'을 흉내 낸 악사들이 입구를 지키고 있다. 머리에 꽃을 단 채 쿠바산 시가를 문 아마추어 모델들은 관광객들이 자신의 사진을 찍는 즉시 달려와 돈을 요구한다. 진한 분장의 거리 공연자들은 대놓고 달러로 팁을 요구한다. 그런 뻔뻔한 모습마저 유쾌해 보일 만큼 그들의 말투에는 바다처럼 넓은 여유가, 그들의 몸짓에는 바람처럼 가벼운 자유가 묻어난다. 이쯤 되니 여행을 떠나기 직전에 봤던 여행 다큐멘터리 속 쿠바 연주자의 말이 떠오른다.

"쿠바인들은 노래하듯 말하고, 춤추듯 걷지요."

그 표현이 정확하다. 물론 그들의 삶 너머엔 우리가 알 수 없는 근심거리가 가득할 것이다. 하지만 그러한 그림자도 물러나게 하는 명랑함과 쾌활함을 가진 쿠바인들. 내가 그들의 열정적인 에너지에 취한 사이, 엄마는 그 어느 때보다 열심히 카메라 셔터를 누르며 연신 같은 말을 내뱉는다.

"나야말로 전쟁 통에 태어났는데 나 어릴 때도 이 정도는 아니었어. 엄청난 별세계다. 신세계도 아니고 별세계야!"

그렇다. 지금 나는 엄마의 어린 시절보다 오래된 풍경 속을 걷고 있다. 듣도 보도 못한 별세계를 산책 중이다. 안 그래도 벌어진 윗입술과 아랫입술이 닫힐 줄을 모른다. 바로 옆에 엄마가 있어 감히 입 밖으로 낼 수 없는 한마디가 마음속에 울려 퍼진다.

'내가 정말 살다 살다 별의별 희한한 풍경을 다 보는구나!'

쿡과 모네다의 오묘한 동거

엄마가 '별세계'라는 기발한 별명을 지어준 쿠바에서 신기한 건 풍경만이 아니다. 쿠바에서 통용되는 화폐 시스템 역시 배낭여행 역사상 유래가 없을 정도로 독특하다. 일단 한 나라에 두 개의 화폐가 보란 듯 공존한다는 것도 기묘한데, 그중 하나는 오로지 관광객을 위해 만든 전환화폐라는 게 정말 놀랄 노 자다. 어찌 보면 관광객용 화폐를 따로 만들어서 대놓고 바가지를 씌우겠다는 의지인데, 쿠바 정부의 이런 당당함이 이해가 될 정도로 쿠바의 현지 물가는 놀랍도록 저렴하다.

가이드북에 의하면 시내버스비가 우리 돈으로 10원에서 30원 남짓이고, 음료 한 잔도 50원을 넘지 않는다. 자본주의 세계에서 넘어온 넉넉한 관광객들에게 자신들의 저렴한 물가가 적용되는 것을 원치 않았던 쿠바 정부는 결국 미국 달러와 같은 가치의 '쿡(CUC, '쎄우쎄'라고도 불림)'을 발행했는데, 이게 바로 관광객용 화폐다. 1쿡은 1달러와 같은 가치를 가지고 있지만 전환화폐이기 때문에 쿠바 내에서만 사용할 수 있다. 이는 곧 쿠바를 벗어나면 휴지조각보다 쓸모없는 화폐라는 뜻이고 당연히 쿡을 환전할 수 있는 나라는 오로지 쿠바밖에 없다는 소리다.

내국인용 화폐는 보통 '모네다(MN, '모네다 나시오날'이라고도 불림)'라

불리며 화폐 가치가 상대적으로 매우 낮다. 보통 1쿡은 24모네다로 고정되어 있다. 정리하자면 1쿡이 1100원(1달러) 정도라면 1모네다는 그의 24분의 1인 45원 정도라는 이야기다. 하지만 더 황당한 건 국영 환전소인 '카데카'에서 쿡을 모네다로 교차 환전할 수 있다는 사실이다. 한마디로 관광객도 내국인용 화폐를 사용할 수 있다는 뜻이다.

이 사실을 알자마자 나는 카데카로 쪼르르 달려가 가지고 있는 쿡의 일부를 모네다로 바꿨다. 쿡과 모네다의 화폐 디자인이 다르긴 해도 색이 비슷해 충분히 헷갈릴 수 있으므로 쿡은 엄마가, 모네다는 내가 관리하기로 한다. 잘못해서 10모네다어치 물건을 사고 10쿡을 내면 450원짜리 물건을 1만 1000원에 사게 되는 대재앙이 벌어질 수 있기 때문이다. 실제로 쿡과 모네다를 잘 구분 못하는 관광객을 상대로 환전 사기가 종종 벌어진다고 한다.

두둑한 모네다를 손에 쥐자 쿠바의 저렴한 현지 물가를 단번에 접수하게 된다. 가령 모네다가 없다면 시내 곳곳에 있는 관광객용 레스토랑에서 식사를 해결해야 하는데, 그러면 아이러니하게도 세계 최고의 물가를 자랑하는 자본주의의 끝판왕, 미국의 물가가 적용된 음식을 먹어야 한다. 모네다라는 화폐의 존재를 알게 된 이상 우리는 그 돈을 주고 밥을 사 먹을 수 없다. 1모네다짜리 지폐 수십 장을 주머니에 구겨 넣자 재벌 여행자가 된 것 같다. 나는 간만에 돈 좀 있는 아들로 빙의해 목에 힘을 주고 말한다.

"엄마, 뭐 먹고 싶어? 원하는 거 다 사줄게!"

"골목마다 널린 게 피자집이던데 피자나 한번 먹어보자!"

실제로 다 쓰러져가는 건물의 1층은 대체로 피자집이 차지하고 있었다. 우리는 사람들이 줄 서서 먹는 피자집으로 가 사람들이 가장 많이 시

켜 먹는 피자를 주문한다. 그런데 세상에! 토마토소스 위에 치즈를 담뿍 올린 치즈 피자의 가격이 가히 충격적이다. 내 얼굴만 한 크기의 피자가 단돈 5모네다, 200원 남짓이다. 충격적이다 못해 기적에 가까운 가격이다. 목이 메어 탄산음료도 시키니 한 잔에 1모네다, 45원이다.

"엄마, 지금 우리 둘이 먹는 거 다 합쳐도 500원이 안 돼."

"진짜? 5000원이 아니고? 그럼… 입가심으로 옆 사람이 먹는 요거트도 먹어볼까?"

이번 여행 중 처음으로 가격을 묻지 않고 무언가를 시켜본다. 100퍼센트 천연 요거트가 단돈 3모네다. 주저할 것도 없이 엄마와 나란히 요거트 두 잔씩을 들이켠다. 이거야 말로 먹는 게 남는 장사다. 480모네다(20쿡, 약 20달러)를 환전했는데 이걸 다 쓸 수 있을까 걱정되기까지 한다. 5모네다짜리 피자를 96조각 먹거나, 3모네다짜리 요거트를 160잔 원샷해야 다 쓸 수 있는 금액이니 말이다. 21세기에 이런 물가가 존재한다는 게 믿기지 않는다.

이 나라의 물가가 어느 정도인지 더 알고 싶어 모네다가 흔히 통용된다는 아바나의 중심지, '오비스포 거리'로 가본다. 현지인들로 붐비는 곳에 식료품점이 죽 늘어서 있다. 우리는 그중 한 곳에서 핫도그와 오렌지

PUMA
Café

GRANIZADO-$-3
GRANIZADO
¡Refrésquese!
Granizado
¡Refrésquese!

주스를 시킨다. 핫도그가 5모네다, 오렌지주스가 1모네다다. 비록 핫도그는 빵과 소시지, 케첩이 전부이고 오렌지주스는 분말주스이지만 그럼에도 이 두 가지를 함께 즐기는 데 300원 남짓 든다는 건 놀라운 일이다.

저녁이 되어도 우리의 음식 물가 탐험은 끝나지 않는다. 우선 우리는 치킨 한 조각과 샐러드, 볶음밥을 먹은 후 디저트로 소프트 아이스크림과 커피를 사 먹는다. 상점 주인들은 딱 봐도 관광객인 우리가 모네다를 내는 걸 괘씸해하면서도 음식을 듬뿍듬뿍 얹어준다. 게다가 우리가 가게를 나서려 하면 쿠바인 특유의 환한 웃음으로 배웅한다.

숙소로 돌아와 하루 식비를 계산해보니 우리 둘이 종일 먹고, 마시고, 간식에 디저트까지 즐기는 데 채 100모네다도 쓰지 않았다. 그렇게 정신없이 먹었는데도 4500원을 쓰지 않은 것이다. 관광업으로 먹고사는 쿠바에서 여행자인 우리가 이 물가로 먹고 마셔도 되나 싶다. 월급이 보통 만 원에서 3만 원을 오가는 현지인들을 위한 물가를, 가난을 짊어진 쿠바인들의 물가를 마치 대단한 보너스라도 얻은 것처럼 사용한 게 내심 마음에 걸린다.

"엄마, 아빠랑 데이트할 때 자장면이 얼마였어?"

"자장면 한 그릇에 다방 커피까지 마시면 1000원이었어."

"그럼 지금 쿠바 물가가 우리나라 35년 전 물가네."

"그러게. 한국도 전에는 참 가난했어. 집들도 다 허물어져가는 집이었고. 그래도 지금 사람들보다 정도 많고, 서로를 더 잘 이해했던 것 같아. 쿠바 사람들처럼."

엄마의 마지막 말이 내 가슴에 묘한 여운을 남긴다.

따띠 할머니의 온정

"일요일에 다시 와서 머물 거냐고 물어보시는데?"

전화기 너머의 목소리가 말한다.

"응, 어차피 멕시코로 돌아가는 비행기를 타려면 다시 아바나로 와야 하니까 일요일에도 하루 더 머물겠다고 전해드려."

"오케이, 그럼 일요일엔 다른 손님 받지 말라고 말씀드릴게. 대신 약속은 지켜야 해."

"물론이지. 어머님이 너무 잘해주셔서 안 그래도 다시 들를 참이었어."

아바나를 떠나 쿠바의 중부 도시 트리니다드로 떠나는 날, 우리 숙소의 주인인 따띠 할머니가 아침부터 찾아오셨다. 무언가를 계속 말씀하시는데 한 달간 길 위에서 익힌 짧은 스페인어로는 도저히 알아들을 수 없었다. 엄마의 등을 쓰다듬으며 계속해서 대화를 시도하던 할머니가 갑자기 거실에 있던 전화를 들고 오셨다. 그러고는 어딘가로 전화를 걸어 또 무언가를 말씀하신 뒤 나를 바꿔주셨다. 영어를 할 줄 아는 아들에게 통역을 지시하신 것이다.

"원준아, 엄마는 따띠 할머니 때문에 아바나에 한 달은 더 머물고 싶다고 전해줘."

실제로 그랬다. 마치 자식을 대하듯 우리를, 특히 엄마를 따뜻하게 챙겨주시는 따띠 할머니를 보며 엄마는 돌아가신 할머니 생각이 많이 난다고 했다. 아바나에서의 5박 6일. 생전 처음 보는 낯선 풍경 때문에도 아바나는 특별했지만, 따띠 할머니와 나눈 아름다운 시간이 아바나를 더욱더 특별하게 만들어주었다.

따띠 할머니는 노령에도 불구하고 '까사'를 운영하셨다. 쿠바에는 여행자들을 위한 호스텔이라는 개념이 없고 정부에서 허가한 '까사 빠르띠꿀라르', 일명 '까사'라 불리는 저렴한 민박 형태의 숙소만 존재한다. 가정집의 남는 방을 여행자에게 내어주는 방식인데, 따띠 할머니는 세 개의 방 중 두 개의 방을 여행자들에게 내어주고 계셨다.

아바나에 도착한 첫날, 우리는 밤 11시가 되어서야 따띠 할머니의 까사에 도착했다. 늦은 시간임에도 불구하고 따띠 할머니는 정말 환한 미소로 우리를 반겨주셨다. 특히 환갑 넘어 여행 중인 엄마가 신기하고도 기특해 보였는지 계속해서 엄마를 품 안에 안으며 반기셨다. 비행에 지친 데다 무더운 아바나 날씨에 땀을 뻘뻘 흘린 우리는 그대로 침대에 쓰러졌다. 그때 할머니가 시원한 주스 두 잔을 들고 방문을 두드리셨고, 우리가 주스를 다 비우기도 전에 두 대의 선풍기를 들고 오셨다. 방에 들어선 지 채 5분도 지나지 않았는데 우리는 할머니의 온정에 푹 빠져버렸다. 탈탈탈 돌아가는 선풍기 바람을 맞으며 우리는 기분 좋게 아바나에서의

첫날을 보냈다.

다음 날, 아바나 구경을 마치고 까사로 돌아오자 따띠 할머니가 방으로 놀러 오셨다. 아마도 여행자들과 시간을 보내는 게 할머니의 일과이신 것 같았다. 마침 까사의 여행자는 엄마와 나 둘뿐이었다. 나보다 엄마에게 관심이 많았던 할머니는 어떻게든 이야기가 하고 싶으셨는지 거실에 있던 메모지와 펜을 가지고 오셨다. 그러고는 무언가를 그리셨는데, 자세히 보니 사람이었다. 1명이 아니라 2명, 마치 엄마와 딸 같았다. 내가 어설픈 스페인어로 "엄마와 딸?"이라고 말하자 할머니가 기쁘게 고개를 끄덕이며 자신과 엄마를 손가락으로 가리키셨다. 엄마가 감격한 듯 할머니의 손을 꼭 붙들었고 할머니도 큼직하고 따뜻한 손으로 엄마의 손을 꼭 잡으셨다.

"정말 저희 엄마 같으세요."

할머니는 엄마의 말을 알아들었다는 듯 고개를 끄덕이며 환하게 웃으셨다. 그러면서 "네가 이렇게 여행하는 걸 보니 참 기특하구나."라고 말씀하시는 것 같았다. 할머니는 계속해서 엄마의 등을 쓰다듬으셨고, 엄마는 누군가가 자신의 등을 쓰다듬는 게 참 오랜만이라며 좋아했다. 나는 오랜만에 울컥하는 심정으로 두 여인을 바라보다가 얼른 일어나 카메라를 들었다. 찰칵. 아름다운 여행의 기억이 또 하나 쌓였다.

우리가 쿠바를 여행한 시점은 2014년 10월이다. 그로부터 2개월 후 미국의 오바마 대통령은 쿠바와의 국교 정상화에 나서겠다고 발표했고, 2015년 7월, 양국 주재 대사관 개설에 합의했다. 자본이 들어갈수록 변화할 쿠바. 그렇다면 우리가 본 쿠바의 모습은 역사 속으로 사라지게 될까?

엄마의 여행 노트 #4

'엄마 이야기'를 하면서 눈물을 흘리지 않는 딸은 불효녀일까? 받은 게 너무 많아서, 너무 많은 사랑을 받아서 그저 생각하면 마음 좋아지는 사람이 내게는 엄마인데, 그래서 눈물보다는 희미한 웃음이 나는 사람이 바로 엄마인데…. 하지만 여전히 마음 한쪽에 미안하다는 생각이 자리 잡고 있는 건 부인할 수 없다. 그래도 나는 엄마의 마음을 위해 울지 않으려 한다. 그리고 내 아이들을 위해 하루 세 번은 무조건 웃을 것이다.

많은 여행자들이 아바나에서 버스로 6시간이나 걸리는 이 한적한 마을을 방문하는 이유는 하나, 바로 쿠바의 대표 음악이자 춤인 '살사'를 만끽하기 위해서다. 물론 파스텔 톤의 건물이 가득한 골목들도 볼 만하다.

트리니다드의 진면목은 해가 져야 드러난다. 중앙 광장 부근에서 1년 365일, 매일 밤마다 다양한 레퍼토리의 흥겨운 살사 공연이 무료로 펼쳐지기 때문이다. 밴드의 살사 리듬이 밤공기를 가르기 시작하면 조용했던 마을이 화려한 클럽으로 변신하고, 동네 베테랑 춤꾼과 관광객 초보 춤꾼이 어우러져 신나는 살사 춤판을 벌인다.

우리는 밤마다 클럽을 찾아가 각각 맥주와 콜라를 홀짝이며 신명나는 어깨춤을 주고받았다. 트리니다드의 밤은 화려한 살사 리듬과 함께 깊어갔다.

엄마, 나 오늘
숙소 안 들어가!

꿈만 같았던 쿠바 여행을 마친 후 멕시코 깐꾼을 지나 해변 도시 '플라야 델 카르멘'에 도착하니 그간 맡지 못했던 돈 냄새가 진동을 한다. 자본주의에 익숙한 나는 열흘간 보지 못했던 편의점과 와이파이에 눈이 돌아간다. 엄마도 대형마트로 달려가 장부터 거하게 본다. 그렇게 우리는 사회주의 최전선에서 자본주의 최전선으로 복귀한다.

이곳은 멕시코를 찾는 배낭여행자들의 성지로, 아시아로 따지면 방콕과 같은 도시다. 멕시코의 카오산로드라 불리는 '5번가'에는 저렴한 숙소와 음식점이 즐비하고, 독특한 콘셉트의 술집이 널려 있으며, 예쁘장한 소품을 파는 상점들도 줄지어 있다. 게다가 지척이 카리브 해이고, 그 너머에 고래상어와 스노클링을 즐길 수 있는 섬까지 있어 그야말로 젊은 여행자들이 싫어하려야 싫어할 수 없는 다이내믹한 도시다. 때문에 전 세계에서 몰려든 다양한 국적의 젊은이들이 해변과 거리에 그득하다.

"아들, 여기는 딱 아들이 놀고 싶어서 온 도시네. 맞지?"

역시 엄마들은 눈치가 빠르다. 플라야 델 카르멘은 피 끓는 청춘인 내게 최적화된 도시다. 솔직히 이곳을 콕 집어 온 이유가 있다. 바로 CNN이 극찬한 화끈한 클럽 '코코봉고'에 출두하기 위해서다. 엄마는 이제 누가 뭐래도 베테랑 여행자다. 홀로 여행하는 데에 전혀 문제가 없다. 내가 늦잠을 자는 날이면 홀로 동네 산책에 나서고, 출출해지면 숙소 주변에서 간단한 스낵을 사 온다. 이 말인즉, 때로는 나의 욕망(?)을 채우기 위한 단독 행위가 아무런 문제가 되지 않는다는 뜻이다. 나는 엄마가 보는 앞에서 보란 듯이 코코봉고 입장권을 '한 장'만 구입한다.

"아예 같이 가자고도 안 하네?"

"흐흐흐. 엄마도 가고 싶으면 한 장 더 살게."

내 말에 엄마가 손사래를 치며 웃는다.

엄마와 해변을 좀 둘러본 뒤 숙소로 들어가 낮잠을 즐긴다. 그렇게 얼마나 지났을까? 엄마가 나를 깨운다.

"원준아, 해 떨어졌는데 클럽 안 가?"

세상에, 클럽 갈 시간이라며 아들을 깨우는 엄마라니! 이렇게 착한 엄마가 또 어디에 있단 말인가! 나는 새어 나오는 웃음을 참으며 말한다.

"엄마, 지난 한 달간 여행하느라 고생하셨으니 오늘은 아들 기다리지 말고 먼저 푹 주무셔. 아들은 간만에 발바닥에 때 좀 벗기고 올게."

"술 조금만 마시고 적당히 놀다가 일찍 들어와, 알았지?"

클럽 가라며 깨우는 쿨한 엄마지만 역시 엄마는 엄마다. 나는 해죽거리며 홀로 숙소를 나선다.

해 질 녘의 플라야 델 카르멘은 역시나 화려했다. 낮과 비교할 수 없을 정도로 5번가가 번쩍인다. 일제히 문을 연 수백 개의 술집이 각국에서 온 여행자들로 인산인해다. 나도 그중 한 곳에 들어가 기분 좋게 맥주 몇 잔을 마신 후 대망의 코코봉고로 성큼성큼 나아간다.

코코봉고가 유명해진 건 짐 캐리 주연의 코미디 영화 〈마스크〉 덕분이다. 짐 캐리가 카메론 디아즈와 춤을 추는 흥겨운 클럽이 바로 코코봉고

인 것이다. 영화가 대히트를 치며 저명한 매체들이 코코봉고를 소개하기 시작했고, 당연히 코코봉고는 세계 최고의 클럽 중 하나가 되었다. 사실 본점은 깐꾼에 있지만 깐꾼에 머물 당시 종일 물놀이를 하느라 지쳐 차마 놀러 갈 생각을 하지 못했다. 하지만 이곳 분점의 쇼도 깐꾼에 못지않다는 소문을 들은 터라 한 발짝을 뗄 때마다 기대감이 부풀어 오른다.

클럽 앞에 엄청나게 많은 사람들이 늘어서 있다. 하지만 그런 건 장애물이 될 수 없다. 나는 끈기 있게 줄을 섰고, 곧 내 순서가 돌아왔다. 입구에서 입장 팔찌를 채워주는 직원이 묻는다.

"동행이 있나요?"

어이, 친구. 동행은 안에 가서 만들면 되지 않겠나? 잔말 말고 팔찌나 채우시게. 코코봉고는 스테이지 위로 나가 춤을 추는 클럽이 아니라 화려한 쇼와 퍼포먼스 위주로 운영되는 극장식 클럽이다. 때문에 유난히 연인이나 친구와 함께 온 이들이 많다. 가만 보니 직원이 동행이 있을 경우에만 막대 풍선을 나눠주고 있다. 쳇, 막대 풍선 따위는 필요 없다. 나는 팔찌를 차자마자 음악으로 쿵쾅거리는 클럽 입구로 향한다.

'웰컴 칵테일'을 벌컥벌컥 들이켜며 클럽 안에 들어선 순간, 가슴이 세차게 뛰기 시작한다. 중앙 스테이지를 가득 메운 여성 댄서들이 눈에 들어온 것이다. 최신 팝송에 맞춰 몸을 흔들어대는 댄서들의 글래머러스한 몸매에 취해 시선을 거둘 수가 없다. 그렇게 바보처럼 멍하니 서 있다가 뒤따라 들어온 사람들에게 밀려 클럽 중앙으로 빨려 들어간다. 거대한 스크린에 쇼가 시작될 때까지의 남은 시간이 표시되고 있다.

5, 4, 3, 2, 1, 0! 마침내 코코봉고가 자랑하는 화려한 쇼가 개막한다. 깜짝 놀라 목에 쥐가 날 만큼 커다란 폭죽 소리와 함께 클럽 천장에서 하얀 드레스를 입은 아름다운 여인이 줄에 매달려 내려온다. 그 모습이 우아해

IT'S SHOWTIME

넋을 잃고 바라보는 사이, 이번엔 말끔한 정장을 차려입은 남성 댄서가 스테이지 위로 거칠게 뛰어오른다. 하늘에서 내려온 여인이 남자의 품에 안기고 두 남녀가 한 몸이 될 듯 격한 포옹을 나누자 〈오페라의 유령〉 주제곡이 울려 퍼진다. 동시에 스테이지가 화려한 뮤지컬 무대로 뒤바뀐다. 현란한 조명과 화려한 무대 장치는 물론 와이어까지 동원되는 공중 퍼포먼스가 어우러지자 정신을 차릴 수가 없다. 시작부터 이렇게 황홀해도 되는 건가! 괜히 코코봉고, 코코봉고 하는 게 아니었다. 비단 나뿐 아니라 클럽을 가득 메우고 있는 사람들 역시 얼음이 된 채 숨죽여 같은 곳을 바라보고 있다.

애절했던 첫 번째 공연이 끝나자 순식간에 분위기가 반전된다. 정신을 차릴 새도 없이 뮤지컬 〈시카고〉 팀이 쏟아져 나와 스테이지를 장악한다. 스크린에 뮤지컬 영화 〈시카고〉가 상영되고, 섹시한 복장을 입은 무희들이 굉음에 가까운 음악에 맞춰 일사분란하게 춤추기 시작한다. 반짝이 드레스를 입은 록시와 벨마가 스크린 앞에 나타나자 클럽 안은 그야말로 흥분의 도가니로 변한다. 사람들의 환호와 비명 소리에 음악이 들리지 않을 정도다. 한껏 흥이 오른 나도 정신없이 몸을 흔든다. 적당히 취기까지 오르니 거칠 것이 없다. 남자인지 여자인지 확인도 하지 않은 채 옆에 있는 사람들과 몸을 부대끼며 하이파이브를 나눈다. 그렇게 신나게 몸을 흔들고 있는데, 이번에는 엘비스 프레슬리가 어둠을 뚫고 나타난다. 엘비스와 꼭 닮은 배우가 전성기 시절의 엘비스 복장을 착용한 채 기타를 치며 'Hound Dog'을 립싱크 하는 것이다. 구레나룻을 쓰다듬으며 객석으로 윙크를 날리자 수많은 여성들이 녹아내린다. 엘비스를 필두로 이미테이션 가수들의 릴레이가 끝없이 이어진다. 금발의 마돈나가 명곡 'Vogue'를 부르며 나타나고, 퀸의 프레디 머큐리가 'We will rock you'를 부르며

CHICAGO

나타난다. 전설적인 스타들이 등장할 때마다 천장에서 수만 개의 꽃가루가 팔랑대며 떨어지고 환상적인 레이저쇼가 이어진다. 그 사이를 뚫고 말끔하게 차려입은 웨이터들이 쉴 새 없이 알코올을 실어 나른다. 입장과 동시에 모든 주류를 무제한 마실 수 있어 내 목구멍은 맥주와 칵테일, 데킬라로 찰랑거린다. 아, 이렇게 신나게 놀아보는 게 얼마만인가.

잠시의 틈도 없이 스테이지에서 신명나는 서커스가 시작된다. 바로 그 유명한 〈태양의 서커스〉! 천장으로 이어진 붉은 천에 매달린 공연자들이 머리 위로 휙휙 지나가자 취기로 반쯤 풀린 눈이 핑핑 돌아가기 시작한다. 친구 좀 사귀어볼까(?) 하고 클럽에 놀러 왔는데 이건 클럽이 아니라 눈을 뗄 수 없는 거대한 공연장이다. 심지어 전설적인 공연들의 엑기스만 모아 선보이는 놀라운 쇼다. 게다가 그 놀라운 쇼의 레퍼토리는 끝이 없다. 뮤지컬과 팝 공연, 서커스에 이어 블록버스터 영화들까지 무대를 수놓는다. 스파이더맨과 배트맨이 와이어에 매달려 하늘을 날아다니고 이 클럽을 세계 최고의 클럽으로 만들어놓은 〈마스크〉의 주인공이 익살스럽게 관객 사이를 뛰어다닌다. 〈물랑루즈〉와 〈그리스〉 등 할리우드 최고의 뮤지컬 영화들이 그대로 재현된다. 뭐 하나 빠지는 데가 없다. 나는 떠먹여 주는 쇼를 넙죽넙죽 받아먹으며 이 화려한 순간을 최대한 만끽한다.

어찌나 신나게 몸을 흔들었는지 땀이 비 오듯 쏟아진다. 그때마다 눈치 빠른 웨이터들이 시원한 맥주를 공급해준다. 귀가 터질 듯한 음악 소리와 클럽을 찾은 이들의 함성 소리에 정신이 혼미해진다.

'Single Lady'를 신나게 부르던 비욘세가 팝의 황제 마이클 잭슨에게 바통을 이어줄 때쯤 문득 정신이 든다. 시계를 보니 이럴 수가! 클럽에 11시쯤 들어왔는데 어느새 새벽 3시가 넘어 있다. 지치지도 않고 참 열심히도 놀았구나! 일찍 들어오라던 엄마의 당부는 이미 잊어버린 지 오래다. 유독 나를 잘 챙겨주던 웨이터를 붙잡고 음악 소리보다 더 큰 목소리로 외친다.

"쇼는 언제까지 계속되죠?"

센스로 가득 찬 웨이터가 내 품에 코로나 맥주를 안기며 대답한다.

"당신이 지칠 때까지요!"

하하! 그렇다면 쇼는 계속되겠군! 정신이 반쯤 나간 나는 허공에 대고 크게 외친 뒤 다시 몸을 흔든다.

"엄마! 나 오늘 숙소 안 들어가!"

상어와
수영해보셨어요?

"나라 이름이 벨리즈야? 처음 들어보는 나라네."

엄마가 고개를 갸웃대며 말한다. 나 역시 마찬가지다. 벨리즈는 과테말라로 가기 위해 어쩔 수 없이 거쳐 가야 해서 알게 된 나라로, 멕시코 동남쪽 지역과 국경을 마주하고 있는 작은 곳이다. 특이한 점은 중미 대륙 국가들 중 유일하게 영어를 쓰는 곳이고, 한국인에게 비자를 요구하는 유일한 나라라는 점이다.

비자비로 1인당 무려 50달러를 요구하는 벨리즈 입국사무소를 투덜거리며 빠져나온다. 비록 과테말라로 가기 위해 들른 경유지이지만 이왕 들른 거 벨리즈의 옛 수도였다는 '벨리즈 시티'에 가보자며 무작정 발걸음을 옮긴다. 보통 한 나라의 수도는 꼭 둘러보는 편이라 벨리즈의 현재 수도 '벨모판'으로 향하려고 했었는데, 그곳에 대한 론리플래닛의 소개를 보고 마음을 바꿨다.

'벨모판을 방문하는 사람들은 모두 절박한 질문에 직면하게 될 것이다. 대체 내가 여기서 무얼 하고 있는 거지? 고맙게도 도시는 답할 준비가 되어 있다. 당장 버스를 갈아타시오.'

론리플래닛이 한 도시를 이렇게 혹평하는 경우는 드물다. 심지어 벨모

판에 대한 관광 정보에 한 페이지도 할애하지 않았다. 때문에 그나마 볼거리가 있다는 벨리즈 시티를 목표로 잡은 것이다.

하지만 폐차 수준의 현지 버스를 두 번이나 갈아타며 도착한 벨리즈 시티 역시 유령 도시처럼 황량하기만 하다. '대체 우리가 여기서 무얼 하고 있는 거지?'라는 질문이 들기는 벨모판과 다를 바가 없다.

"여기는 굳이 왜 온 거야? 그냥 과테말라로 넘어가는 방법은 없었어?"

엄마가 여행 중 처음으로 불만을 토로한다.

"그러려면 지금까지 지나왔던 멕시코 길을 되돌아가야 해."

시간과 비용, 품이 많이 드는 방법이다. 하지만 그냥 그렇게라도 돌아갈 걸 그랬나, 싶을 만큼 벨리즈 시티는 아무것도 할 게, 볼 게 없는 도시였다. 결국 우리는 마지막 희망을 가지고 벨리즈 시티에서 배로 1시간 거리에 있다는 '키코커'로 황급히 항로를 변경한다. '블루홀'이라는 거대한 산호 지대가 있어 세계에서 손에 꼽히는 다이빙 포인트로 알려진 섬이다. 인터넷을 뒤져보니 개그맨 김병만 씨가 블루홀에서 스카이다이빙한 것이 방영되어 국내에도 나름 유명세를 탄 섬이란다.

키코커 선착장에 내리니 '느리게 걷자(Go Slow)!'라는 간판이 보인다. 유명하다는 말에 그래도 해변이 좀 복작거리지 않을까 생각했는데, 섬의 모든 것이 느릿느릿 움직여 자연스레 그 흐름에 동화되고 마는 지나치게 한적하고 조용한 섬이다. 드문드문 보이는 여행자들은 맥주병을 든 채 해변에 누워 광합성을 즐기고 있고, 동네 개들은 태양을 피해 그늘에 숨어 낮잠에 빠져 있다. 요란스레 호객 행위를 하는 숙소 주인이나 여행사도 없고 섬과 맞닿아 있는 바다조차 일렁임을 멈춘 듯 잔잔하다. 여유를 즐기는 것 이외에 할 수 있는 건 오직 수상 스포츠뿐이다. 섬의 주요 스노클링 포인트 세 곳에서 물놀이를 즐기는 가장 기본적인 스노클링 투어에 참

여하고자 숍을 둘러보는데 엄마는 역시 발뺌부터 하고 본다.

"나는 절대 물에 안 들어갈 거야."

"엄마, 그냥 이 기회에 물에 한번 들어가자. 두 번째 지점은 물이 엄청 얕대!"

"에이, 싫어. 엄마는 그냥 숙소에서 쉴 테니까 놀다 와."

"그럼 일단 같이 나가고 엄마는 보트에서 바다 구경하다가 나 스노클링 하는 거 사진이나 찍어줘."

말은 이렇게 했지만 거짓말이다. 이번에는 기필코 엄마를 신비한 물속 세계로 인도할 것이다. 육지를 보는 것만큼이나 바닷속을 보는 것도 아찔하다는 걸 알려주고 싶다. 엄마는 어찌나 물을 무서워하는지 욕탕에 들어가는 것조차 꺼린다. 지난 유라시아 여행 때 수중 스포츠를 즐길 만한 해변 도시를 수도 없이 지나쳤지만 엄마가 스노클링을 한 곳은 이집트 다합이 전부다. 그것도 정말 잠깐, 무릎까지 오는 얕은 물에서 한 게 처음이자 마지막이다. 사실 스노클링이라기보다 스노클링 장비를 차고 얕은 물에서 앉았다 일어난 거라고 말해야 옳다.

엄마는 장기간의 여행을 통해 평생 가지고 있던 모든 두려움과 어색함을 하나씩 떨쳐냈다. 낯선 것에 대한 두려움, 나이에 대한 부담감, 불가능할 거라 여겼던 많은 도전들을 훌쩍 뛰어넘었다. 엄마가 가지고 있던 약점과 장애물들은 이미 세상의 길 위에 모두 흩뿌려졌다. 하지만 단 한 가지, 바로 물에 대한 공포는 여전히 엄마의 마음속 깊이 박혀 있었다. 그간 엄마의 물 공포증을 걷어내기 위해 나 역시 많은 노력을 했지만 딱히 방법이 없었다. 그러던 차에 물이 깊지 않은 포인트가 있으니 엄마도 스노클링을 즐기는 데 큰 문제가 없을 거라는 가이드 론의 이야기에 용기를 얻었다. 그래서 론에게 적당한 기회를 봐서 엄마를 입수시킬

테니 엄마가 쓸 스노클링 장비도 좀 챙겨달라고 살짝 귀띔해놓은 상태다.

그렇게 우리는 보트를 타고 키코커의 투명한 바다로 향한다. 나보다 한참 어린 론은 얼굴에 세월의 흐름을 정통으로 맞은 듯 심각한 노안이다. 스노클링 포인트에 도착해 안전 수칙과 키코커 바다에 대한 간단한 설명을 해주는데 마치 큰형님에게 조언을 듣는 것 같아 두 손을 무릎 위에 가지런히 모으게 된다. 론의 말에 의하면 이 주변은 호주의 '그레이트 배리어리프'에 이어 세계에서 두 번째로 큰 산호 군락이다. 그놈의 랭킹이란 게 뭔지, 이런 설명을 들으면 늘 기대감이 제멋대로 팽창한다.

첫 번째 스노클링 포인트에서 론과 함께 물에 뛰어든다. 물론 나도 수영을 잘하는 건 아니기에 구명조끼를 연인보다 소중하게 껴안고 물놀이를 즐긴다. 론의 설명대로 바다 아래에 알록달록한 산호가 가득하다. 산호에 눈이 팔린 사이 론이 커다란 소라 껍데기에 담아 온 생선 조각을 꺼내 든다. 그럴 때마다 수십여 종의 물고기들이 몰려와 눈을 즐겁게 한다. 30분 넘게 이어진 첫 번째 스노클링이 대단히 만족스럽게 끝난다. 물 밖으로 나오니 엄마는 바다 위에 홀로 남아 있는 것도 무섭다며 안절부절못한다. 괜히 왔다며 눈을 흘기는 엄마의 시선을 애써 외면하며 다음 포인

트로 향한다. 잠시 뒤 보트를 멈춘 론이 내게 속삭인다.

"이 주변은 수심이 2미터도 안 돼. 수십 마리의 상어와 대형 가오리가 넘치는 곳이지. 엄마를 입수시키기에 딱 좋은 곳이야!"

그때 엄마가 외친다.

"우와! 상어다! 상어가 엄청 많아!"

엄마의 시선을 따라가자 바닥이 보일 정도로 얕은 바다가 물 반 상어 반이다. 틈틈이 가오리도 오고 간다. 처음 보는 장면이라 신기하기는 한데 머리칼이 자꾸 곤두선다.

"재네들 사람 안 물어?"

겁에 질린 내가 론에게 묻는다.

"응, 절대 안 물어. 오히려 사람을 좋아해서 물에 들어오는 사람들 품에 안겨. 얼마나 귀여운데!"

일단 론이 입수하는 걸 지켜본다. 론이 물속으로 뛰어들자마자 놀랍게도 상어들이 춤을 추듯 론 주변을 빙빙 돈다. 공격할 움직임은 어디서도 포착되지 않는다. 나는 그제야 마음이 놓여 상어들 틈 사이로 뛰어든다. 상어들과 가오리들이 앞다투어 품으로 파고드는데, 이거 정말 사랑스러울 정도다. 엄마도 신기해하며 박수를 친다. 물은 생각보다도 더 얕아 아예 발이 바닥에 닿는다. 드디어 엄마를 입수시킬 명분이 생겼다.

"엄마! 여기서 스노클링 한번 해봐. 물도 엄청 얕고 상어랑 같이 수영도 할 수 있잖아!"

"아니야. 그냥 구경만 할래. 너야 키가 크니까 발이 닿지 엄만 빠져 죽을 수도 있어."

"엄마, 구명조끼 입으면 가라앉고 싶어도 못 가라앉아. 한번 들어와봐. 만약의 사태가 생겨도 베테랑 론이 1초 내로 구해줄 거야."

"싫어! 무서워. 안 들어갈래."

나는 마침내 론에게 눈짓을 보낸다. 론이 고개를 끄덕임과 동시에 우리는 엄마에게 달려들어 스노클링 장비와 구명조끼를 착용시킨다. 비명을 지르던 엄마가 허탈하게 웃으며 항복했다는 듯 더 이상 저항하지 않는다. 조심스레 물속으로 발을 집어넣는 엄마. 그 틈을 놓치지 않고 엄마를 물속으로 잡아당기는 론. 바닥에 발이 닿지 않아 당황한 엄마가 다급하게 무언가를 외치려 하지만 이미 엄마의 입에는 스노클링 장비가 물려 있다. 이제 엄마는 찍소리도 못한다. 론이 엄마를 살짝 안아 얼굴을 물 밖으로 향하게 한 뒤 스노클링 기본 교육을 실시한다. 겁에 질린 엄마의 표정이 안쓰러워 내가 다가가자 론이 나에게 보트 위에 올라가 있으라고 지시한다. 주사 맞기 싫다고 우는 아이를 보고 안절부절못하는 엄마에게 의사가 나가 있으라고 지시하는 꼴이다.

나는 보트 위에서 아이의 첫걸음을 카메라에 담는 부모의 심정으로 이 역사적인 장면을 찍기 시작한다. 론이 물속에서 허우적거리는 엄마를 붙잡고 스파르타식 교육을 실시한다. 두려움엔 두려움으로 맞서는 게 제일이라는 듯 엄마의 뒷목을 잡고 물속으로 입수시키는 론. 기겁하며 물 밖으로 얼굴을 쳐드는 엄마. 바동대는 엄마를 붙들고 있던 론이 나를 쳐다보며 결정권을 넘긴다.

"론! 괜찮으니까 계속해! 계속해!"

나의 오케이 사인을 받은 론이 엄마를 다독이며 다시 한 번 엄마의 얼굴을 물속으로 밀어 넣는다. 문득 어린 시절이 떠오른다. 중학교 시절, 유독 숫자에 약했던 내게 엄마는 호랑이 수학 선생님을 붙였다. 숫자 사이에서 우왕좌왕할 때마다 거침없이 호통을 치는 선생님 때문에 눈물을 쏙 빼야 했던 그 시절. 내가 징징거릴 때마다 선생님에게 더 무섭게 지도해

달라며 나를 벼랑 끝으로 밀어붙이던 엄마. 지금의 엄마와 그때의 내가 오버랩 되니 키득키득 웃음이 나온다.

내가 차근차근 숫자와 친해졌듯, 곧 엄마도 물과 친해진다. 어느 정도 정신을 차린 엄마가 스노클링 장비로 숨을 내쉬는 법과 잠수하는 법을 배우기 시작한다. 그리고 구명조끼를 입으면 절대로 물에 가라앉지 않는다는, 너무도 당연한 사실을 깨닫는다. 그러자 조금씩 물놀이를 즐기기 시작하는 엄마. 론이 상어 꼬리를 잡아끌어 엄마의 품에 안긴다. 상어는 엄마 품 안에서 몇 번 꿈틀거리다가 유유히 엄마 품을 빠져나간다. 그러자 엄마가 상어 꼬리를 덥석 잡아 끌어안는다. 이렇게 엄마는 생애 첫 스노클링 수업에서 상어를 백허그 하는 놀라운 성과를 거둔다. 론의 보호를 받으며 스노클링을 즐긴 엄마가 의기양양하게 보트에 오른다.

"엄마, 완전 재밌지? 물속이 다 보이지?"

"너 또 이러면 진짜 화낸다."

"신나게 물장구치셨으면서 왜 이러실까. 상어도 안고 대단하시던데! 이제 물 안 무섭지?"

"무섭지! 그런데 구명조끼 입으니까 할 만하더라. 물에 빠져 죽지는 않

겠어."

무섭다고 말하는 엄마의 얼굴이 환하다. 결국 엄마는 여행을 통해 또 하나의 거대한 두려움을 훌훌 털어버렸다. 일상에서 지니고 있던 두려움을 하나씩 날려버리는 재미, 그게 바로 여행이 주는 수많은 묘미 중 하나가 아닐까?

벨리즈는 우리가 여행에서 돌아온 2015년부터 한국인 무비자 방문을 허용했다.

홍수가 불러온 손주에 대한 열망

"엄마, 오늘이 수요일이지?"

"목요일 아닌가?"

요일 감각과 날짜 감각이 점차 무뎌질 때쯤, 우리의 여권에 과테말라 입국 도장이 찍힌다. 이번 중남미 여행의 네 번째 나라. 여행을 시작한 지 어느덧 50일이 다 되어간다. 한국인치고 유난히 흰 피부를 가진 엄마의 얼굴도 검게 그을었다.

우리는 과테말라 북쪽에 위치한 '플로레스'를 이 나라의 첫 여행지로 삼았다. 호수에 둘러싸여 사실상 섬에 가까운 아담한 마을인데, 여행자들이 카약이나 산책을 즐기며 잠시 쉬어가는 휴식처 같은 곳이다. 우리도 무언가를 보겠다는 욕심보다 호수 주변을 거닐며 이번 여행에 쉼표를 찍어볼 생각으로 발걸음을 옮겼다. 마침 벨리즈에서 플로레스까지 한 방에 가는 여행자 버스가 있어 불편함 없이 새로운 도시에 입성했다.

하지만 플로레스가 온통 물 천지다. 맞으면 아플 정도로 비가 내리고 있다. 그 비가 꽤 오래 이어졌는지 마을이 홍수로 난장판이다. 다행히 마을 안쪽의 골목은 홍수의 공습에서 그나마 자유로워 보였는데, 우리가 걸어보려던 호숫가 산책로는 얼핏 봐도 발목 높이까지 물이 차 있다. 이거

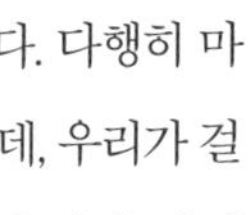

난감하다.

다음 날, 우레와 같은 빗소리에 놀라 잠에서 깬다. 숙소 지붕이 철판이라 빗소리가 바로 귀 옆에서 두드리는 드럼 소리처럼 크게 들린다. 망연자실한 채 창밖만 보고 있으니 어느새 비가 잦아들 기미가 보인다.

"엄마! 준비해! 이때 나가야 해!"

하지만 하늘도 무심하시지, 우리가 숙소를 나서자마자 다시 비가 내리기 시작한다. 조금 전에 그쳤던 비까지 한꺼번에 내리는지 폭우가 온 동네를 뒤덮는다. 우리는 의지와 상관없이 숙소에 꼼짝없이 갇히고 만다.

멍하니 방 안에 있는 게 지루해서 숙소 지하의 작은 바 겸 레스토랑으로 내려간다. 아직 영업을 시작하기 전이라 한산하다. 비수기라 그런지 손님도 없다. 벽 쪽에 대롱거리는 세 개의 해먹 중 하나에 몸을 싣는다. 내 옆 해먹에서는 갓난아기가 올드팝을 자장가 삼아 꿈나라를 여행 중이다. 빗소리를 들으며 나도 낮잠에 빠져든다.

얼마쯤 지났을까. 갑자기 아이 우는 소리, 누군가가 뛰어오는 소리, "아기는 내가 볼 테니까 일해요."라는 분명한 한국어, 엄마의 목소리가 들린다. 이건 무슨 시추에이션이지?

살짝 눈을 떠 보니 엄마가 품 안에 아기를 안고서 함박웃음을 짓고 있다. 상황은 이랬다. 숙소에서 청소 일을 돕고 있는 아기 엄마가 해먹에 아기를 재워놓았는데, 그 아기가 깼고, 나를 찾아 지하로 내려왔던 엄마가 아기 엄마 대신 아기를 안고 달래는 중. 여전히 울고 있는 아기를 보다가 엄마와 눈이 딱 마주친다. 그 즉시 엄마 왈.

"원준아, 아기 너무 예쁘지 않니?"

"으… 응."

"돌도 안 지난 것 같네. 애 엄마한테 몇 살이냐고 물어봐줘."

나는 아기 엄마한테 아기의 나이와 이름을 묻는다.

"이제 4개월이고, 이름은 아돌포래."

"아고, 우리 아돌포는 눈도 크고 코도 크고 우리 원준이처럼 아주 잘생겼네."

'우리' 아돌포라니! '나처럼' 잘생겼다니! 엄마가 아기를 안을 때부터 불안하기는 했는데 역시나 올 것이 왔다.

"엄마, 올라가자. 아기는 애 엄마한테 맡겨. 계속 울잖아."

"진짜 이런 손주 하나 있으면 얼마나 좋을까!"

엄마가 기어코 한마디를 내뱉는다. 평소에 결혼하란 말 한 번 잘 안 하면서 아기를 보면 손주 욕심이 생기는 모양이다.

"어머니, 손주는 제가 나중에 만들어드릴 테니 이제 올라가시죠?"

"나도 손주 볼 나이 됐지. 아니, 한참 지났지."

"엄마, 손주 타령은 집에 있는 누나한테 해."

나는 괜히 집에 잘 있는 누나를 들먹이며 손주 타령을 넘겨보려 하지만 엄마가 아기에게 눈을 떼지 못한다.

"너도 결혼할 나이 됐지."

"엄마, 하나만 선택하셔. 나랑 여행을 하시든가, 지금 한국으로 돌아가서 아들 장가를 보내시든가."

엄마가 잠시 아무 말도 하지 않는다. 이 정도면 아들의 승이다. 엄마를 데리고 올라가려는데, 엄마가 아돌포에게 눈을 떼지 못한다. 울음을 그친 아기가 갑자기 뭐가 그리 웃긴지 까르르 웃는다. 왠지 '형아, 이번에 제대로 걸려들었어.'라고 말하는 웃음 같다. 가만히 쳐다보니 아기가 참 인형같이 귀엽다. 엄마가 웃는 아기 얼굴에 뽀뽀 세례를 퍼붓다가 나를 향해 아돌포를 번쩍 들어 올린다. 아… 엄마 승! 한국에 돌아가면 짝꿍부터 알아봐야겠다.

엄마의 여행 노트 #5

나도 잘은 모르겠다. 내 아이의 아이를 만난다는 것이 어떤 기분일지. 솔직히 아이를 낳는 일이야 내 자식들이 알아서 할 일이지만, 이상하게 욕심이 난다. 희미한 옛사랑의 그림자처럼 어느새 잊힌 자식들의 어린 시절 모습을 복원된 기억처럼 생생하게 다시 만날 수 있다는 것, 그것 하나만으로도 얼마나 행복한 미소를 짓게 될까.

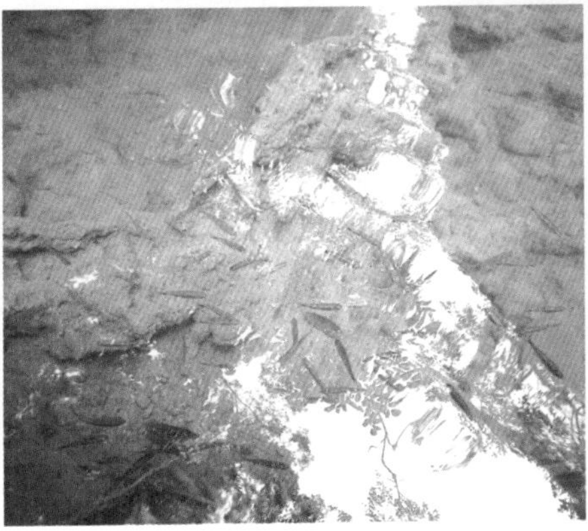

:

중남미 여정이 시작부터 끊임없이 흥미로웠던 이유는 간단하다. 이미 여행한 유럽과 아시아에 비해 많이 알려진 편이 아니라 어디를 가든 사진으로조차 만나보지 못한 신선한 풍경이 펼쳐졌기 때문이다. 그야말로 지루할 틈이 없었다. 많은 여행자들의 추천을 받고 찾아간 세묵참페이도 마찬가지였다. 첩첩산중에 위치한 곳이라 우리는 극도로 험한 비포장 산길을 3시간 넘게 달렸다. 도착했을 때는 실신 직전이었는데, 세묵참페이를 본 순간 나란히 만세를 불렀다. 산속 깊은 곳에 마치 계단처럼 이어진 계곡이 있는데, 그 층마다 옥빛의 물이 가득 고여 절경을 만들어내고 있었던 까닭이다. 더욱이 비수기에 방문해서 세묵참페이에는 거의 우리뿐이었다. 우리는 자연이 만들어낸 거대한 계단식 수영장을 전세라도 낸 듯 마음껏 즐겼다.

달려라,
치킨버스!

과테말라의 수도인 '과테말라시티'에서 '아티틀란 호수'까지 가는 여행사 버스는 2명 기준으로 무려 50달러다. 50달러가 한국에서는 놀랄 정도의 큰 금액은 아니지만 황송할 정도로 물가가 저렴한 중미에서는 그 앞에 '무려'라는 수식어가 붙을 정도로 비싼 가격이다. 우리는 일말의 미련도 없이 여행사 버스를 여행 옵션에서 탈락시키고 현지 교통수단인 '치킨버스'에 도전해보기로 한다. 그러면 각각 3달러, 둘이 6달러로 아티틀란 호수까지 갈 수 있기 때문이다. 물론 좁디좁은 치킨버스를 타고 환승도 두어 번 해야 하는 하드코어 이동이 되겠지만 44달러를 아낄 수 있다면 환승은 물론 비좁은 버스 안에서 엄마와 강강술래라도 할 수 있다.

일단 현지인들이 이용하는 허름한 버스 터미널을 찾아낸 뒤 아티틀란 호수 관광의 시작점인 '파나하첼'로 향하는 치킨버스를 수소문한다. 곧 한 청년이 다가와 주차되어 있던 버스로 우리를 밀어 넣는다. 알고 보니 그 청년은 엄마의 학창시절에 존재했던 차장이다. 그리고 얼떨결에 타게 된 버스가 바로 파나하첼행 치킨버스다.

자, 그럼 이제 과테말라의 명물, 치킨버스를 소개할 차례다. 이름부터 심상치 않은 치킨버스. 버스에서 치킨을 판다거나 버스 회사 이름이 치킨인 건 물론 아니다. 좁고 기다란 버스에 이게 닭장인지 버스인지 구분이 가지 않을 만큼 사람을 꽉꽉 채워 운행한다는 이유로 치킨버스라는 코믹한 이름을 가지게 된 것이다. 굳이 우리말로 바꾼다면 통닭버스라기보다는 닭장버스라고 말하는 게 맞다. 보통 미국에서 6, 70년대에 사용하던 길쭉한 스쿨버스를 개조해서 만든 로컬버스인데, 워낙 연식이 오래돼서 매연도 심하고 시설도 끔찍할 만큼 열악하다. 30년 경력의 중고차 딜러도 이런 차는 처음 본다며 안쓰러움에 눈물을 흘리고도 남을 수준이다. 하지만 우리에겐 이 모든 게 큰 문제가 되지 않는다. 우리의 여행 짬밥이 얼마인데! 우리 입에서 불평이 터져 나오는 저렴한 현지 교통수단이란 건 세상에 존재하지 않는다.

우리는 얼떨결에 치킨버스에 올라섰지만 위풍당당하게 내부로 진입한다. 뒤를 이어 현지인들이 꾸역꾸역 버스 안으로 밀려든다. 한 사람이 겨우 지나다닐 만한 좁은 통로 양옆으로 2인용 좌석이 배열되어 있다. 한 줄에 4명이 앉아 갈 수 있다는 이야기인데, 그건 정말 이론일 뿐이다. 2인용 좌석에는 기본적으로 3명이 앉는다. 물론 통로 쪽에 앉은 사람은 의자에 엉덩이 반쪽만 얹을 수 있다. 하지만 이게 끝이 아니다. 중앙 통로도 의자만 없을 뿐이지 좌석이 꽉 차는 순간 1명이 앉을 수 있는 좌석으로 변한다. 즉, 우리나라 시내버스보다 폭이 좁은 버스 한 줄에 7명이 줄지어 앉아 간다는 소리다. 이런 열이 운전석 바로 뒤부터 버스 끝까지 열 줄에 이른다. 늙고 지친 것도 서러운 버스가 얽히고설킨 70명의 사람들을 운반하는 것이다. 그야말로 닭장이 따로 없다.

어쨌든 버스가 출발하면 모두들 달걀을 품은 듯 조용하다. 그런데 중간 열쯤에 앉아 있던 사람이 일어나면 버스 안은 그야말로 아수라장이 된다. 통로에 앉아 있던 사람들이 일어나 길을 터주어야 하기 때문이다. 이

게 정말 버스인지 닭장이지, 사람도 닭도 헷갈릴 정도다. 누가 지었는지 치킨버스라는 이름 한 번 참 잘 지었다. 이쯤이면 '아, 그냥 돈이 들어도 여행사 버스를 탈걸.'이라는 후회가 들 법도 하다. 하지만 우리는 재미있는 구경거리를 만난 게 그저 좋아 깔깔댄다. 엉덩이를 들이미는 현지인들에게 자리를 더 내어주면서. 엄마는 바닥에 앉아 있던 여자아이를 번쩍 안아 무릎에 앉힌다.

하지만 치킨버스의 묘미는 아직 시작되지 않았다. 버스가 설 때마다 좁은 틈을 비집고 밀물처럼 들어서는 이들이 있었으니, 바로 각양각색의 잡상인들. 탄띠를 두른 듯 허리와 몸통에 엄청난 수의 주머니를 만들어 그 속에 음료수를 넣어 파는 상인, 막대 아이스크림을 손가락 마디마다 끼고 들어와 승객의 주머니를 노리는 상인 등 그 마케팅 전략과 놀라운 창의력에 눈이 다 휘둥그레진다. 하지만 상인만 들어오면 치킨버스가 아

니다. 말발 좋은 약장수도 올라타 딱 봐도 '사짜' 냄새가 폴폴 나는 만병통치약을 팔아댄다. 도대체 저런 걸 누가 사겠냐며 엄마와 키득거리는데 놀랍게도 약장수의 한마디, 한마디가 끝날 때마다 승객들이 약통을 집어 든다. 심지어 종교인으로 보이는 중년 남성도 굳이 통로 중앙까지 와서 비장한 말씀을 전파한다. 더 놀라운 건 1명의 승객도 짜증내지 않고 남자의 말을 경청한다는 것이다. 물론 남자는 설파 끝에 승객들의 현금을 걷어 간다. 이러한 등장인물이 터질 것 같은 버스 안으로 동시에 예닐곱 명씩 들이닥친다면 믿겠는가. 재미있는 건 다들 어찌나 기민하고 민첩한지 버스가 움직이려 하면 요령껏 승객 틈을 비집고 나가 후다닥 버스에서 뛰어내린다는 점이다. 그리고 다시 버스가 정차하면 어김없이 별의별 잡상인들이 버스 안을 휘젓는다.

여기까지는 식전 행사일 뿐 아직 진짜 '묘기'는 시작되지 않았다.

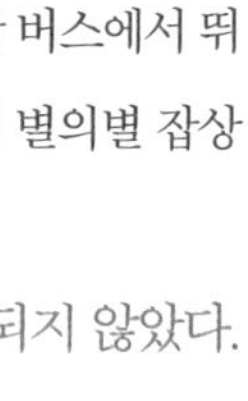

이 놀랍고도 흥미로운 치킨버스 극장의 진정한 주인공은 바로 신기에 가까운 능력을 지닌 차장님 되시겠다. 치킨버스 차장은 단순히 차비를 걷는 시시한 일만 담당하는 이가 아니다. 차비를 걷는 것은 물론이요, 승객들의 승하차를 돕고, 승객들의 짐을 운반하기도 하며, 기사님이 목이 마를 경우 구멍가게 근처에서 잽싸게 내려 콜라 한 병을 사 오기도 하는 만능맨이다. 게다가 수완 좋은 장사꾼이기도 하다. 닭 한 마리 태울 수 없을 만큼 꽉 찬 버스에 당연히 차장의 자리가 있을 리 만무. 해서 차장은 질주하는 치킨버스 앞문 손잡이에 위태위태하게 매달린 채 근무를 선다. (그렇다. 치킨버스는 앞문을 활짝 열어놓은 채 달린다.) 앞문에 매달린 건 자리가 없어서이기도 하지만 고래고래 행선지를 외치며 호객 행위를 하기 위해서이기도 하다. 매연과 먼지바람을 온몸으로 맞으며 록 가수 뺨치는 샤우팅을 선보이는 차장. 그렇게 열정적인 호객 행위가 성공하면 마법에 가까운 묘기가 시작된다.

우선 차장이 새로운 승객들을 버스 안으로 미는 순간, 한 사람 탈 자리도 없던 버스 안에 몇 명의 자리가 뚝딱 생겨난다. 그런데 이상하게도 승객들은 자신이 가지고 있던 거대한 짐 보따리를 길바닥에 내려둔 채 버스에 올라타고, 버스는 뒤도 안 돌아보고 출발한다. 승객들의 짐과 차장은 여전히 길바닥에 있는 상황. (자, 집중하시라, 지금부터가 진짜 시작이다.) 곧 차장이 짐을 앞뒤로 들쳐 메고 버스를 향해 냅다 뛰기 시작한다. 하지만 버스는 속도를 줄이지 않는다. 다만 차장이 속도를 높일 뿐이다. 드디어 차장이 버스의 꽁무니에 다다르면 버스 뒷문이 활짝 열리고, 우리의 주인공이 짐을 안은 채 가쁜 숨을 몰아쉬며 화려하게 등장한다. 이 정도만 봐도 충분히 놀랍지 않은가! 허나 아직 놀라 자빠지면 안 된다. 짐을 잔뜩 인 차장이 승객들 머리 위에 있는 짐칸에 작은 짐들을 욱여넣고 큰 짐을 들쳐 멘 채 앞문으로 향한다. 그리고 사라져버린다. 이내 버스 위에서 덜컹대는 소리가 들린다. 차장이 앞문 손잡이를 타고 버스 위로 올라간 것

이다! 속도에 탄력이 붙은 버스가 최소 6, 70킬로미터로 질주 중인 상황에서 말이다. 창밖으로 머리를 내어 구경하면 차장이 버스 지붕에서 짐을 하나씩 묶고 있는 게 보인다. 창밖으로 밧줄 끝이 찰랑인다. 곧 질주하는 버스 위에서 사람이 질주하는 소리가 들린다. 여지없이 뒷문이 활짝 열리고 그곳으로 미끄러지듯 들어서는 차장. 정말 슈퍼 히어로가 따로 없다. 웬만한 액션영화보다 스펙터클한 액션이 과테말라의 치킨버스에서 펼쳐진다. 차장에게 놀라움을 넘어선, 무한한 경이로움이 느껴진다.

버스가 고속도로를 시속 100킬로미터로 질주할 때도 차장의 슈퍼 액션은 이어진다. 때로는 질주하는 버스의 앞문이 아닌 창문으로 나갔다가 다시 뒷문으로 들어오기도 한다. 보는 내내 손에 땀을 쥐게 하는 블록버스터 영화가 눈앞에서 생중계로 펼쳐지니 정신이 혼미하다. 지금껏 이토록 흥미진진한 영화는 없었다. 불안해서 차마 못 보겠다던 엄마도 어느새 영혼이 빠져나간 얼굴로 우리의 주인공을 바라본다. 혹시 액션 영화를 보다가 주인공이 달리는 버스 위나 기차 위에서 아슬아슬하게 싸우는 모습을 보며 '에이, 말도 안 돼! 현실성이 전혀 없네.'라고 투덜거렸던 경험이 있다면 고속도로를 달리는 과테말라 치킨버스를 타보시라. 분명 자신의 무지를 인정하게 될 것이다. 과테말라 치킨버스의 차장을 죄다 끌어모은다면 〈어벤져스〉나 〈007〉 정도는 특수 효과와 스턴트 없이 찍을 수 있을 거라 장담한다.

두어 시간 가량 이어진 차장의 묘기에 눈이 핑핑 돌아갈 때쯤 슈퍼 히어로가 우리에게 손짓한다. 우리가 너무 존경하는 눈빛으로 바라봐서 사인이라도 해주시려나.

"여기서 내려서 파나하첼로 가는 버스로 갈아타세요!"

차장의 말과 동시에 버스가 큰 장터 앞에 멈춰 선다. 우리가 맨몸으로 내리자 귀신같이 우리의 짐을 기억해낸 차장이 배낭 두 개를 우리 앞에 툭 던진다. 배낭을 멜 정신도 없어 우물쭈물하고 있는데 우리가 타야 할 치킨버스의 차장이 무서운 속도로 다가온다. 그러고는 내 배낭을 들쳐 메고 자신의 치킨버스로 전력질주하기 시작한다. 아이고, 정신이 하나도 없다. 나는 엄마의 배낭을 메고 차장을 따라 뛰기 시작한다. 그 뒤로 엄마가 잔짐을 들고 나를 쫓는다. 이게 당최 뭔 일인지! 역시 우리의 치킨버스는 기다릴 생각은 추호도 없다는 듯 출발하기 시작하고, 이미 버스에 내 배낭을 던진 차장이 역주행해 우리에게 달려온다. 그러고는 엄마와 나를 붙잡고 냅다 뛰기 시작한다. 아, 정말 이 극적인 장면을 제3자의 입장에서 보고 싶다. 슬라이딩하듯 몸을 날려 달리는 치킨버스에 겨우 몸을 싣는 엄마와 아들.

"아들! 44달러를 아꼈는데 이런 신기한 구경까지 하게 되다니!"

다시금 이어지는 차장 쇼를 마치 처음 보는 듯 구경하는 모자. 그렇게 우리는 점점 파나하첼과 가까워지고 있다.

59175
nail.com
titlan.org
TOYOTA

아티틀란 호수의 게으른 여행자

버라이어티하게 도착한 파나하첼. 며칠 내내 비가 온 탓에 아티틀란 호수에 물안개가 자욱하다. 과테말라에서 가장 극적인 풍광을 자랑하는 호수라는데 물안개 때문에 그 얼굴을 볼 수 없어 미인인지 아닌지 판단할 수가 없다. 해발 1500미터가 넘는 곳이라 몸이 으슬으슬하다. 그래선지 아름답다는 호수가 오히려 괴물이 살고 있을 것처럼 괴기스럽게 느껴진다. 결국 우리는 호수의 풍광을 제대로 즐길 수 있다는 호수 건너편 산골 마을 '산 페드로'로 발길을 옮긴다.

아티틀란은 형성 과정부터가 상당히 드라마틱하다. 약 8만 4000년 전, 대규모 화산 폭발로 인해 이 일대에 18킬로미터에 달하는 거대한 구멍이 생겼고, 수만 년간 내린 비가 그 분화구에 모여 아티틀란 호수를 형성했다. 그 후 또 한 번의 지각변동으로 해발 3000미터가 넘는 새로운 화산들이 생겼고, 그 화산들이 호수를 감싸며 세상에 존재하지 않던 환상적인 풍경을 만들어냈다. 멋쟁이 화산들이 서로 손을 잡고 거대한 원을 만들었는데 그 원 안에 호수가 들어가 사뿐히 자리를 잡았다고 생각하면 된다. 그 모습이 얼마나 아름답고 평화로웠으면 정부군에 쫓겨 이곳에 도착한 체 게바라가 "혁명을 멈추고 싶다."라고 말했을까! 라틴이 낳은 영원한

혁명의 아이콘이자 꺼지지 않는 불꽃을 사로잡은 호수라니, 도대체 그 모습이 얼마나 대단할까 싶어 구경 가는 발걸음이 바쁘다.

호수의 동서남북에는 총 열세 개의 작은 호수 마을이 있다. 우리가 잠시 머문 파나하첼은 그중 가장 큰 마을이자 아티틀란 여행의 관문이다. 다른 마을 사람들도 병원이나 은행을 이용하기 위해 올 정도로 파나하첼은 나름 이 지역의 대도시다. 그리고 지금 우리가 향하는 산 페드로는 인구가 만 명 남짓한 작은 시골마을로 이곳에서 세 번째로 큰 마을이다.

아티틀란의 대중교통인 수상 버스 '란차'에 올라 호수에 들어선다. 안개로 시야가 흐릿한 가운데 호수를 감싸고 있는 그 무엇들이 서서히 눈 속에 차오른다.

"우와! 정말 멋지다! 원준아, 이 호수 이름이 정확히 뭐라고?"

대답도 잊은 채 멍하니 앞을 바라본다. 가까이에서 본 아티틀란은 날씨 때문에 여전히 얼굴을 찌푸리고 있지만 그냥 보기에도 천생 미인이다. 호수와 산, 구름, 마을들이 만들어내는 몽환적인 풍경에 멀미가 끼어들 틈이 없다.

바다 위를 항해하는 느낌이 들 정도로 넓은 호수의 가장자리를 수놓고 있는 푸른 산, 그리고 산 허리춤에 콕콕 박혀 있는 집들이 신비롭다. 높은 고도로 하늘에 붙어 있어야 할 구름과 호수가 입을 맞추는 놀라운 광경 역시 입을 벌어지게 만든다. 호수를 뒤덮은 운해 때문에 이 모든 게 마치 한 폭의 수묵화처럼 보인다. 그윽한 시선으로 아티틀란 풍광을 즐기는 사이, 란차가 산 페드로 마을에 당도한다.

나는 방금 지나온 호수의 모습을 한눈에 즐기고 싶어 엄마의 한숨을 모른 척하고 무조건 언덕 위로 올라간다. 그리고 이쯤이면 호수 풍경이 잘 보이겠지 싶은 높이에 있는 숙소를 잡는다. 어렵게 찾은 숙소라 기대를 가지고 발코니에 서 본다. 그러자 마을의 전경은 물론 영적인 기운마저 느껴지는 고요한 호수의 모습이 그대로 눈동자에 맺힌다. 전망이 워낙 좋아 전망대 값을 따로 받아도 기꺼이 내줄 만큼 완벽한 숙소다. 저녁밥을 짓는지 수많은 굴뚝 위로 하얀 연기가 솟아오른다. 그 연기가 구름 사이로 퍼져나가는 평화로운 모습에 정이 간다. 왠지 이곳에 한동안 머물게 될 거라는 느낌이 든다. 옆에 있던 엄마가 혼잣말처럼 조용히 말한다.

"원준아, 여기 오니까 예전에 갔던 리장이 떠오른다. 그때처럼 여기서 그저 거닐고, 쉬면서 며칠은 묵어도 되겠어."

역시 우리는 환상의 콤비다.

다음 날. 강한 햇살에 눈을 뜨니 엄마가 밥풀이 가득한 유리잔을 든 채, 발코니 해먹에 누워 호수 구경에 빠져 있다. 내가 엄마 발치에 있는 의자에 앉아도 엄마는 내가 온 줄도 모르고 호수 삼매경이다. 커피 대신 숭늉을 만들어 마시며 호수 구경하는 엄마를 '구경'하는 게 재미있다. 이제는 평범한 주부의 모습보다 주어진 상황과 조건에 맞춰 움직이며 여행을 풍성하게 즐기는 엄마의 모습이 더 익숙하다.

흐린 호수의 모습을 보며 '흐려도 멋지다.' '흐리니까 더 운치 있다.'라며 애써 합리화했었는데 역시 맑은 날의 호수 전경이 훨씬 훌륭하다. 탁 트인 시야 속에서 아티틀란이 찌푸렸던 얼굴을 활짝 펴고 유감없이 미모를 뽐낸다. 아들의 등장을 눈치챈 엄마와 숭늉을 나눠 마시며 호수에 대해 누가 더 수식어를 많이 붙일 수 있는지 내기라도 하듯 호들갑을 떤 뒤, 마을 구경할 생각도 잊은 채 또다시 호수 바라보기에 집중한다.

오후가 되자 엄마가 스케치북과 색연필을 꺼내든다. 엄마는 이번 여행을 준비하며 세상 곳곳을 그려보고 싶다고 말했다. 해서 여행 전 작은 스케치북과 색연필을 선물했었다. 어릴 적, 커다란 벽걸이 달력을 한 장씩 뜯을 때마다 엄마는 그 뒷장에 그림을 그려줬다. 누나는 그걸 오려 인형놀이를 했고, 나는 엄마 옆에서 또 다른 그림을 그리는 엄마의 손놀림을 가만히 지켜보았다. 그 뒤로 엄마가 그림 그리는 모습을 본 기억은 없다. 그런데 여행 스케치라니!

벌써 엄마의 스케치북에 엄마가 본 풍경들이 많이 쌓였다. 그리고 그

속에는 내가 제일 많이 등장한다. 나는 화백님이 작업하는 동안 골목에 나가 꼬마들과 축구도 하고, 여행자들과 노닥거리기도 한다.

어느새 해가 중천이다. 나는 배가 고파져 화백님께 정중히 외출을 요구한다.

"엄마, 주방이 있어서 뭐든 해 먹을 수 있으니까 시장 가서 장 보자."

엄밀히 말하자면 뭐든 해 먹을 수 있는 이유는 주방이 있어서가 아니라 엄마가 있어서다. 우리는 시장 가는 길에 늘어서 있는 주스 노점에서 시원하게 오렌지주스 한 잔씩 마신 후 왁자지껄한 시장에서 얼른 장을 본다.

오늘의 요리는 바로 얼큰한 고추장찌개. 갑자기 추워진 날씨에 감기가

든 아들을 위한 엄마의 특별식이다. 발코니에 앉아 찌개 한 숟갈, 호수 한 숟갈 하다 보니 언제 으슬으슬했나 싶을 만큼 온몸이 따뜻해진다.

우리는 산 페드로 마을에 머무는 동안 주변에 있는 호숫가 마을로 마실을 다녔다. 이곳에서 슬슬 걸어서 갈 수 있는 '산 후안' 마을로 갈 때는 멀게만 보이던 산세를 지척에서 구경했고, 배를 타고 가야 하는 '산 마르코스' 마을에 놀러 갈 때는 가까이에서 호수의 청량함을 만끽했다. 한번은 란차를 기다리며 호수에 넋을 빼고 있다가 이번 여행 내내 함께했던 가이드북을 호수에 빠뜨리기도 했다. 당황스러웠지만 짜증이 나지는 않았다. 오히려 내가 사랑해마지않는 아티틀란 호수를 잔뜩 머금은 가이드북을 갖게 된 게 좋았다. 이렇게 아티틀란은 나를 대책 없는 낙천주의자로 만들어놓았다.

단순히 란차를 타고 싶어서 다른 마을로 놀러 간 적도 있다. 발코니에서 바라본 호수의 모습이 그림이라면 란차를 타고 바라보는 호수의 풍경은 움직이는 그림이다. 문득문득 호수의 풍경을 압축할 수 있겠다 싶은 표현들이 떠올랐는데, 그때마다 '에이, 그 표현은 너무 약해.'라는 생각이 들었다. 감탄사를 억제하는 기능도 사라져버렸는지 나는 360도 어느 곳을 바라봐도 입을 벌리며 감탄사를 내뱉었다. 정말이지 아티틀란 호수는 천 가지, 아니 만 가지 매력을 가지고 있었다.

결국 우리는 호수에서 새로운 한 주를 맞이했다. 이미 떠날 때가 지났는데도 더 있고 싶었다. 장담컨대 아티틀란 호수는 여행자들에게 블랙홀과 같은 곳이다. 이 말을 증명이라도 하듯 어느 숙소에나 장기체류 중인 여행자가 있었다. 우리 방 바로 아래층에 머무는 캐나다 아주머니는 1년 반째 호수를 벗어나지 못했다. 그만큼 이곳은 여행하고 싶은 곳이 아니라

머물고 싶은 곳이다.

"엄마, 우리 조금 더 머물까?"

오늘 아침, 여느 날처럼 호수를 바라보던 내가 묻는다. 엄마는 잠시 고민하더니 자못 진지하게 답한다.

"움직여야지. 여행자니까."

그렇다. 우리는 길 위의 방랑자다.

배낭을 쌌다. 하지만 아직 마음은 다 싸지 못했는지 배낭을 멘 우리는 한참 동안 아티틀란 호수에서 눈을 떼지 못한다.

엄마의 여행 노트 #6

이번 여행을 시작하면서 아들을 그렸다. 그리고 그 옆에 서울에 있는 그리운 내 딸도 그렸다. 그리고 남편도 그려 넣었다. 그렇게 그림 속에서 우리 가족은 함께 여행 중이다.

IGLESIA EL ROSARIO

엘살바도르의 수도인 '산살바도르'는 치안이 열악한 것으로 악명 높다. 그런 이유로 환한 대낮에 시내만 살짝 둘러보고 바로 떠나기로 마음먹었다. 도시의 중앙 광장과 시장 구경을 가볍게 한 뒤 마지막으로 도시 동쪽에 위치한 작은 교회에 들어섰다. 허름한 외관을 가진 교회라 아무런 기대 없이 들어섰는데 순간 극적인 반전이 일어났다. 반구형으로 생긴 교회 내부에 영롱한 일곱 빛깔 무지개가 찬란하게 빛나고 있었다. 교회 전체를 둘러싼 무지개색 스테인드글라스를 통과한 빛이 교회를 황홀하게 물들인 것이다. 너무 아름다워 숨이 막힐 지경이라 엄마와 나는 동시에 그 자리에 얼어버렸다. 그간 최고라 여겼던 교회나 성당들은 웅장한 규모나, 화려한 건축술로 우리를 놀라게 했는데 이곳은 빛과 분위기로 우리를 무장 해제시켰다. 교회에 스며든 무지개가 너무 아름다워 나는 누군지도 모르는 설계자를 위해 감사 기도까지 드렸다. 이곳은 우리에게 중남미에서 가장 아름다운 교회로 남아 있다.

목숨 걸 가치가 있을까?

"어차피 코판 유적 말고는 딱히 볼 것도 없는데, 그렇게 위험한 곳에 굳이 가야겠어? 갈 거면 방탄조끼를 입고 가던가."

산살바도르의 숙소에서 만난 캐나다 친구 제이크가 온두라스를 두고 한 말이다. 그의 말에 여행자로서 뻔한 고민에 빠져든다. 그곳에 갈 것인가, 말 것인가. 나를 고민에 빠지게 한 온두라스는 중미에서 치안이 가장 나쁘다고 소문난 나라다. 그렇다 보니 '사람 사는 데는 다 똑같아.'라는 여유가 생기지 않는다. 생각을 정리해보자. 우선 멕시코와 과테말라를 거치며 마야 유적은 물리도록 봤기에 코판 유적이 매력적으로 다가오지는 않는다. 그리고 여행 중 가장 중요한 건 뭐니 뭐니 해도 안전이다. 아무래도 이곳에서 온두라스를 관통해 니카라과로 한 번에 넘어가는 버스를 타는 게 나을 듯싶다.

"엄마. 온두라스는 너무 위험하대. 특히 여행자를 상대로 한 범죄가 많은가 봐. 그냥 니카라과로 넘어가는 게 좋겠어."

우리의 캡틴에게 조심스레 나의 의견을 제시한다. 하지만 캡틴은 겁도 없다.

"또 뜬소문 아니야? 중미 다니면서 가는 곳마다 그런 얘기를 들었는데 막상 가보면 다 괜찮았잖아."

"온두라스는 상황이 정말 심각한가 봐. 중미에서 살인율 1위래."

이 정도면 돌아설 거라 생각했는데 엄마는 끄떡도 않는다.

"그냥 가보자. 분위기 보고 아니면 바로 떠나면 되지, 뭐."

캡틴의 당찬 지시에 나도 모르게 온두라스의 수도 '테구시갈파'행 버스 티켓을 끊으러 간다. 허나 버스 시간이 조금 애매하다. 정오에 산살바도르를 떠나 저녁 7시에 테구시갈파에 도착하는 티켓이다. 중미의 버스 대부분이 기본으로 한두 시간 연착한다는 걸 감안하면 해가 완전히 떨어진 후에 테구시갈파에 도착하는 건 기정사실이다. 다시금 불안이 머리를 내민다.

중미 지역을 다니면서 깨달은 게 있다. 대낮에는 서울만큼이나 안전하지만 해가 떨어지면 상황이 뒤바뀐다는 사실이다. 상점이나 식당도 문을 일찍 닫아 도시는 그야말로 어둠에 잠기고, 그 어둠 속에서 치안은 급속도로 나빠진다. 때문에 이번 여행 중 밤에 외출한 적이 거의 없다.

혹시나 아침에 출발해서 해가 지기 전에 도착하는 버스가 있나 알아보지만 테구시갈파로 가는 버스는 하루 한 대, 이 시간뿐이란다. 달리 방도가 없어 군말 없이 티켓을 산 후 버스에 오른다. 이제 모든 걸 운명에 맡겨야 한다.

공포의 도시 테구시갈파. 이 도시에 대해 전해 들은 소문은 대단히 화려하다. 중미에서 가장 위험한 도시, 총기에 의한 사망 사고가 빈번한 도시, 범죄율과 살인율이 세계 1위인 도시. 여행자들 사이에 퍼진 '카더라 통신'에 의하면 (이런 통계가 정말 존재하는지 모르겠지만) 과테말라시티가 살인율 높은 도시 3위이고, 산살바도르가 2위, 테구시갈파가 압도적인 1위란다. 그러고 보니 우리는 살인율 3위 한 도시를 거쳐 2위 한 도시에 머물다가 1위 한 도시로 향하고 있다. 이거, 뭔가 등골이 오싹하다. 그래도 순서에 맞춰 맷집을 키우며 단계를 높여가서 다행이라는 생각이 든다.

한참을 달리던 버스가 엘살바도르와 온두라스 간 국경에 들어선다. 여권을 챙겨 내리려는데 버스 차장이 제지한다.

"여권만 주고 그냥 자리에 앉아 있어."

승객들의 여권을 수거해 버스를 나선 차장이 잠시 후 돌아와 엘살바도르 출국 스탬프와 온두라스 입국 스탬프가 찍힌 여권을 돌려준다. 엘살바도르에서 온두라스로 넘어가는 버스가 이 버스 하나뿐이다 보니 버스 회사에서 미리 취합한 승객 명단을 양국 국경사무소에 전달해놓은 모양이다. 그래도 얼굴 한 번 확인하지 않고 출국과 입국이 동시에 이루어지다니! 편리한 시스템이라는 생각이 들면서도 입출국 심사가 너무 허술한 것 같아 온두라스에 대한 불신이 더욱 커진다.

버스가 온두라스로 넘어오자 불신이 불안감으로 팽창한다. 소문을 듣고 귀만 걸쳐놓는 것과 직접 발을 들여놓는 것은 하늘과 땅 차이다. 창 너머로 서서히 해가 지고 있다. 지금껏 본 중미의 노을 중 가장 아름다운 노을이라 해도 눈에 들어올 리 없다. 곧 우리는 중미 최악의 치안을 자랑하는 도시에 밤늦게 떨어진다. 생각만 해도 오싹한 일인데 잠시 뒤면 펼쳐질 일이다. 이런 나의 걱정을 아는지 모르는지 엄마는 세상모르고 자고 있다. 못난 아들이 두려움을 나누기 위해 엄마를 깨운다.

"지금 해 떨어지고 있어. 버스에서 내리자마자 재빨리 숙소로 이동할 거니까 졸지 말고 정신 똑바로 차리고 있어. 알았지?"

버스는 예상했던 대로 저녁 8시를 훌쩍 넘긴 시간에 우리를 내려놓는다. 한 나라의 수도에 있는 국제 버스 터미널인데 희미한 전등 하나 서 있을 뿐 온통 암흑이다. 몸을 사리며 터미널 밖으로 나가 주변을 살핀다. 문을 연 상점 하나, 식당 하나 없다. 가이드북에서 미리 점찍어둔 숙소는 터미널에서 도보 3분 거리에 있다. 재빨리 뛴다면 승산이 있다. 가격이 제법 비싼 숙소지만 우리의 목숨 값에 비하면 터무니없이 싼 가격이다. 문제는 주변이 워낙 어두워 방향을 잡을 수 없다는 것이다. 나는 근무 중인 터미널 직원에게 지도를 내밀며 손가락으로 터미널 위치에서 숙소 위치로 일직선을 긋는다. 그러자 직원이 충격적인 소식을 전한다.

"어? 이거 예전 터미널 위치야. 지금 이 터미널은 바로 여기, 시 외곽으로 이전했어. 네가 말한 숙소가 있는 도심까지 가려면 택시 타고 한참 가야 해."

엎친 데 덮친 격이다. 제이크가 온두라스 괴담을 늘어놓으며 택시 강도가 빈번하니 밤에는 가급적 택시를 타지 말라고 했기 때문이다.

"택시를 타고 가다 보면 어느 순간 합승이 이뤄지고, 곧 합승객과 기사가 강도로 돌변한대. 가방은 물론 옷까지 벗게 한 뒤 팬티 바람으로 쫓아낸다는데 정말 엄마 모시고 온두라스에 가야겠어?"

이가 닥닥 부딪힌다. 지푸라기라도 잡는 심정으로 직원에게 묻는다.

"시내로 가는 버스는 없어? 아니면 주변에 호텔 같은 것도 없고?"

"여기가 워낙 외곽 지역이라 버스도 안 다니고 호텔도 없어. 이 건물에 직원들이 묵는 공간이 있기는 한데 네가 머물 수는 없지."

젠장. 방법은 오로지 공포의 야간 택시뿐이다. 여행 중에는 종종 울며 겨자를 먹어야 할 시간이 찾아오는데, 바로 지금이 그때다. 터미널 앞에 대기 중인 택시 기사에게 다가가 시내까지 가는 요금을 묻는다.

"20달러."

목숨이 왔다 갔다 하는 이 와중에도 이건 좀 지나친 가격이라는 생각

OMAR
TOYOTA

이 든다. 어린아이처럼 터미널 직원에게 쪼르르 다가가 고자질하니 고맙게도 직접 택시까지 따라 나와 10달러로 가격을 조정해준다. 식은땀까지 흘리며 우왕좌왕하는 아들의 모습을 지켜보던 엄마의 얼굴에 짙은 그림자가 서린다. 오전의 호기로운 모습은 사라진 지 오래다.

"엄마, 시내까지 20분 정도 걸린대. 혹시 모르니까 정신 바짝 차려."

"안전한 거 맞지? 엄마는 아들만 믿는다."

허, 참. 거 믿을 사람을 믿으셔야지…. 연약한 두 모자가 어두운 얼굴로 택시에 탄다. 트렁크에 짐을 실으라는 기사의 권유를 무시하고 배낭을 무릎 위에 올린다. 여차하면 공격용 혹은 방어용으로 쓸 생각이다. 허무맹랑한 작전 같지만 아무리 생각해도 이게 최선이다.

이윽고 택시가 어둠을 가르며 움직이기 시작한다. 완벽한 암흑으로 뒤덮인 도시. 어쩜 이렇게 빛이 없을 수 있을까. 괜히 치안이 안 좋은 게 아니다. 이 암흑 속에서 누구 하나 잘못되어도 누구 하나 눈치챌 수 없을 것 같다. 너무 긴장해선지 심장 소리가 들리는 것 같다.

"여기 사람 사는 곳 맞아? 왜 아무도 안 보여?"

엄마가 불안한 목소리로 속삭인다. 정말 거리에 단 한 사람도 보이지 않는다. 눈에 보이는 것이라고는 택시 헤드라이트에 반사된 무인도 같은 도로뿐이다. 그렇게 5분 정도 가다 보니 저 멀리 희미하게 반짝이는 도심이 눈에 들어온다. 살았다, 라는 안도의 한숨을 내쉬려던 찰나, 기사가 누군가와 통화를 하더니 갑자기 도심의 반대쪽으로 차를 돌린다. 순간 온몸의 털이란 털이 죄다 곤두선다.

"엄마, 맥가이버 칼 꺼내놔. 거기 보조 배낭 옆 주머니에 있어. 일단 쥐고만 있고, 혹시 나쁜 일이 생기면 저항하지 말고 그냥 가방 놓고 내려. 알았지?"

겁에 질린 엄마가 대답도 하지 못한다. 두려움에 사색이 된 엄마의 모습을 보는 건 이번이 처음이다. 맥가이버 칼을 꼭 쥔 엄마의 손이 달달 떨린다. 나는 왼손으로 엄마의 손을 꼭 잡고, 오른손은 주먹을 꽉 쥔다. 주먹을 뻗었을 때 기사의 얼굴을 가격할 수 있을 정도의 거리를 유지한 채로. 기사는 우리의 두려움을 눈치채지 못했는지 그저 앞만 보며 운전 중이다. 계속해서 어둠이 이어지자 심장이 터질 것 같다. 여차하면 기사를 가격하고 탈출할 계획을 세우기에 이른다. 그때 기사가 다시 전화기를 든다. 뭐가 그리 웃긴지 깔깔대며 통화를 한다. 그냥 친구나 가족이랑 통화를 하는 건가? 물론 그럴 수도 있다. 아니, 제발 그랬으면 좋겠다. 나는 의심을 풀지 않고 계속해서 주먹을 기사의 뒤통수 부근에 장전해놓는다. 다행히 통화가 끝난 뒤 아무런 일도 일어나지 않는다. 이 어두운 길이 시내로 우회하는 지름길이었는지 택시는 어느새 도심 안으로 들어서고 있다. 빛이 보이고 빌딩이 보이기 시작한다. 후들거리던 다리가 겨우 멈춘다. 커다란 몰도 있고 빌딩들도 잔뜩 보이는데 모두 불이 꺼져 있다. 아까 희미하게 보이던 불빛의 정체는 가로등이었다. 놀랍게도 도심 한복판인데 가로등 이외의 어떤 불빛도 존재하지 않는다. 당연히 지나다니는 사람도 없다. 어떻게 한 나라의 수도가 이렇게 쥐 죽은 듯 고요하고 어두울 수가 있을까.

"여기 정말 뭐야? 이제 8시 반인데 개미 새끼 한 마리도 안 돌아다니잖아!"

엄마의 말에 정신이 번쩍 든다. 어찌나 긴장했는지 등이 흠뻑 젖어 있다. 주먹을 꽉 쥔 손에도 땀이 흥건하다. 주먹을 풀고 땀을 닦으며 엄마가 들고 있던 칼을 재빨리 빼앗는다.

우려와 달리 택시는 무사히 숙소 앞에 멈춰 선다. 잠깐이나마 기사를 오해한 것 같아 미안해지려는 찰나, 기사가 이 미안함을 무색하게 만든다.

"20달러 줘."

10달러는 터미널 직원이 요구한 거라며 자신이 요구한 20달러를 내놓으라고 으름장을 놓는 것이다. 그럴 수야 없지. 나는 조수석에 10달러를 던지고 재빨리 숙소 입구로 뛰어간다. 입구를 지나니 튼튼한 철제문 두 개가 연달아 이어진다. 치안이 안 좋긴 안 좋은 모양이다. 문이 열리기를 기다리는 순간조차 긴장된다. 진이 다 빠진 상태라 인사고 뭐고 할 것 없이 재빨리 체크인을 하고 방으로 올라간다. 땀으로 범벅이 된 옷을 벗고 샤워한 뒤 정신을 좀 차리니 그제야 허기가 몰려온다. 로비로 내려가 숙소 주인장에게 묻는다.

"혹시 주변에 식당 같은 거 없어요? 멀리 말고 아주 가까운 거리에. 슈퍼도 상관없고요."

"뭐? 지금 이 시간에 나가려고?"

"네. 위험하단 소리는 들어서 아는데 아주 가까이 있으면 후딱 다녀오려고요."

"뭔 말인지는 알겠는데 지금 나가면 좀 많이 위험할걸?"

그러더니 서랍에서 권총을 꺼내 흔들어 보이는 사장.

"이거 진짜 총이야. 내가 왜 이걸 서랍에 두는지는 설명 안 해도 되겠지?"

나는 할 말을 잃고 만다. 적어도 이 도시의 소문만큼은 뜬소문이 아니었다. 내일 아침 대충 도심만 훑어보고 그길로 이곳을 떠나야겠다.

에디 아저씨와 함께하는 마사야 투어

"진짜 40달러면 된다고요?"

"당연하지. 하루 종일, 원하는 시간만큼!"

믿기지 않는 금액이다. 땅, 땅, 땅. 예산심의위원회의 통과 사인이 난다.

지금 우리는 니카라과의 '마사야'라는 곳에 머물고 있다. 공포의 온두라스를 지나 니카라과에 들어온 후, 딱히 머물 곳을 정하지 못하고 떠돌다가 닿은 곳이다. 이 도시의 이름을 들었을 때 별 흥미가 없었지만 "마사야에 있는 활화산을 보러 가자."는 캡틴의 지시로 무작정 넘어온 도시다.

우리가 구한 숙소의 이름은 '호스텔 캘리포니아'. 실제로 캘리포니아와 어떤 연관이 있는지는 모르겠지만 전설적인 록 밴드 이글스가 '호텔 캘리포니아' 대신 '호스텔 캘리포니아'를 불러주면 대박이 날 숙소다.

오늘 아침, 마치 어린아이에게 동화책을 읽어주듯 마사야를 소개하는 숙소 사장님의 이야기를 흥미롭게 듣다가 오늘 가야 할 곳을 정했다. 바로 활화산인 '마사야 화산'과 화산 호수인 '아포요 호수'. 그런데 지도를 보니 두 곳의 거리가 멀어도 너무 멀었다. 게다가 시내에서 한참 떨어져 있어 대중교통으로도 접근하기 힘든 곳이었다. 결국 여행사를 찾아 투어를 알아봤고, 두 곳을 4시간가량 둘러보는 데 60달러라는 답을 받았다.

다소 부담되는 가격이라 다시 숙소로 돌아와 사장님에게 도움을 구한 게 방금 전의 일이다.

"40달러만 내면 내가 잘 아는 가이드한테 부탁해서 화산과 호수는 물론 하루 종일 마사야 구경을 시켜주라고 할게."

"단체 투어예요?"

"아니, 너하고 엄마, 둘만."

세상에, 엄마와 나만을 위한 전용 차량이 제공되는 완벽한 개별 투어라고? 더 알아보고 말 것도 없이 지갑이 열린다. 우리의 배낭여행 역사상 처음으로 차를 대절해 투어에 나서게 된 것이다. 아주 감개가 무량하다.

사장님이 전화를 넣은 지 10분도 되지 않아 가이드가 차를 몰고 나타난다. 우리를 위한 차가 어떤 종류일까 기대하던 내 입에서 얕은 한숨이 새어 나온다. 엄마도 '이게 뭐야….'라는 눈빛을 숨기지 못한다. 리무진이나 오픈카를 기대한 건 아니었지만 그래도 그럴싸한 차가 올 줄 알았는데 눈앞에 나타난 차는 국내에서 오래전에 단종된 초소형 경차다. 게다가 차 지붕에 택시 램프도 달려 있다.

"사장님! 이거 투어 차량이 아니고 택시잖아요!"

"응. 이 친구는 에디야."

나의 말에 아랑곳없이 가이드, 아니 택시 기사를 소개하는 숙소 사장님. 그의 말과 동시에 좁디좁은 경차에서 놀랍도록 덩치가 큰 에디 아저씨가 땀을 뻘뻘 흘리며 내린다. 분명 차보다 몸집이 훨씬 커 보이는데 도대체 어떻게 저 안에서 나왔을까?

"에디는 마사야 토박이야. 워낙 택시로 관광객을 많이 태워봐서 전문 가이드보다 마사야에 대해 훨씬 잘 알아."

내가 뭐라 대답하기도 전에 에디 아저씨와 사장님이 다짜고짜 우리를 좁은 택시 안으로 밀어 넣는다. 그런데 막상 차를 타고 생각해보니 이 상황이 너무 웃기다.

"엄마, 국산차 타고 니카라과 누비게 생겼네!"

내 말에 심히 공감하는지 엄마도 포복절도한다. "자, 이제 떠나볼까?"라고 외치는 에디 아저씨의 모습도 너무 코믹하다. 100킬로그램은 거뜬히 넘어 보이는 아저씨에게 운전석이 너무 비좁아 보였던 것이다. 아저씨가 잡은 핸들이 마치 팔찌처럼 작아 보인다.

멕시코 투어 때 소통의 문제가 하도 커서 이번에도 그러면 어쩌나 걱정했는데, 에디 아저씨는 간단한 영어를 할 줄 알고 나도 어느새 길 위에서 익힌 스페인어로 더듬더듬 말할 수 있어 다행히 서로 이야기하는 데 큰 문제가 없다.

"이야! 엄마랑 여행하는 거야? 정말 대단해! 다 큰 아들이 엄마랑 여행하는 건 처음 봐!"

지금까지 여행하는 동안 가장 많이 들었던 말이다. 처음에는 이 말 한마디에 가슴이 뭉클했었는데 이제는 너무 익숙해서 이 말을 하지 않는 사람이 더 신기할 정도다.

"아저씨도 나중에 아이들이랑 여행하세요."

"응. 그런데 아들이 이제 두 살이야. 하하하."

"그나저나 지금 어디 먼저 가는 거예요?"

내 질문에 에디 아저씨가 화산과 호수를 둘러보기 전에 무조건 산꼭대기에 위치한 '코요테페 요새'에서 마사야 전망을 봐야 한다고 답하며 언덕을 오르기 시작한다. 들어보니 꼬불꼬불한 산길을 30분 이상 걸어 올라야 하는 코스다. 오르막이라면 한없이 작아지는 엄마가 이 길을 발이 아닌 택시로 오르게 됐다며 손뼉까지 치며 좋아한다. 엄마가 요새로 가는 게 좋아 흥분한 줄 안 아저씨가 급 소심해진 말투로 "저기… 아주 대단한 풍경은 아니야. 너무 기대하지는 마시라고 전해줘."라고 말해 나 혼자 박장대소한다. 그렇게 웃고 떠드는 사이 금세 요새에 다다른다.

날씨가 끝내주게 좋아 멀리 니카라과의 수도 '마나과'까지 보이고 우리가 곧 가게 될 마사야 화산도 또렷하게 보인다. 높은 곳이라 시원하기까지 하다. 에디 아저씨가 화산을 가리키며 말한다.

"이제 저~어~기 마사야 화산으로 가볼까? 저곳이야말로 마사야의 최고 볼거리지!"

에디 아저씨가 땀을 비 오듯 흘리며 경차 안으로 몸을 구겨 넣는다. 오는 동안 좀 덥다 싶었는데 알고 보니 에어컨이 고장이다. 땀범벅이 되어 운전하는 아저씨의 모습을 안쓰럽게 생각한 엄마가 마트에서 이온음료를 사 아저씨에게 건넨다. 아저씨는 인사도 잊고 1.5리터짜리 음료를 그 자리에서 원샷 한다. 그 장면을 엄마도, 나도 입을 벌리고 쳐다본다. 마지막 한 방울까지 마신 아저씨가 웃으며 말한다.

"고맙습니다. 어머니. 이제 제 몸에도 연료를 채웠으니 가던 길 마저 가실까요!"

다시 운전대를 잡은 에디 아저씨의 배에서 음료가 출렁대는 소리가 들린다. 그 소리에 우리도, 아저씨도 한참 배를 잡고 웃는다. 이것 참 유쾌한 투어다. 또 그렇게 재잘대며 한 10분을 달리니 드디어 마사야 화산 입구가 보인다. 화산을 직접 보기 위해서는 그냥 보기에도 가팔라 보이는 산길을 한참 올라야 한다. 이 연로하고 연약한 경차가 험악한 산길을 오를 수 있을까?

"원준아, 차가 뒤로 밀리면 어떡하지?"

"그러게. 에디 아저씨, 이 차로 꼭대기까지 올라갈 수 있어요?"

"당연하지! 나만 한 사람들이 이 차에 꽉 찼다면 힘들겠지만 너와 엄마쯤은 문제없어. 둘의 몸무게를 합쳐도 내 몸무게 근처에도 못 올걸!"

예의상 아니라고 하고 싶었지만 누가 봐도 사실이라 잠자코 있는다. 사실 엄마는 아저씨를 처음 본 순간 "살의 10분의 1만 나한테 떼어 줬으면 좋겠네."라고 조용히 읊조렸었다. 덩치가 좀 있는 사람들을 보면 엄마가 버릇처럼 하는 말이다. 차가 안전하다는 걸 몸소 보여주려는 듯 엉덩이를 들썩이며 운전하는 에디 아저씨 덕에 이동하는 시간이 참 유쾌하다. 아저씨의 확신대로 무사히 화산 근처에 다다르자 불이 난 게 아닌가 싶을 정도로 뿌연 연기가 시야를 뒤덮는다. 얼른 차에서 내려 화산으로 가 보니 움푹 팬 분화구에서 마그마가 끓어오르고 있다. 그리고 그 위로 거대한 연기가 쉴 새 없이 뿜어져 나오고 있다. 연기가 얼마나 짙은지 분화구 아래가 보이지 않는다. 시야도 탁하지만 유황 냄새는 또 어찌나 독한지, 단 1분이 지났을 뿐인데 기침은 물론 눈물 콧물 다 쏟고 있다. 그런 와중에도 호기심 강한 우리의 캡틴은 티셔츠로 얼굴을 가린 채 한참 동안 분화구 아래를 들여다본다.

"원준아, 살아 있는 화산이면 언제든 다시 움직일 수 있겠네?"

"그렇겠지, 엄마. 혹시 모르니까 여차하면 도망갈 준비하면서 구경해."

화산에 대한 정보를 좀 얻고 싶은데 연기와 유황 냄새가 주는 고통을 이미 많이 경험한 에디 아저씨는 택시에서 내릴 생각을 않는다. 내가 눈빛으로 살짝 눈치를 주자 마지못해 운전석에서 내리는 에디 아저씨. 하지만 나오자마자 현기증이 난다는 시늉을 하며 다시 좁은 운전석으로 기어들어간다. 정말 못 말리는 익살꾼이다. 분화구 너머로 커다란 십자가가 보이기에 옆에 있던 학생에게 사연을 물어본다.

"한때는 이 화산 근처에도 사람이 살았어요. 그런데 화산이 폭발하면서 모두가 희생됐죠. 저 십자가는 그들의 넋을 기리기 위해 만든 거예요."

사연을 듣고 나니 약간 두려워진다. 엄마에게 다시 당부한다.

"엄마, 마그마 상태 잘 보면서 구경해!"

마그마가 끓고 있는 분화구 말고도 몇 개의 분화구가 더 보인다. 하지만 그것들은 화산 활동을 멈춘 상태란다. 사화산은 평범한 산이나 다름없어 시각적인 재미는 덜하지만 이왕 온 거 엄마와 그 주변을 천천히 산책해보기로 한다. 언덕을 넘을 때마다 윈도우 바탕화면 같은 초원 풍경이 펼쳐진다. 헉헉대는 엄마를 이끌고 주변에서 가장 높은 지점에 오르자 초원과 화산, 평원이 한꺼번에 눈에 들어온다. 가슴이 다 뻥 뚫린다.

택시에서 여전히 땀을 흘리며 곯아떨어져 있는 에디 아저씨를 깨워 이번엔 아포요 호수로 향한다. 엄마가 요새와 화산을 본 것만으로도 이미 40달러어치 구경을 했다며 좋아한다. 그 모습을 보던 에디 아저씨가 뭔가 뭉클한지 조용하게 말한다.

"엄마가 정말 좋아하시는구나."

가격이 싸서 좋아하는 중이라고는 차마 얘기하지 못하고 그저 고개만 끄덕인다.

"저렇게 좋아하시는데 여행 좀 자주 시켜드려. 나도 원 없이 여행하는 게 꿈이야."

이미 엄마와 지구 한 바퀴를 도는 중이라는 말도 할 수 없어 꼭 그러겠다는 듯 고개를 더욱 세차게 끄덕인다.

아포요 호수를 보기 위해 도착한 곳은 '카타리나 마을'. 호수를 한눈에 담을 수 있는 전망대가 있는 곳이다. 호수가 워낙 유명한지 온통 관광객 천지다. 기념품 가게도 건물마다 들어서 있다. 그 사이를 뚫고 전망대에 오르자 눈이 시리게 파란 아포요 호수가 보인다.

"와! 참 예쁘다, 정말 예뻐!"

엄마가 눈을 크게 뜨고 외친다. 엄마의 말대로 호수가 참 예쁘다. 아름답다기보다는 배시시 웃는 꼬마 숙녀처럼 예쁘다. 진초록의 너른 산이 진파랑의 호수를 품에 안은 모습인데, 그 위로 흰 구름이 둥실둥실 떠 있고, 그 위에는 다시 호수만큼이나 새파란 하늘이 자리 잡고 있다. 글래머러스한 라틴 미녀들이 나의 시선을 분산시키지만 않는다면 하루 종일이라도 바라볼 수 있을 것 같다. 호수가 발이 달려 움직이는 것도 아니고, 계속 찍어봐야 똑같은 풍경인데 손가락이 제멋대로 카메라 셔터를 누른다.

"풍경 정말 끝내주지? 이 주변에 있는 산도 다 화산이야. 그러니까 저 호수는 화산 호수인 거지. 내려가서 수영도 해볼래?"

"진짜요? 저기서 수영도 할 수 있어요? 그러면 당연히 해봐야죠!"

"내려가는 길이 험해서 내가 웬만하면 안 가는데 엄마랑 여행하니까 특별 서비스로 가줄게!"

역시 나의 호프, 엄마 덕에 화산 호수에서 수영도 하게 생겼다. 카타리나 마을이 꽤 높은 지점에 있었는지 마을 전망대에서 코앞이라고 생각했던 호수까지 가는 데 30분이나 걸렸다. 나는 호수에 도착하자마자 먼발치에서 바라보던 예쁜 호수의 품에 와락 안긴다. 활화산을 한참 구경하다 이번엔 화산 호수에서 수영을 하고 있다니, 참 운수 좋은 날이다. 내가 시간 가는 줄 모르고 한참 동안 물장구치며 놀고 있자 구경하던 엄마와 에디 아저씨가 각자의 언어로 같은 말을 외친다.

"야, 배고프다! 이제 집에 가자!"

점심쯤 투어를 시작했는데 어느새 저녁시간이다. 에디 아저씨는 마사야 시내까지 구경시켜준 뒤에야 우리를 숙소 앞에 내려준다.

"에디 아저씨. 정말 고마워요. 덕분에 편하게 마사야를 둘러봤어요. 엄마도 엄청 좋아하셨어요."

"그래. 나도 멋진 하루였어. 괜찮다면 인터넷에 나 홍보 좀 해줘."

정말 한결같이, 넉살 좋은 동네 형 같은 아저씨다. 내가 미리 준비해둔 40달러를 지불하고 돌아서려는데 갑자기 엄마가 나선다.

"얘, 우리가 받은 감동에 비하면 40달러는 말도 안 되는 금액이다."

엄마는 무려 정가의 25퍼센트에 해당하는 팁을 40달러 위에 얹는다.

"너보다 엄마가 훨씬 훌륭하신 분이구나! 너도 이런 건 배워도 돼. 하하하."

농담 반, 진담 반을 건네는 에디 아저씨가 밉기는커녕 귀엽기만 하다. 아저씨는 엄마와 서비스 사진까지 찍어준 뒤 입을 귀에 걸고 다시 좁은 운전석으로 들어가 시동을 건다. 아저씨를 감당하기엔 너무도 작은 국산 경차가 털털거리며 멀어진다. 유쾌한 에디 아저씨 덕분에 오늘 구경 한번 자~알 했다.

세상에서 가장 '자연'스러운 곳

'웰컴 투 코스타리카'라고 적힌 간판 앞에서 엄마가 배낭을 멘 채 환하게 웃는다. 찰칵!

엄마가 자꾸 '코스트리코'라고 발음하는 코스타리카는 우리에게 큰 의미가 있는 곳이다. 만 예순 살에 배낭여행을 시작한 엄마의 예순 번째 여행국이기 때문이다. 여행을 시작할 당시 여섯 나라도 못 돌 거라 생각했는데 벌써 예순 번째 나라라니. 이러다 엄마와 100개 국을 돌파하는 건 아닌지 모르겠다. 홀로 짠한 감상에 젖어 있는데 엄마는 이 사실이 대수롭지 않은지 간판을 지나 씩씩하게 코스타리카에 입성한다.

우리는 코스타리카 땅을 밟자마자 '몬테베르드 자연보호구역'으로 달려간다. 지구상에 존재하는 야생동물보호구역 중 가장 완벽하게 보존되어 있다고 평가되는 거대한 숲이다. 트래킹 하는 것만으로도 다른 곳에서 볼 수 없는 수백 종의 동식물을 만날 수 있다고 하니, 동물애호가인 나와 식물애호가인 엄마의 눈이 핑핑 돌아갈 만한 곳이다. 하지만 워낙 깊은 산골짜기라 가는 길이 순탄치 않다. 버스를 네 번이나 갈아타고 겨우 도착한 지점에서 또 산악용 택시를 잡아탄다. 그렇게 한밤중, 몸이 천근만근이 되어서야 몬테베르데에 도착한다.

그리고 딱 24시간 뒤, 우리는 이 지역만의 명물 '나이트 워킹 투어' 신청란에 이름을 적고 있다. 해가 떨어진 뒤 열대우림으로 들어가 다양한 동물을 관찰하는 투어다.

"사람들의 왕래가 잦은 낮 시간대에는 동물들이 숲 속 깊숙한 곳에 숨어 있어요. 하지만 밤이 되면 조심스레 활동을 시작하거나 나무에 매달려 잠을 청하죠. 그래서 오히려 밤에 더 수월하게 동물을 관찰할 수 있어요."

영국식 악센트가 인상적인 가이드, 알렉스의 설명이다. 그는 우리를 포함한 10명의 투어 참가자에게 커다란 손전등을 하나씩 건네며 비장한 목소리로 외친다.

"자, 이제부터 여러분은 숲 속을 누비는 용감한 탐험가입니다!"

'탐험가'라는 말에 발보다 설렘이 앞선다. 손전등에 의지해 '정글'을 거닌다는 생각만으로도 가슴이 떨리는데 탐험이라니! 만약 100년 전에 태어났다면 나는 분명 탐험가가 됐을 것이다. 앞이 잘 보이지 않는다며 걱정하는 엄마와 달리 나는 잔뜩 흥분한 채 성큼성큼 발걸음을 옮긴다. 알렉스의 인솔하에 드디어 참가자 전원이 칠흑 같은 숲으로 들어선다. 손전등으로 서로의 앞길을 비춰주며 사이좋게 걷다 보니 어느새 주변이 열대우림으로 변해 있다.

"쉿! 정지! 저기, 나무 위!"

동물들이 도망갈까 봐 알렉스가 최소한의 단어만 내뱉는다. 그가 가리킨 나무 위를 보니 노란 털을 가진 덩치 큰 새가 날개에 얼굴을 파묻고 자고 있다. "움직이지 마요!"라는 짧은 경고 뒤에 나타난 건 똬리를 튼 초록 뱀. "저기!"라고 외친 후에 나타난 건 우리 일행을 쏘아보고 있는 너구리과의 킨카유와 올링고. 손전등 빛이 있어도 워낙 어두컴컴해서 한 발짝을 내딛기도 버거운데 알렉스는 잠자는 동물들을 귀신같이 찾아낸다. 눈에 적외선 렌즈를 이식했다고 해도 믿을 정도다.

"엄마, 신기하지 않아? 정말 한 치 앞도 안 보이는데 알렉스는 어떻게 저리 동물들을 잘 찾아낼까?"

"음… 밥 먹고 이거만 하니까 그런 거 아닐까?"

나의 우문에 우답으로 받아친 엄마. 키득대며 걷고 있는데 알렉스가 이번에는 "발 조심해요! 개구리 밟지 말고!"라고 말한다. 설마 하고 바닥에 손전등을 비춰보니 손톱만 한 개구리가 나를 올려다보고 있다. 투어를 시작하기 전만 해도 알렉스가 어둠 속에서 동물을 제대로 찾아내기나 할까 싶었는데, 이제는 알렉스 말이라면 솥뚜껑을 자라라고 해도 믿을 수 있다.

"와우! 저기! 모두 손전등 빛을 저 나무 위로 모아봐요!"

알렉스가 처음으로 흥분하며 소리친다. 모두가 빛을 모은 곳에는 웬만해서 보기 힘들다는 나무늘보가 나뭇가지에 거꾸로 매달려 있다. 아니, 정확히 이야기하면 아주 느릿느릿 이동하고 있다. 모두를 열광케 한 나무늘보는 코스타리카를 대표하는 동물이자 이 지역의 최고 스타다. 때문에 기념품 가게에는 나무늘보 인형이 가득하고, 엽서에는 아예 나무늘보가 도배되어 있다. 그런 지역구 스타를 만났으니 모두가 펄쩍 뛸 만큼 반가워하는 게 당연하다.

"쟤들은 하루에 나무 하나 탈까 말까 할 정도로 거의 안 움직여요. 그나마 움직임도 워낙 느려서 1시간에 많이 가봤자 900미터밖에 못 가죠. 게다가 하루 20시간을 자는 녀석들이라 이렇게 깨어 있는 모습을 보는 건 정말이지 희귀한 일이에요. 여러분에게는 행운이 따르는군요."

우리는 나무늘보 관찰에 한참 열을 올린 후 다시금 어두운 정글로 발걸음을 옮긴다. 알렉스는 끝도 없이 희귀한 동물들을 찾아내 일행들의 동

공을 팽창시킨다. 3시간이 넘는 알렉스의 완벽한 가이드 덕분에 어둠 속에서 조류와 파충류, 포유류는 물론 전갈과 타란툴라 같은 절지동물까지 만난다.

"하루에 이렇게 많은 야생동물을 보는 건 내 평생 처음이다. 이번 여행은 계속 새로운 기록을 만들어내네!"

엄마가 잔뜩 흥분한 채 만족감을 드러낸다.

"엄마, 아직 흥분하기에는 일러. 내일은 우리가 만났던 숲 중 가장 큰 규모의 숲으로 갈 거야."

엄마의 눈이 반짝 하고 빛난다.

이튿날. 우리는 이름마저 신비로운 구름숲, '운무림'으로 향한다. 지구상에서 녹지가 가장 많은 나라로 손꼽히는 코스타리카는 국토의 3분의 1이 보호구역, 혹은 국립공원으로 지정되어 있다. 때문에 코스타리카는 '우리는 다른 건 몰라도 국립공원 하나만큼은 끝내준다!'라고 동네방네 자랑하고 다닌다. 운무림은 그 자랑 중에서도 최고의 자랑거리다. 자료를 조사하다 알게 된 흥미로운 사실이 있는데, 바로 운무림이 한국전쟁과 연관이 있다는 것이다.

1951년, 미국 앨라배마 주의 퀘이커 교도들은 한국전쟁에 파병되는 걸 피하기 위해 이곳 몬테베르데 지역으로 이주했다. 이후 농장을 일구며 살아가다가 1만 헥타르가 넘는 광활하고 아름다운 숲을 보존해야 한다는 사명감에 휩싸였다. 그 결과, 1972년경 운무림 지역에서 보존 운동이 일었고, 곧 사람의 발길이 통제되면서 이곳은 세상 어디에도 없는 동식물의 보고가 되었다. 1983년, 내셔널지오그래픽이 몬테베르데 원시림을 조명하면서 이곳은 세계의 이목을 집중시켰고, 이후 세계 각국의 지원을 받

으며 더욱더 체계적으로 관리되기 시작했다. 현재는 생태 연구를 하는 전 세계의 학자들이 몰려들 정도로 완벽한 생태보호구역이 되었다. 그러니까 한국전쟁이 일어나지 않았다면 이곳을 누가 어떻게 개발했을지 알 수 없는 것이다. 물론 전쟁도 일어나지 않고, 녹지까지 보존됐다면 그보다 더 좋은 시나리오는 없었겠지만 말이다.

운무림은 그 규모가 엄청나서 당연히 하루에 돌아볼 수 없다. 여행자들은 보통 방문자 센터에 들러 자신에게 맞는 트래킹 코스를 선택한다. 반나절 정도를 돌아볼 생각으로 직원에게 코스 추천을 부탁하니 자신 있게 남쪽 지역 트래킹 코스를 추천한다. 딱히 오르막이 없어 엄마에게도 안성맞춤인 코스다. 엄마와 앞서거니 뒤서거니 트래킹을 시작한다.

그런데 이상하다. 한 10분 정도 걸었나? 코스타리카의 자랑이라는 곳이 그냥 동네 뒷산 같다. 꽃도 나무도 듬성듬성 서 있을 뿐 엄청난 풍경이 펼쳐지지도, 야생동물들이 기습적으로 나타나지도 않는다. 운무림의 기대 등급이 '상'에서 '중'으로 급속히 떨어지려는 찰나, 숲에 묘한 변화가 일어나 등급 변동이 보류된다. 운무림은 안으로 깊숙이 들어갈수록 그 진가를 드러내는 곳인가 보다. 걸으면 걸을수록 초록빛이 늘어나고, 푸름의 농도가 짙어진다. 한 그루씩 서 있던 나무들도 어느 순간 거대한 숲으로 변한다. 화려함보다는 은은한 매력이 빛나는 곳이다. 유독 꽃과 나무를 좋아하는 엄마가 나보다 빨리 운무림의 등급을 '최상'으로 끌어올린다.

"꽃과 나무가 살기 좋아야 사람도 살기 좋아져. 자연이 편안해야 그 에너지를 받는 사람들도 편안해지는 거지."

사랑이 담뿍 담긴 엄마의 말에 숲이 더 싱싱해지는 것 같다. 콧노래까지 부르며 껑충껑충 앞서가던 엄마가 수백 년은 됐음직한 나무를 올려다본다. 나무 틈으로 떨어지는 햇살 한 줄기에 세상 그 무엇보다도 환해진 엄마. 그 모습을 카메라에 담으니 화보가 따로 없다.

푸른 잎이 가득 우거진 숲길을 따라 걷는다. 한참을 걸어도 힘이 빠지지 않고, 땀도 거의 나지 않는다. 숲 곳곳에는 생생한 나무와 쓰러져 죽은 나무, 그리고 썩어가는 나무가 공존한다. 아마도 자연이 모든 걸 알아서 처리하도록 내버려둔 듯싶다. 자세히 보니 죽은 나무껍질 위에 야생화와 이끼, 이름 모를 식물들이 자라고 있고, 그 위에서 작은 벌레들과 달팽이들이 그들만의 삶을 꾸리고 있다. 자연의 자정 능력을 제대로 보여주는 장면이다. 도시 생활로 잔뜩 오염된 우리의 몸도 덩달아 정화되는 것 같다. 수만 그루의 나무가 떠 먹여주는 공기가 어찌나 달콤한지 몸이 먼저 알고 좋아한다. 할 수만 있다면 배낭 가득 이곳의 공기를 넣어 가고 싶다.

“이 안에서는 백 살까지 사는 것도 가능하겠다!”

“엄마, 한국 가서도 백 살까지 사셔야지.”

“아이고, 니들 고생시킬 일 있냐?”

“오래 사셔서 나 환갑 때 여행시켜줘. 육십 아들과 구십 엄마의 세계여행, 어때?”

내가 한 말이지만 너무 웃겨서 자리에 주저앉아 한참을 웃는다. 엄마도 눈물까지 흘리며 웃는다. 우리의 웃음소리에 형형색색의 새들도 재재거린다. 태어나 처음 보는 화려한 꽃들에 눈이 부시다. 어디를 봐도 아름다운 풍경이라 ‘이곳이 더 아름답다.’ ‘저곳이 더 아름답다.’고 말할 수가 없다. 분명한 건 눈앞에 펼쳐진 풍경만큼이나 이곳에서 보내는 시간이 아름답다는 사실이다. 미처 사그라지지 않고 가슴속 어딘가에 숨어 있던 스트레스가 날숨을 통해 시원하게 배출된다.

그렇게 한참을 걷다 보니 U자형 골짜기를 잇기 위해 불가피하게 지은 붉은색 흔들다리가 나타난다. 운무림에서 사람의 손이 닿은 거의 유일한

구조물이다. 조심스레 발걸음을 옮겨 다리 중간쯤에 다다르자 운무림의 전경이 앞뒤로 펼쳐진다. 수만 그루의 나무가 뒤엉켜 만들어낸 절경에 순간 멍해진다. 나무늘보가 아니라 공룡이 뛰어다녀도 이상해 보이지 않을 만큼 태초의 모습이 눈앞에 있다. 이 절경을 그 어떤 말로도 형용할 수가 없다.

"나는 정말 아무것도 아니었구나…. 내 인생 육십 년이 아무것도 아니었어…."

고백하듯 진지하게 말하는 엄마의 얼굴에 알 수 없는 표정이 깃든다. 나는 조심스레 고개를 끄덕인다. 이렇게 멋진 장면에 감탄이 쏟아질 법도 한데 이상하게 한숨이 나온다. 이 아름다운 순간이 곧 과거가 된다는 사실이 너무도 안타까워서다.

엄마의 여행 노트 #7

뉴스를 보면 '60세 이상 노인 인구'라는 말이 자주 나온다. 나는 그 말이 그렇게 어색할 수가 없다. 내가 노인이라고 생각해본 적이 한 번도 없기 때문이다. 그래도 아가씨에서 아줌마로, 그리고 아줌마에서 노인으로 가는 게 삶의 순리이겠지. 하지만 여행을 다니다 보면 그런 생각은 깡그리 잊게 된다. 이 광활한 자연에 비하면 나는 아직 엄마 배 속에 있는 태아나 마찬가지니까.

놀랍도록 신기한 파나마 운하

중남미 여행을 시작한 지 두 달 반이 되는 시점, 우리는 중미 대륙의 끝 파나마에 도착했다. 멕시코에서 중미 여행의 닻을 올린 후 쿠바와 벨리즈, 과테말라, 엘살바도르, 온두라스, 니카라과, 코스타리카를 차례로 훑으며 마침내 중미의 마지막 나라, 파나마에 발도장을 찍은 것이다. 돌이켜보면 생각보다 순조롭게 이어진 여정이었다. 온두라스의 택시 안에서 맥가이버 칼까지 쥔 채 달달 떨었던 것만 뺀다면 이렇다 할 위기도 없었다. 우리 엄마, 결국 베테랑답게 무리 없이 중미 대륙을 접수하셨다!

"엄마, 축하해. 파나마가 중미의 마지막 나라야."

"우와! 그럼 이제 남미 여행 시작이네!"

나는 '중미 여행의 끝'이라고만 생각했는데 엄마는 '남미 여행의 시작'이라고 말하고 있다. 역시 엄마는 나를 언제나 앞서간다. 그렇다. 이제 끝과 동시에 다시 시작이다. 우리는 그 교차점을 앞에 두고 휴식에 돌입하기로 한다. 긴급회의를 열어 여행 방학에 관한 안건을 상정했고, 유효표 두 표 중 만장일치로 방학이 선포된 것이다. 지난 유라시아 여행에서 긴 여행엔 반드시 방학이 필요하다는 사실을 깨달았기 때문이다.

우리가 쉬어갈 곳은 '보카스 델 토로'라 불리는 카리브 해 연안의 섬 지역이다. 에어컨이 빵빵하게 나오고, 위성 TV가 쌩쌩 돌아가는 숙소를 잡아 꼼짝 않고 놀고먹으며 체력을 보충한다. 이곳이 중미 최고의 해변이라고 하는데도 구경 한 번 나가지 않고 최선을 다해 아무것도 하지 않는다. 허나 역시 우리의 방학은 그리 오래가지 못한다.

"지루하다. 이제 움직이자."

엄마가 방학 3일 만에 개학을 선포한 것이다. 나도 기다렸다는 듯 배낭을 챙긴다. 역시 우리는 움직이지 않으면 발바닥이 근지러워지는 천생 여행자다. 혹자는 고작 3일 쉬고 무슨 방학이냐고 반문하겠지만 우리의 체

력 충전 속도는 '급속 충전'이란 표현이 딱 맞을 만큼 신속하고 정확하다. 솔직히 올해 예순셋이 된 엄마의 체력 충전 속도는 내가 봐도 미스터리일 만큼 대단하다.

다시 길을 나선 우리의 목적지는 '파나마시티'. 버스로 12시간이 걸리는 대장정이다. 얼굴에 기름기가 낄 정도로 잘 쉬어놓고 바로 고생을 사서 한다. 보카스 델 토로에 공항이 있어 바로 남미로 넘어갈까도 생각해봤지만 파나마시티를 그냥 지나칠 수 없었다. 인류가 만든 거대한 작품이자 세계무역의 큰 획을 그은 파나마 운하가 있는 곳이기 때문이다.

'운하' 하면 누구나 떠올리는 파나마 운하는 1800년대 후반 프랑스의 주도로 건설이 시작됐다. 하지만 수주를 받았던 회사의 파산으로 건설이 중단됐다. 이후 운하 굴착권을 사들인 미국이 4만 명 이상의 노동자를 투입해 착공 10년 만인 1914년에 파나마 운하를 완공했다. 운하 건설 당시

파낸 흙을 기차 레일에 깔면 지구 네 바퀴를 돌 수 있고, 그 흙의 부피만도 1억 5290만 세제곱미터에 이른다고 하니 그 규모가 상상을 초월한다.

64킬로미터에 이르는 파나마 운하엔 총 세 개의 갑문이 있다. 우리는 그중 파나마시티에서 가장 가까운 갑문이자 방문자 센터와 전망대가 있는 '미라플로레스 갑문'으로 향한다. 마침 올해가 파나마 운하 완공 100주년이 되는 해라 갑문으로 가는 내내 '100'이라고 적힌 깃발이 펄럭인다.

"원준아, 꼭 우리를 반기는 깃발 같다. 그치?"

"응. 우리가 운하 완공 100주년에 찾아온 귀한 손님이잖아."

하지만 그 기쁨도 잠시, 100주년 기념 확장 공사 뒤 입장료가 두 배로 뛰었다는 소식을 전해 듣는다. 차라리 99주년이었으면 더 좋았겠다는 생각이 바로 드는 걸 보면 사람 마음 참으로 간사하다.

둘이 합쳐 30달러를 내고 들어간 방문자 센터에는 운하의 역사를 살펴

볼 수 있는 다양한 박물관과 전시관, 영화관이 갖추어져 있다. 우리는 그 중 박물관에 먼저 들어갔는데, 그곳에서 흥미로운 사실을 알게 된다. 바로 운하 사용료에 대한 통계. 운하 사용료는 보통 배의 무게에 따라 받는데 현재 평균 사용료는 3만 달러 정도다. 역사상 가장 비싼 사용료를 낸 배는 노르웨이의 호화 유람선으로, 2010년 37만 6000달러를 냈다. 64킬로미터를 지나는 데 거의 4억 5000만 원을 낸 셈이다. 반대로 가장 적은 사용료를 낸 배는, 아니 사람은 리처드 할리버튼이란 청년으로, 1928년에 단돈 36센트, 그러니까 400원 정도를 내고 운하를 헤엄쳐서 건넜다. 노르웨이 유람선 사용료의 100만 분의 1 수준이다.

파나마 운하를 통과한 배는 지난 100년간 100만 대가 넘고, 지금도 연평균 1만 3000대가량이 지나간다. 사실상 전 세계 6대륙 모두가 파나마 운하를 이용하고 있다. 파나마 운하 사용료가 아무리 비싸다 한들 사용하지 않을 재간이 없는데, 이곳을 지나지 않으면 남미를 뺑 돌아서 가야 하기 때문에 시간과 연료, 인력을 고려하면 그래도 파나마 운하를 이용하는 게 남는 장사이기 때문이다. 그런 이유로 엄청난 수의 배들이 매년 운하로 몰려들어 파나마는 그야말로 엄청난 돈을 끌어모으고 있다.

하지만 아이러니하게도 파나마가 운하에 대한 운영권을 가지게 된 건 그리 오래된 일이 아니다. 운하가 미국의 주도로 완성되었기 때문에 운하의 모든 소유권은 미국에 있었다. 파나마는 말 그대로 자기 땅에서 남 좋은 일만 시켜준 꼴이다. 그러다 1977년에 체결된 조약에 따라 1999년 12월 31일 정오를 기점으로 운하에 대한 모든 운영 관리 및 권한이 파나마로 넘어왔고, 그 뒤부터 국가 기간산업을 다질 정도의 막대한 부가 파나마로 흘러들어오는 중이다.

한창 파나마 운하에 대한 공부에 열을 올리고 있는데 운하로 배가 들어온다는 방송이 흘러나온다. 나는 엄마를 이끌고 재빨리 전망대로 뛰어 올라간다. 생각보다 운하의 폭이 너무나 좁아 놀란다. 전망대 직원의 설명에 따르면 전 세계의 조선소에서 생산되는 선박의 대부분이 이 운하의 폭에 맞춰서 만들어진다. 운하의 전체적인 모습을 대강 훑어볼 때쯤 드디어 커다란 배 한 척이 운하로 빨려 들어온다. 선박이 갑문 앞에 다다르자 예인선이 나와 선박을 밀고 당기며 수로 안쪽으로 안내하기 시작한다. 이 대형 화물선은 4000개가 넘는 컨테이너를 싣고 유럽을 출발해 일본으로 가는 중이란다. 말하자면 대서양을 지나 파나마 운하 환승 센터를 거쳐 태평양으로 가는 셈이다. 그런데 희한하다. 갑문 밖 수위와 갑문 안 수위가 다르다. (사실 '갑문'이라는 단어 자체가 선박을 높낮이가 다른 수면을

오르내리게 하는 장치라는 뜻이다.) 도대체 화물선이 어떻게 이곳을 지나갈 수 있을까, 궁금하던 차에 갑자기 마법 같은 일이 벌어진다. 수위가 낮은 쪽에서 소용돌이가 일더니 급격히 수위가 높아지고, 반대로 수위가 높았던 곳이 낮아지는 것이다. 잠시 후 갑문 안팎의 수위가 동일해진다. 그리고 갑문이 활짝 열린다. 보고도 믿기지 않는 장면이다.

선박 몇 대를 눈앞에서 보낸 후에야 박물관에서 글로만 익힌 운하의 작동 원리가 이해되기 시작한다. 파나마 운하는 기본적으로 북쪽의 대서양과 남쪽의 태평양을 잇는 운하다. 그리고 이 두 바다의 수위는 각기 다르다. 게다가 운하 건설을 위해 만든 인공 호수와 해면의 표고도 일정하지 않다. 해서 갑문을 설치해 열었다 닫았다 하는 방식으로 양쪽의 수위를 동일하게 맞춘 뒤 배를 오가게 하는 것이다. 바닷속에 해저터널을 뚫는 것도, 바다 위에 다리를 세우는 것도 신기한데 신이 갈라놓은 두 개의 바다를 하나로 만들기까지 하다니, 대체 인간의 능력은 어디까지일까.

"어! 한국 배다! 한글이야, 한글!"

엄마가 신나서 외친다. 우리가 파나마 운하에 왔다는 사실을 알기라도 하듯 정말 우리나라 기업의 이름과 한글이 선명하게 박힌 대형 화물선이 운하로 천천히 들어오고 있다. 워낙 중미에서 한국인 여행자를 만나는 게 쉽지 않았기에 한글만 봐도 너무 반갑다. 우리는 누가 보든 말든 화물선을 향해 소리를 지르며 격하게 손을 흔든다. 우리에게 끝없는 감동과 추억을 안겨주었던 중미 여행이 우리와 같은 곳에서 출발한 화물선과 함께 막을 내린다.

들어는 봤나, 마약 투어?

가슴이 시리도록 하늘이 맑은 날, 우리는 중미 대륙을 넘어 남미 대륙으로 넘어간다. 심지어 그 맑은 하늘을 가르고 있다. 파나마 운하에서 우리가 얻은 건 감탄과 감동뿐만이 아니다. 수십만 원을 절약할 수 있는 귀한 정보까지 얻었다. 감동을 토해내라고 해도 순순히 토해줄 만큼 귀한 정보다. 파나마 운하 박물관에서 '취항 기념 초특가! 파나마시티에서 메데진까지 150달러!'라는 항공사 광고를 보게 된 것이다. 콜롬비아는 파나마와 맞닿아 있지만 육로 국경이 폐쇄되어 있어 하늘길 혹은 바닷길로만 드나들 수 있다. 양국을 오가는 항공편이 400달러에서 600달러 사이라 어쩔 수 없이 5일이 소요되는 요트를 타고 콜롬비아로 넘어가려고 했는데 뜻하지 않은 곳에서 노다지를 발견한 것이다. 요트 이동에 들어가는 시간과 수고를 고려했을 때 달랑 150달러짜리 비행기(50분 소요)는 거저나 다름없었다.

하지만 우리는 남미의 첫 도시가 될 '메데진'에 대해 아는 게 없다. 우리가 정한 목적지가 아니라 싸구려 티켓이 정해준 목적지이기 때문이다. 친숙했던 중미 가이드북을 가방에 집어넣고 지금껏 배낭 가장 아래에 넣어두었던 남미 가이드북을 꺼내 활짝 펼친다. 이것으로 우리의 본격적인

남미 여정이, 이번 여행의 후반전이 시작된다.

가이드북은 다음과 같이 메데진을 소개하고 있다.

'한때 마약 범죄로 살인이 난무하던 곳이지만 지금은 1년 내내 봄 날씨가 이어지는 수준급의 관광 도시다.'

남미의 첫 도시치고는 썩 유쾌한 소개가 아니다. 부디 범죄는 피하고 봄 날씨만 만났으면 좋겠다.

일단 시작은 좋다. 메데진 공항의 출입국사무소 직원이 "웰컴 투 콜롬비아!"를 외치며 여권이 찢어질 만큼 세게 입국 스탬프를 찍어준다. 엄마와 나란히 여행 훈장을 하나씩 더 받고는 메데진 시내로 이동하는 버스를 잡아탄다. 30분쯤 지났을까. 시내 중심가로 막 들어서는데 창밖으로 담배를 피우고 있는 앳된 소년 네댓 명이 포착된다. '머리에 피도 안 마른!'이라는 뻔한 대사가 튀어나오려는 순간, 버스를 휙 돌아보는 소년들의 눈빛이 살짝 멍하다. 에이, 설마?

버스에서 내려 알아봐둔 숙소로 이동하는데 골목에서 한 청년이 튀어나와 오른손을 앞뒤로 흔든다. 위험해 보이지 않았지만 본색을 알 수 없어 엄마를 품으로 확 끌어당긴다. 그러자 "워, 워! 진정해!"를 외치며 주머니에서 투명한 봉지 하나를 꺼내 흔드는 청년. 설마 했는데 역시나, 대마초다. 아까 소년들이 피우고 있던 것도 담배가 아니라 대마초인 게 분명하다.

"이봐, 친구. 나는 관심 없어."

"이거 최상품이야!"

최상품이고 나발이고 내가 마약중독자일지라도 지금은 네 물건을 살 생각이 없다. 옆에 엄마가 있지 않은가!

여행을 하다 보니 정말 별일이 다 있다. 하도 기가 차 숙소에 들어오자마자 인터넷으로 메데진에 대해 검색해보기 시작한다. 그런데 이럴 수가! 순간 눈을 의심한다. 메데진을 대표하는 투어가 바로 '마약왕 에스코바르 마약 투어'였기 때문이다. 내 여행 사전에서 가장 충격적인 투어는 프랑스 파리의 '하수도 투어'였는데 (솔직히 재미있긴 했다.) 마약 투어도 있다니! 이게 합법적인 투어인가 싶어 여행사 홈페이지에 들어가본다. 아니나 다를까, 화면 아래에 버젓이 사업자번호와 주소까지 적혀 있다. 마약 투어가 합법이라니, 이거 대박이다. 샤워를 마치고 나오는 엄마를 향해 주저 없이 소리친다.

"엄마, 마약 투어 하자!"

뜨악한 엄마의 표정을 카메라에 담지 못한 게 한이다. 눈을 부릅뜬 채 엄마가 버럭 외친다.

"정신 나간 놈!"

하긴, 앞뒤 설명 없이 튀어나온 말이 마약 투어였으니, 욕을 먹어도 싸다.

"엄마, 이 도시를 주름잡던 마약왕이 있었는데 콜롬비아에선 대단한 무법자였나 봐. 마약 운반을 하려고 사람 죽이는 건 일도 아니었고, 비행기까지 폭파시켰대. 근데 그 사람의 발자취를 좇는 투어가 있나 봐. 왠지 흥미로울 것 같지 않아?"

"아니, 전혀!"

엄마의 단호하고도 깔끔한 거절에 마약 투어 권유는 철회된다. 하지만 인터넷에 나온 마약왕의 이야기가 잊히질 않는다. 마약왕 에스코바르의 일대기는 믿기 힘든 수준이 아니라, 허무맹랑한 수준이다.

메데진 출신의 에스코바르는 10대 시절부터 마약 업계에 발을 담근 인물로, 불과 20대에 세계 최고이자 최악의 마약 카르텔이었던 메데진 카르텔의 수장이 되었다. 물불을 가리지 않고 마약을 유통시킨 그는 당시

유일했던 라이벌, 칼리(콜롬비아 남서부 도시) 카르텔까지 집어삼키며 누구도 범접할 수 없는 자리에 올랐다. 당연히 남미의 모든 마약과 미국으로 유통되는 마약의 80퍼센트 이상이 그의 손을 거쳤다. 더 놀라운 건 마약을 운반하기 위해 수백 대의 비행기와 잠수함을 동원했다는 사실이다. 그를 방해하거나 비판하는 인물은 어김없이 시체로 발견될 정도로 잔악무도했던 에스코바르는 경찰을 살해하는 부하에게 상금까지 주었단다.

하지만 아이러니하게도 메데진의 산동네 빈민들은 그를 '로빈후드'라 추앙하며 받들었다. 에스코바르가 훗날을 도모하며 빈민들에게 집과 병원, 학교 등을 지어주었기 때문이다. 이렇게 쌓은 인지도를 바탕으로 그는 선거를 거쳐 국회의원 자격을 얻기도 했다. 정치인들의 극심한 반대로 파면당할 때까지 말이다. (물론 그중 몇몇은 시체로 발견되었다.)

에스코바르의 손을 거친 마약으로 골머리를 썩던 미국은 그를 범죄인으로 인도받고자 콜롬비아에 협상을 제시하기에 이르렀는데, 이를 알게 된 에스코바르가 협상을 위해 미국으로 날아가는 콜롬비아 대표단의 비행기를 폭파시켰다. 하지만 이 비행기는 107명의 민간인이 타고 있던 비행기였다. 정말 충격적인 사건이다. 이 사건을 계기로 에스코바르는 아무도 건들 수 없는 신적인 존재가 되었다.

결국 참다못한 미국이 직접 에스코바르 소탕에 나섰고, 궁지에 몰린 그는 자국에 기상천외한 협상을 제안했다. (당시 콜롬비아 정부는 만약 그가 자수하면 미국에 인도하지 않겠다는 법을 제정해 그의 자수를 이끌어내는 중이었다.) 자신의 죄를 사해주면 콜롬비아의 국가 부채를 모두 갚아주겠다는 것! 그 액수가 무려 400조에 가까웠다고 한다. 하루에 1조씩 써도 1년에 다 못 쓰는 돈이다. 하지만 미국의 눈치를 보던 콜롬비아가 그의 제안을 거절했고, 결국 그는 자수해 미국이 아닌 콜롬비아에서 수감 생활을 시작했다. 여기서 또다시 거짓말 같은 일이 벌어졌다. 그가 갇힌 감옥이 바로 그가 지은 초호화 감옥이었다는 것. 에스코바르는 별장보다 호화로운 감옥에서 수행원들의 보호를 받으며 낮에는 마약 교통 정리를 했고 밤에는 파티를 열었다. 그의 보복이 두려웠던 콜롬비아 정부는 그걸 알면서도 바로잡지 못했다.

이 사실을 알고 드디어 머리끝까지 화가 난 미국은 그의 감옥에 특수부대를 파견했다. 하지만 이 사실을 알게 된 에스코바르는 유유히 감옥을 빠져나갔다. 수백 명의 경찰들이 후환이 두려워 그가 탈옥하는 모습을 그저 바라보기만 했다니, 그가 얼마나 잔혹했을지 예상되고도 남는다.

어쨌든 도망자 신세가 된 에스코바르는 자신을 지지했던 산동네로 숨어들었고, 산동네 빈민들은 그를 철저히 보호해주었다. 하지만 마침내 꼬리가 잡혀 1993년, 메데진 산동네에서 경찰이 쏜 여러 발의 총탄을 맞고 비참한 최후를 맞았다.

이건 뭐 할리우드 최고의 각본가들과 막장 드라마 작가들이 죄다 모여도 쓰기 힘든 대본이다. 실화인 게 믿기지 않았지만 이게 전부 내가 지금 발을 딛고 있는 이 도시에서 일어난 일이라니 소름이 돋는다.

며칠 후, 콜롬비아 수도인 보고타를 여행하다 경찰 박물관에 들렀다. 그곳에 에스코바르가 사살되기까지의 과정이 전시되어 있었기 때문이다. 마약 투어 대신에라도 꼭 가보고 싶었다. 하지만 엄마에게는 박물관에 들어설 때까지 마약왕의 '마' 자도 꺼내지 않았다.

전시관에는 에스코바르의 비밀 금고와 기록물 따위가 전시되어 있었고, 전시관 벽에는 그의 수배 전단지가 붙어 있었다. 나는 그 전단지를 가리키며 엄마에게 내가 읽었던 에스코바르의 일대기를 전하기 시작했다.

PABLO EMILIO ESCOBAR GAVIRIA "EL PATRÓN"

DIRECCIÓN DE INVESTIGACIÓ
CRIMINAL E INTERPOL
28/04/1992
02/12/1993
09/06/1995
06/06/1998
13/10/1999
Operación Milenio
08/10/2002
04/02/2003
Operación Pegaso
03/11/2005

SE BUSCA
PABLO EMILIO ESCOBAR GAVIRIA
SOLICITADO POR LA JUSTICIA
A quién suministre información que permita
su captura, se le ofrece como recompensa
y por cada uno de estos prófugos la suma de
SANTAFE
DE BOGOTA
222 - 5012
SANTAFE DE BOGOTA
91 - 287 - 2908
91 - 287 - 2986
9800 - 10600
4611111 - 4611112
SE GARANTIZA ABSOLUTA RESERVA
POR PARTE DEL GOBIERNO DE COLOMBIA Y DE LOS
EE.UU. POSIBILIDAD DE REUBICACION EN EL EXTERIOR.

전단지를 자세히 보니 25년 전 현상금이 무려 27억 콜롬비아 페소. 지금 금액으로도 우리 돈 14억 원이니 그 당시엔 상상도 못 할 금액이었을 것이다. 에스코바르가 사용하던 물건들도 잔뜩 전시 중이었는데 그중에서도 커다란 휴대폰이 눈에 띄었다. 그는 휴대폰 자체가 거의 전무했던 90년대 초반에 이미 최첨단 통신기기를 가지고 있었던 것이다. 가장 인상적인 전시품은 에스코바르와 그의 아들의 마지막 전화 통화 내용을 기록한 테이프. 에스코바르는 인터폴의 집요한 추적을 피해 다니면서도 가족과의 전화 통화를 잊지 않을 만큼 가족을 끔찍이 챙겼다고 하는데, 위치 추적을 피하기 위해 통화는 절대 2분을 넘기지 않았다고 한다. 그러다 딱 한 번, 아들과 2분 넘게 통화를 했고, 바로 그 통화가 추적이 되어 메데진 산동네 지붕 위에서 사살되었다. 그의 피가 묻은 기왓장도 테이프 옆에 전시되어 있었다. 그의 얼굴에 엑스 표시가 된 수배 전단지를 마지막으로 전시도, 나의 에스코바르 설명도 끝이 났다. 그러자 엄마가 아쉽다는 듯 말했다.

"메데진에서 그냥 마약 투어를 해볼 걸 그랬나 봐. 천하의 나쁜 놈인데 그 뒷이야기가 정말 흥미롭네."

"내 말이!"

이래도 되는 건지 모르겠지만 에스코바르의 일대기가 너무도 강렬해 콜롬비아의 그 어떤 것도 우리의 관심을 끌지 못했다. 결국 우리는 남미의 첫 나라를 빠르게 훑고 에콰도르로 향하는 발걸음에 힘을 실었다.

PEÑON DE GUATAPE
• Altura máxima 200 mts.
• Escalas 659
Escala 28
Nº 0098
$10.000

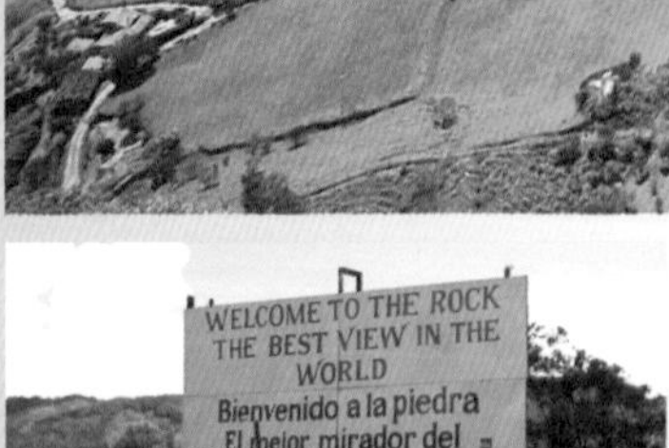
WELCOME TO THE ROCK
THE BEST VIEW IN THE
WORLD
Bienvenido a la piedra
El mejor mirador del
mundo

메데진에서 2시간 거리에 있는 마을 '구아따뻬'는 세상에서 가장 큰 바위(물론 비공식이다.)인 '엘 뻬뇰'이 있는 곳으로 유명하다. 바위라기보다는 바위산에 가까운 엘 뻬뇰의 정상에 닿으려면 무려 659개의 계단을 올라야 한다. 때문에 엄마는 첫 계단을 오르기도 전에 백기를 들었다. 엄마를 겨우 설득해 계단을 오르기를 30여 분. 정상에 다다르자 바위 주변으로 굽이쳐 흐르는 파란 호수와 그 사이를 채운 앙증맞은 작은 섬이 눈에 들어왔다. 그 모습이 충분히 아름다웠기에 후들거리던 다리에 불끈 힘이 솟았다. 뒤이어 힘겹게 정상에 도착한 엄마는 숨도 고르기 전에 눈앞에 펼쳐진 풍경을 보며 비명을 질렀다. "우와, 안 올라왔으면 평생 후회할 뻔했네!"

씨빠끼라 소금 성당 & 라스라하스 기적의 성당

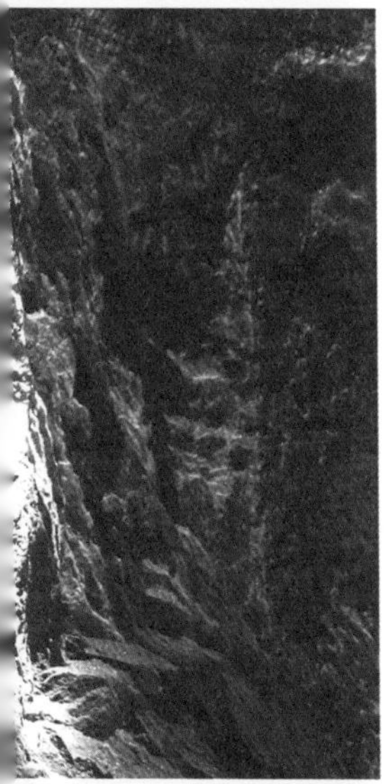

:

콜롬비아에서는 굉장히 독특하고 인상적인 성당을 두 개나 만났다. '씨빠끼라'라는 부담스런 발음을 가진 도시에 자리 잡은 소금 성당은 수백 년에 걸쳐 소금 광산의 내부를 깎고 다듬어 만든 성당이다. 하나의 건축물이라기보다는 좁고 긴 지하 탄광에 끝없이 이어진 종교 작품이라 할 수 있다. 나선형 구조를 따라 내려가면 놀랍게도 소금으로 지어진 예배당이 줄줄이 나타나고 하얀 소금 벽 사이로 현란한 조명이 뿜어져 나와 신비로운 분위기를 자아낸다. 이 소금 성당을 완성하는 데에 100명 이상의 광부와 조각가가 동원되었고, 4년이라는 긴 시간이 소요되었다.

콜롬비아와 에콰도르의 국경도시 '이피알레스'에 위치한 '라스라하스 성당'은 천 길 낭떠러지가 이어지는 아찔한 협곡 위에 세워져 있다. 이곳은 18세기경 성모 마리아의 형상이 나타나 장애를 가진 소녀를 치료해주었다는 기적이 발생한 장소라 전해지고 있다. 그런 이유로 협곡에 성당이 지어졌고 '기적의 성당'이라는 별명까지 붙었다. 성당 난간에 서 있기만 해도 오금이 저리지만 소원이 이루어지는 성당으로 알려져 많은 순례객이 방문한다. 순례객들의 소원이 적힌 메모가 성당 외벽에 가득했는데 우리도 '여행을 무사히 끝내게 해주세요!'라고 적은 쪽지를 붙이고 왔다.

협상 전문가 납시오!

일정을 꾸역꾸역 조정해가며 금요일에 딱 맞춰 에콰도르 북부의 작은 마을, '오타발로'에 도착했다. 매주 토요일마다 대규모의 가축 시장과 원주민 전통 시장이 열리기 때문에 의도적으로 '가는 날이 장날'이 되도록 만든 것이다. 이미 여행자들 사이에서 남미 최고의 시장으로 소문이 난 곳이니 이제는 그 소문을 확인할 일만 남았다. 금요일 저녁이지만 벌써부터 마을 전체가 술렁이기 시작한다.

요란스런 알람 소리에 눈을 뜬다. 새벽 6시다. 누군가에게는 이른 아침이겠지만 나에게는 꼭두새벽이다. 엄마는 이미 나갈 준비를 끝냈다. 나도 고양이 세수만 한 채 하품을 쩍쩍 하며 엄마를 따라나선다.

벌써부터 마을 광장이 원주민 상인들로 북적인다. 그러나 우리는 미련 없이 그곳을 지나쳐 마을 외곽으로 발걸음을 재촉한다. 광장의 전통 시장은 종일 열리는 반면 마을 외곽의 가축 시장은 이른 아침에만 반짝 열리고 끝나기 때문이다. 아침 일찍 가축 시장을 구경한 뒤 마을 광장으로 돌아와 전통 시장을 구경하는 게 오타발로 시장 구경의 정석이다.

시내를 얼마 벗어나지 않았는데 벌써부터 독특한 풍경이 펼쳐진다. 온

몸에 착 붙어 있는 졸음이 순식간에 떨어져나간다. 원색으로 빛나는 에콰도르 전통 의상과 모자를 착용한 원주민 아낙들이 새끼 돼지들을 끌며 시장으로 이동하고 있다. 염소를 어깨에 이고 가는 아저씨도 보인다. 초등학생만큼이나 체구가 작은 꼬부랑 할머니는 양손에 자기 몸집만 한 닭을 든 채 시장으로 향하고 있다. 닭들이 최선을 다해 푸드덕거리면 할머니가 하늘을 날 수도 있을 것 같다.

가축 시장에 들어서자마자 엄마와 사이좋게 탄성을 주고받는다. 널찍한 공터에 자리 잡은 시장에 수백 마리, 아니 수천 마리의 가축들이 자신의 언어로 울부짖고 있다. 우리는 우리의 언어로 감탄사를 내지르며 시장 안쪽으로 들어선다. 동물도 동물이지만 그 곁을 지키고 있는 인디오들의 모습도 볼거리다. 특히 여성들의 의상이 화려하고 아름답다. 마치 장 서는 날이 그녀들의 패션 경연대회쯤 되는 것 같다.

시장을 빠르게 스캔해본다. 재미있게도 가축들이 체급별로 나누어져 있다. 소가 주축인 헤비급, 돼지가 주축인 미들급, 닭이 주축인 라이트급, 이렇게 세 개의 체급 사이에 커다란 철망 울타리가 쳐져 있다. 이런 구분마저 없다면 그야말로 소, 돼지, 닭이 뒤엉켜 난장판이 되고 말 것이다.

우리는 가장 큰 규모의 소 시장 울타리 쪽으로 넘어간다. 누런 소, 검은 소, 얼룩소 등 소라는 소는 죄다 모여 있다. 새치름한 도시 남자(?)인 내가 이토록 많은 소를 보는 건 당연히 처음이다. 괜히 소 가까이에 갔다가 뒷발차기에 갈비뼈라도 나갈까 봐 몸을 사리고 있는데, 엄마가 거침없이 소들에게 돌진한다. 이런 '오래된' 풍경이 펼쳐지면 엄마의 입에서 어떤 말이 나올지 대충 감이 잡힌다.

"엄마 어렸을 때 우시장에 가본 적이 있어. 이렇게 큰 규모는 아니었는데, 그때 본 소 눈이 정말 예뻤어. 팔려 갈 때는 눈물 같은 걸 흘렸는데, 역

시 동물은 자기 운명을 다 아는 것 같아."

내가 예상한 대사와 동시에 엄마의 어린 시절 이야기가 술술 이어진다. 우시장에 이어 청계천 이야기다.

"그때 청계천은 진짜 개천이었어. 거기서 빨래도 하고, 설거지도 하고, 목욕도 했어. 개량이 덜 되어서 물은 정말 지저분했는데, 그때는 그 물마저도 귀할 때였지."

엄마의 이야기를 듣다 보면 내가 정말 좋은 환경에서 자랐구나, 라는 생각이 든다. 신도시에서 깨끗한 물을 쓰고, 깔끔한 옷을 입고 자란 나는 중남미의 일상 풍경이 마냥 신기했지만 엄마는 그런 오래된 풍경을 다시 보게 된 걸 신기해했다. 그리고 엄마는 그 풍경을 자신의 추억에 담아내는 걸 즐겼다. 그때마다 나보다 어렸을 엄마가 뒷산을 타고, 개천을 건너고, 시장을 구경하는 모습이 눈앞에 그려졌다.

"와, 저 소는 진짜 가기 싫은가 보다!"

엄마가 가리키는 쪽을 보니 새로운 주인을 만난 소들이 큰 소리로 울어대며 뒷걸음질하고 있다. 그 모습이 더 애잔하게 느껴지는 건 아마도 엄마의 옛이야기 때문인 것 같다. 하지만 소를 산 사람들은 소의 볼기짝을 때리며 갈 길을 재촉한다. 그 순간에도 뒤를 돌아보며 원래 주인을 쳐다보는 소들이 가슴을 찡하게 한다.

하지만 돼지는 역시 돼지다. 바로 옆 돼지 울타리로 넘어오니 대부분의 돼지들이 인생, 아니 돈생 절체절명의 위기에도 아랑곳없이 바닥에 널브러져 자거나 흙바닥에 코를 박고 무언가를 정신없이 먹고 있다. '네가 돼지냐? 먹고 잠만 자게?'라는 표현이 상당히 돼지 비하적인 표현이라고 생각했는데 전혀 틀린 말이 아니다. 본능에 충실한 것뿐이지만 팔려 가는 순간까지 반 근이라도 몸무게를 더 늘려보겠다는 돼지의 살신성인에 박

수를 쳐주고 싶다. 소에 비해 거래가 쉬워서 그런지 거래량도 두 배 이상이다. 쉴 새 없이 벌어지는 흥정 과정을 구경하는 재미가 쏠쏠하다. 조금이라도 더 깎으려는 구매자와 한 푼이라도 더 받으려는 판매자의 기 싸움도 팽팽하다. 돼지와 체급이 비슷한 양과 염소도 한쪽 구석에서 활발하게 거래되고 있다.

닭이 주로 거래되는 소형 가축 시장도 흥미롭기는 마찬가지다. 수많은 원주민들이 닭을 들어 올려 닭의 상태를 꼼꼼하게 살피는 장면이 생각보다 우스꽝스럽다. 초등학교 시절에나 봤던 병아리들과 새끼 오리들이 대규모로 덤핑 판매되고 있다. 이 울타리에서 가장 인상적인 동물은 바로 '꾸이'다. 우리나라에서는 기니피그라는 이름으로 귀한 애완동물 취급을 받지만 남미에서는 꾸이라는 이름으로 튀겨져 밥상에 오르는 기구한 운명을 가진 대형 설치류다. 꾸이는 유난히 원주민 할머니들의 사랑을 독차지했는데, 할머니들은 꾸이의 뒷덜미를 꽉 잡고 그들과 아이 컨택을 한 뒤 이거다 싶으면 자기 자루에 담고, 아니다 싶으면 원래 있던 우리에 던져 넣었다. 그 터프한 모습에 반해 엄마와 꽤 오랜 시간 꾸이 코너에 머문다. 꾸이 뒷덜미 잡기에 도전해보겠다던 엄마가 차마 팔뚝만 한 쥐는 못 만지겠다며 한 발짝 물러선다.

대량 판매를 전문으로 한 '업자'들이 대부분이지만 개 한 마리, 오리 세 마리, 고양이 두 마리 등 조촐한 식구를 데리고 나와 팔리든 말든 바닥에 늘어놓은 채 다른 동물을 구경하는 원주민들도 꽤 많다. 정신없이 구경을 하다 보니 어느새 장이 파할 시간이다. 상인들이 남은 가축들을 데리고 하나둘 시장을 뜨기 시작한다. 딱 봐도 안 팔린 가축이 훨씬 많아 보인다. 그냥 일주일마다 가축들을 데리고 산책을 나오는 게 아닌가 하는 생각이 들 정도다.

이번엔 다시 전통 시장이 열리는 시내 광장으로 발걸음을 옮긴다. 아까 지나칠 땐 한창 준비 중인 모습이었는데 오전 10시를 넘어 오니 이미 끝이 안 보이는 거대한 시장으로 변해 있다. 우선 늦은 아침을 먹기 위해 먹을거리 코너에 자리를 잡는다. 엄마가 고른 식당은 하수도 옆의 허름한 노천 식당. 팔려나가는 닭들을 측은하게 쳐다본 게 방금 전이라 마음을 다잡고 미안한 마음을 더해 닭고기 요리를 시킨다. 뽀얀 국물에 닭이 퐁당 빠져 있어 백숙 같은 비주얼을 자랑하는 닭국이다. 땟국이 줄줄 흐르는 손으로 닭을 집어 시커먼 물에 대충 씻은 그릇에 담아주는 걸 맛있게 받아먹는다. 내가 '어휴, 이걸 더러워서 어떻게 먹는담?' 하는 표정을 지으면 '야, 우리가 더 더러워.'라는 엄마의 핀잔을 들을 게 뻔하다. 엄마는 정말 신기할 만큼 현지 친화적인 여행자가 되었다. (어른들이 변하기란 쉽지 않은 일 아닌가?) 세상을 돌며 완벽한 면역력으로 이중 코팅된 우리의 위장은 이제 흙먼지를 뒤집어쓴 길거리 음식이든, 호스텔 주방의 수돗물이든 아주 완벽하게 소화시킨다.

우리나라 백숙과 DNA가 90퍼센트 이상 일치하는 닭국을 한 그릇씩 비우고 본격적인 전통 시장 구경에 나선다. 길가에 펼쳐진 물건 중 가장 많은 품목은 전통 공예품. 에콰도르에 있는 색은 죄다 섞어 짜낸 듯한 화려한 모습에 충동구매를 억제하기가 힘들다. '장기여행 중 사들이는 기념품은 곧 무거운 짐이 되어버린다.' '장기여행자들에게는 사치품일 뿐이다.'라고 아무리 주문을 걸어봐도 구매 유혹을 뿌리칠 수 없다. 나보다 먼저 무너진 엄마가 지갑이며 팔찌며 이런저런 공예품들을 봉지 한 가득 쓸어 담는다. 나도 이성을 잃고 털모자와 필통 등을 구입한다. 하지만 우리에게 진짜 필요한 건 따뜻한 스웨터다. 앞으로 안데스 산맥을 따라 남미 대륙 서쪽에 위치한 고산 도시들을 여행할 예정인데, 해발 고도가 기본

ECUADOR
ECUADOR

3000미터는 되는 곳이라 밤에는 기온이 영하로 떨어지기도 한다. 고로 물가가 저렴한 에콰도르에서 월동 준비를 해야 한다. 마음에 드는 알파카 스웨터를 하나씩 고른 뒤 숨 가쁜 가격 협상에 돌입한다. 나는 가격 협상이 시작되면 무조건 엄마를 들이민다. 엄마의 협상 능력이 나보다 훨씬 낫기 때문이다. 말 한마디 안 통하지만 살인미소보다 대단한 '할인미소'를 가진 엄마의 협상 과정은 다음과 같다.

우선 자세를 좀 낮춘 후 환하게 웃으며 상인의 눈을 아래에서 위로 쳐다본다. 상인이 살짝 당황하는 사이 원하는 가격을 손가락으로 표시하며 기습 공격에 돌입한다. 그리고 상인이 절레절레 고개를 흔들 때 할인미소 공격을 감행한다. 그러면 상인은 항복했다는 듯 물건을 봉지에 넣어 건네준다. 이번에도 예외가 아니다. 엄마가 웃으며 원주민 아저씨와 눈을 맞춘 후 손가락 세 개를 펴 보인다. 아, 시작부터 상당히 강력한 공격이다. 스웨터 한 벌에 25달러를 불렀는데, 두 벌에 30달러로 후려치는 엄마. 아군인 내가 봐도 무리수다. 아저씨가 황당함에 정색을 하자 엄마가 굳히기 공격을 감행한다. 꼬맹이 칭찬하듯 아저씨의 등을 쓰다듬으며 애절한 할인미소를 날린 것이다. 정신이 혼미해진 아저씨가 가까스로 정신줄을 잡은 뒤, 그건 너무한 것 아니냐며 40달러를 부른다. 하지만 승기는 이미 엄마에게 넘어왔다. 엄마가 대답 대신 아저씨 손에 30달러를 쥐여준 뒤 주머니에서 잔돈을 꺼내 최후의 맹공을 퍼붓는다. 엄마가 최종 제시한 가격은 33달러. 아저씨가 뭔가에 홀린 듯 허탈하게 웃으며 그러자고 한다. 이것으로 협상 종료. 50달러였던 오리지널 알파카 스웨터 두 벌이 33달러에 낙찰되는 순간이다. 먼발치에서 이 순간만을 기다려온 아들이 협상 종료와 동시에 쪼르르 달려와 물건을 들고 빠진다. 예쁘고 질 좋은 스웨터도 구하고, 갖가지 기념품도 잔뜩 산 엄마가

신이 나서 외친다.

“나는 시장 구경이 제일 재미있어!”

“나는 엄마가 시장에서 흥정하는 거 구경하는 게 제일 재미있어!”

사실이다. 대부분의 상인들이 말도 안 되는 비싼 가격을 부르지만 엄마는 언제나 말도 안 되는 싼 가격으로 원하는 물건을 거둬들인다. 여행 중 목격한 엄마의 협상 내용만 묶어도 책 한 권은 거뜬히 나올 것이다. 분명 경제·경영서 부문 상위권에 랭크될 게 틀림없다.

시간 가는 줄 모르게 시장 구경을 하다 보니 어느새 해가 넘어간다. 꼭두새벽에 숙소를 나서면서 “오늘은 적당히 둘러보고 숙소에서 좀 쉬자.”고 이야기했었는데, ‘역시나’다. 엄마와 나는 ‘가볍게 돌자.’라는 합의를 늘 무시하고 추억 꾸러미를 잔뜩 끌어안아야 하루를 마치는 철의 여행자가 되어가고 있다.

지구 한가운데에 서다

에콰도르의 수도, '키토'에서 중남미 여행 100일째 아침을 맞이한다. 갓난쟁이도 100일을 챙기고 풋내기 연인들도 100일을 챙기는데 여행자라고 못 챙길쏘냐 싶어 큰 맘 먹고 한식을 즐기며 중남미 여행 100일을 자축하기로 한다. 마침 시내에 규모가 큰 한식집이 있어 주저 없이 입장한다. 엄마나 나나 현지 음식과 빵을 워낙 잘 먹는 편이라 여행 중 일부러 한식집을 찾는 일은 없다. 때문에 이번 한식이 이번 여행 중 먹는 첫 한식이자, 말 그대로 잔칫상이다. 일말의 망설임도 없이 김치찌개와 순두부찌개를 시킨다. 현지 음식 가격의 7배가 넘지만 한탄 대신 맛에 대한 기대가 7배로 부풀어 오른다. 하이에나의 얼굴을 한 우리 앞으로 금세 한 상이 차려진다. 이 얼마 만에 먹는 고향의 맛인가! 땀까지 뻘뻘 흘리며 얼큰한 국물을 들이켠다. 이 와중에 엄마는 공기밥 절반을 뚝 떼어내 아들의 김치찌개에 넣어준다. 이런 게 바로 자식에 대한 엄마의 마음이겠지. 저 밑에서부터 잔잔한 감동이 밀려온다. 하지만 엄마는 자신의 행동을 뒤늦게 후회하며 밥 한 공기를 추가한다. 엄마와 머리를 맞대고 기본 반찬까지 게 눈 감추듯 싹싹 비운다. '폭풍 흡입'이란 표현은 한국에서 먹는 야식 따위에 쓸 수 있는 표현이 아니다. 외국에서 이리 구르고 저리 구르다 오

랜만에 한식을 앞에 두고서나 쓸 수 있는 말이다. 짧고 굵은 100일 축하 파티를 마친 우리는 밥심을 다해 '세상의 중심'으로 나아갈 준비를 한다.

파리의 에펠탑이나 뉴욕의 자유의 여신상처럼 세계 어느 도시에든 절대 빼먹지 말고 들러야 할 매력덩이들이 있다. 키토에서 그냥 지나치지 말아야 할 곳은 바로 적도. 랜드 마크가 아닌 적도 자체가 볼거리인 것이다! 스페인어로 '에콰도르(Ecuador)'가 적도라는 뜻이니 말 다했다.

키토 시내에서 버스를 타고 1시간쯤 달려 '미타 델 문도', 즉 '세상의 중심'이라는 이름의 기념 공원에 들어선다. 공원 중앙에 적도를 상징하는 거대한 적도탑이 위용을 뽐내고 있다. 하지만 적도를 밟으러 이 공원으로 향하는 건 여행 초보자의 실수. 진짜 적도를 만나려면 공원에서 도보 5분 거리에 있는 '인티냔 박물관'('태양의 길'이란 뜻으로, 옛 원주민들이 적도를 그리 불렀다는 데서 유래된 이름이다.)으로 향해야 한다. 이곳이야말로 가장 최근에 최첨단 GPS를 사용해 정확히 측정한 적도 위에 위치하고 있기 때문이다. 적도선 위에서 다양한 실험을 해볼 수 있는 참여형 박물관이라 사람들이 바글바글하다.

가이드의 안내에 따라 박물관 안쪽에 들어서자 적도선이 눈에 들어온다. 당연히 지구가 친절하게 '여기가 적도요.'라고 표시해놓은 건 아니고, 박물관 측에서 적도에 해당하는 직선 구간을 붉은색으로 표시해놓은 것이다. 선글라스로 한껏 멋을 낸 가이드가 그 경계를 왔다 갔다 하며 익살을 떤다. 1초 만에 남반구와 북반부를 오가고 있다는 게 그의 설명이다.

"그러니까 이 선이 지구를 정확히 반으로 가르고 있는 거죠. 직선의 오른쪽이 남반구이고, 왼쪽이 북반구입니다. 불과 몇 센티미터 차이지만 양쪽에선 완전히 다른 현상이 일어납니다. 실험을 통해 차차 알아보도록 하겠습니다. 일단 사진부터 찍으시죠."

실험에 앞서 박물관을 찾은 모든 이들이 적도 위에서 기념 촬영을 시작한다. 이곳에서는 누구나 쩍벌남, 쩍벌녀가 될 수밖에 없다. 다리를 쫙 벌려 오른발은 남반구에, 왼발은 북반구에 걸친 채 사진을 찍는 게 가장 이상적인 포즈이기 때문이다. 우리도 신이 나 남반구와 북반구를 동시에 발 아래 두고 사진을 찍는다. 하지만 솔직히 이곳이 적도라는 사실을 알 길이 없다. 아무 곳에나 붉은 선을 그어놓고 적도라 우기면 되지 않겠는가. 이런 나의 심사를 읽었는지 가이드가 곧바로 적도 증명 실험에 돌입한다.

"자, 이건 물이 나오는 수조입니다. 이제부터 물의 흐름을 잘 보세요."

가이드가 수조를 적도 바로 위에 위치시킨 후 물을 잔뜩 채운다. 그러고는 수면 위에 나뭇잎을 띄운 다음 수조의 마개를 빼 물을 흘려보낸다.

"자, 보시다시피 적도 위에선 물이 직선으로 내려갑니다. 나뭇잎도 움직임이 없죠."

정말 그랬다. 하지만 첫 실험이고, 아직 비교 대상이 없어 신기하고 말고도 없다. 곧 가이드가 수조를 적도에서 50센티미터쯤 남쪽으로 이동시킨 뒤 같은 실험을 한다. 어라? 분명한 차이점이 보인다. 적도 위에서 수직으로 내려가던 물이 남반구에서는 시계 방향으로 빙글빙글 돌며 내려간다. 물 위에 떠 있는 나뭇잎 역시 시계 방향으로 뱅글뱅글 돌아간다. 이번에는 수조를 적도에서 50센티미터쯤 북쪽으로 옮겨 같은 실험을 한다. 예상대로 물이 반시계 방향으로 돌며 내려가고, 나뭇잎 역시 남반구 때와는 정반대로 돌기 시작한다.

"이처럼 적도에선 직선으로, 남반구에선 시계 방향으로, 북반구에선 그 반대 방향으로 물이 흐릅니다. 이런 원리에 의해 적도에는 태풍이나 허리케인이 없습니다. 반면 남반구에선 태풍이 시계 방향으로, 북반구에선 태풍이 반시계 방향으로 돌게 됩니다. 더 재미있는 실험은 바로 '못 위에 날계란 세우기'입니다."

말을 마친 가이드가 몇 미터 뒤에 있는 또 다른 실험장으로 우리를 안내한다. 적도 바로 위에는 자전에 의한 힘이 거의 존재하지 않아 못 위에 날계란을 세로로 세울 수 있다고 한다. 계란의 노른자 또한 정확히 가운데에 위치하기에 가능한 일이란다. 하지만 어쩐 일인지 여행자 대부분이 날계란 세우기에 실패한다. 나 역시 계속해서 시도해보지만 계란이 자꾸만 고꾸라진다. 그때, 뭐 이게 어려울까, 싶은 표정으로 다가온 엄마가 거짓말처럼 단 한 번의 시도로 가는 못 위에 날계란을 세운다. 실험장에 모여 있던 사람들이 열광적으로 박수를 치자, 그 환호에 화답하듯 엄마가 실험 탑에 박혀 있는 모든 못 위에 날계란을 세우기 시작한다. 아무리 우리 엄마지만 정말 기가 차도록 대단하다. 모두가 엄지를 세우며 비법을 묻자 엄마가 해맑은 표정으로 "그냥 하면 되는데…."라는 지극히 모범생

TUTA MANTA
CHISI
PAJTA
10
11
12
1
2
HORA SOLAR

적인 발언을 한다. 내가 추리한 바에 의하면 아무래도 엄마가 계란을 많이 만져봐서 손에 뭔가 느낌이 오는 게 아닐까 싶다. 오랜 시간 음식점을 운영하며 만진 계란만 해도 수백만 개는 넘을 테니까.

다음으로 이어진 실험은 적도 위에서 균형 잡고 똑바로 걷기. 팔을 벌리고 일직선으로 걷는 게 뭐 어렵겠냐 싶겠지만, 남반구와 북반구에 위치한 양팔에 다른 힘이 작용하기 때문에 술 취하지 않은 사람처럼 걷는 게 더 어렵다. 적도에서 음주 단속을 하면 멀쩡한 사람도 입건될 수밖에 없을 것이다. 이 밖에도 적도임을 확인하는 과학적인 실험이 계속 이어진다. 하지만 이미 이곳이 적도가 확실하다는 믿음이 생긴 뒤라 더 이상 신기한 게 없다. 적도 증명 실험보다는 전 세계를 꼼꼼하게 돌아다닌 우리가 드디어 적도에 찾아왔다는 사실이 더 신기하다.

마침내 적도까지 섭렵한 엄마와 아들. 방문증에 적도 방문 인증 스탬프를 쾅 찍고서 다시 남반구 방향으로 움직이기 시작한다.

엄마의 여행 노트 #8

사람마다 여행을 기념하는 방식이 있다. 나의 경우, 내 발이 닿았던 곳의 냉장고 자석을 모은다. 처음에는 그저 작고 깨지지 않는 기념품이라 샀던 건데, 그게 나의 소중한 여행 컬렉션이 되었다. 냉장고 자석에는 내가 여행한 공간이 저마다의 스타일로 담겨 있다. 뭐 하나 같은 게 없다. 하나하나를 보면 조악하기도 하지만 지금까지 모아온 것들을 한눈에 바라보면 알록달록한 색감과 오밀조밀한 모양에 기분까지 화사해진다. 그렇게 가만히 냉장고 앞에 서서 수백 개가 넘는 냉장고 자석들을 보고 있으면 세상을 다 가진 것 같다.

엄마,
숲 속을 날다!

"휴~!"

엄마의 깊은 한숨 소리가 멀리 떨어진 나에게까지 또렷이 들린다. 한참을 고민하던 엄마가 마침내 준비가 되었다는 듯 고개를 끄덕인다.

"엄마, 진짜 할 수 있지? 내가 먼저 가서 기다리고 있을게."

"… 응. 먼저 가."

내가 먼저 허공을 향해 뛰어내린다. 생각보다 속도가 빨라 엄마가 괜찮을까 걱정이다. 첫 번째 코스를 통과하자마자 장비를 벗고 엄마가 오기만을 기다린다. 그리고 잠시 뒤, 엄마의 쩌렁쩌렁한 비명 소리가 숲을 관통한다.

"아~~~악! 원준아~~~!"

케이블에 매달린 엄마가 나무 사이를 가르며 빠른 속도로 다가오고 있다. 맙소사! 엄마가 숲 속을 날고 있다!

지금 우리가 있는 곳은 액티비티의 천국, '바뇨스'다. 즐길 수 있는 액티비티가 무궁무진한데 고맙게도 가격까지 싼 곳이다. 번지점프를 10달러에, 래프팅을 20달러에 체험할 수 있다. 그 외의 수많은 탈 거리들도 놀이공원 자유이용권보다 싸게 이용할 수 있다.

내가 엄마와 함께하기로 한 것은 '캐노피'. 짚라인이라고도 불리는 캐노피는 산과 계곡 사이를 가르는 케이블에 체인으로 몸을 연결한 뒤 날면서 숲 속을 누비는 액티비티다. 늘 비싼 가격 때문에 '나중'을 기약했던 캐노피를 20달러에, 그것도 총 여섯 개의 코스로 즐길 수 있다는 말에 "날다가 떨어져 죽으면 어쩔 거냐!"고 걱정하는 엄마를 기를 쓰고 설득했다. 그런 이유로 지금 엄마의 비명 소리가 산중에 울려 퍼지고 있는 것이다.

첫 번째 코스 도착점에 순식간에 도달한 엄마가 가쁜 숨을 내쉬며 묻지도 않은 소감을 내뱉는다.

"어휴, 속도가 생각보다 빠르고 높이도 높아서 무서워! 중간에 눈도 살짝 감았다니까!"

나는 혹여나 엄마가 여기서 그만두겠다는 말을 할까 봐 침을 꼴깍 삼키며 엄마의 다음 말을 기다린다.

"뭐, 그래도 탈 만하네!"

예스! 역시 엄마가 못 하는 건 없다. 우리는 친절한 부부 가이드의 도움으로 두 번째 코스에 다다른다.

"자, 이번 코스는 등에 체인을 매고 슈퍼맨 자세로 날아가는 코스입니다. 더 창의적인 자세가 있다면 시도해보세요."

이번에도 내가 먼저 나선다. 이거, 막상 타보니 너무나 황홀하다. 첫 번째 코스에서는 엄마 걱정에 제대로 캐노피를 즐기지 못했는데, 마음의 부담이 사라지자 황홀함이 느껴진다. 나는 숲길을 거닐며 주변 풍광을 즐기는 것만으로도 입이 귀에 걸리는 놈인데, 아예 숲 위를 날며 숲 전체를 눈에 품게 되니 입이 귀가 아니라 머리끝까지 타고 올라간다. 정말이지 하늘을 나는 게 너무나 짜릿하다. 고소공포증이 없다는 사실을 이렇게 감사하게 느껴본 적이 없다.

도착점에 도달해서는 곧 나타날 엄마를 찍기 위해 얼른 카메라를 준비한다. 허리에 체인을 묶은 채 완벽한 슈퍼맨 폼으로 숲 속을 날고 있는 엄마의 모습이 시야에 들어온다. 아들이 보인다고 손까지 흔들며 여유롭게 하늘을 나는 엄마. 이번엔 홀로 착지까지 완벽하게 해낸다. 단 한 번의 시도로 모든 두려움을 정복한 슈퍼맨, 아니 슈퍼맘 되시겠다.

"엄마! 무서워서 어떻게 타냐고 할 때는 언제고 엄청 잘하시네!"

"처음에는 정말 무서웠어. 그런데 두 번째는 확실히 재밌다. 아예 좀 더 길었으면 좋겠어."

"안 그래도 길이가 점점 더 길어질 거야. 마지막 코스는 500미터가 넘는대."

캐노피를 타는 것도 충분히 재미있지만 각각의 코스로 이동하기 위해 푸른 산을 가볍게 산책하는 일도 꽤나 즐겁다. 산세도 훌륭하고 시원한 바람도 살랑거려 발걸음이 가볍다. 야트막한 언덕을 넘고 또 하나의 코스를 지나 드디어 네 번째 코스에 도착한다. 이번에는 엄마가 먼저 시도해보겠다며 나선다. 긴장을 완전히 풀고 캐노피를 즐기고 있는 엄마가 왜 이리 자랑스러운지. 마치 학교 가기 싫다고 떼쓰던 아이가 학교생활에 적응해 친구들과 맨날 놀러 다니는, 그런 흐뭇한 모습을 보고 있는 기분이다. 첫 코스에 섰을 때 짓던 긴장된 표정을 이미 숲 속 어딘가에 던져버린 엄마가 환한 표정으로 뛰어내린다. 특수부대에라도 입대할 기세다. 자세까지 완벽해 가이드 아주머니가 박수를 보낸다.

다음 코스로 이동할수록 비행 길이가 늘어나 다섯 번째 코스에서는 아예 도착점이 보이지 않는다.

"이제 두 번의 긴 비행이 남았으니 마음껏 즐기세요. 이번 코스는 450미터, 마지막 코스는 550미터입니다. 비행 포즈도 멋지게 잡아보세요."

가이드 부부가 각각 출발점과 도착점으로 흩어져 우리의 비행 모습을 카메라에 담을 준비를 한다. 이번에는 내가 먼저 나선다. 힘차게 도움닫기를 하자 지금껏 본 것 중 최고의 코스가 눈앞에 펼쳐진다. 굽이치는 강 위를 날고 있는 내 양옆으로 울창한 숲이 따라오고 있다. 숲 사이사이로 작은 폭포들도 흘러내리고 있다. 이런 풍경을 한꺼번에 즐기며 비행하고 있으니 세상까지는 모르겠고, 적어도 이 숲을 다 가진 느낌이다. 긴 비행을 마치고 도착점에 다다르자 미리 도착해 있던 가이드 아저씨가 "스마일!"을 외치며 셔터를 누른다.

"와, 캐노피 진짜 재미있어요. 내일 또 할까 봐요."

"얼마든지! 어머니 또 모시고 오면 할인해줄게요. 캐노피 하는 사람들은 죄다 젊은이들이었는데, 어머니가 참 대단하신 것 같아요. 어! 저기 어머니 오신다!"

엄마는 이번에도 슈퍼맨 자세로 날아오고 있다. 아저씨와 동시에 카메라를 켜고 엄마의 비행 장면을 기록하기 시작한다. 동영상 촬영을 위해 카메라 LCD창으로 엄마의 모습을 바라보고 있는데 갑자기 카메라가 작동을 멈춘다. 메모리가 가득 찬 줄 알고 기록은 포기한 채 엄마를 바라보는데 아뿔싸, 카메라가 멈춘 게 아니라 엄마가 멈춰 서 있다! 돌발 상황이다. 보통 캐노피는 높은 곳에서 낮은 곳으로 내려오기 때문에 체중이 실려 도착점까지 오는 데 문제가 없다. 그런데 40킬로그램 언저리인 엄마는 실릴 체중이 없어 그만 중간에 멈춰 서버린 것이다. 케이블에 대롱대롱 매달린 채 아등바등하는 엄마의 모습이 안쓰럽기는커녕 우스꽝스럽다. 옆에 있던 가이드 아저씨도 배꼽을 잡고 쓰러진다.

"와, 내가 가이드한 지 10년이 다 되어가는데 가벼운 꼬마가 아닌 성인이 도중에 멈춘 경우는 처음 봐요! 꼬마들은 워낙 가벼워서 긴 구간은 제가 함께 타거든요! 어머니가 도대체 얼마나 가벼운 거예요? 하하하."

어쩔 줄 몰라하는 엄마를 위해 아저씨가 몸에 줄을 묶은 뒤 긴급 구조에 나선다. 구조된 엄마는 자신이 생각해도 웃긴지 민망해하며 웃는다.

"엄마, 우리 앞으로는 많이 좀 먹읍시다!"

"나는 이게 왜 앞으로 안 가나 했는데 몸무게 탓이었구나. 정말 많이 먹어야겠다. 그래야 캐노피 또 타지."

"캐노피 타겠다고 살찌우겠다는 사람은 엄마밖에 없을 거야."

어쩔 수 없이 길이가 가장 긴 마지막 코스에서는 아저씨가 엄마와 함께 뛰어내리기로 한다. 550미터나 되는 구간이라 만약 엄마가 중간에 또 멈추면 구조하러 가는 데에 한참의 시간이 걸리기 때문이다. 뒤를 돌아본 엄마가 엄지를 세운다. 그러고는 아저씨의 호위를 받으며 울창한 숲을 향해 몸을 던진다. 길이도 길고 경사도 심한 구간이라 순식간에 가속도가 붙는다. 엄마의 즐거운 비명 소리가 온 숲으로 퍼져나간다.

이런 여행지, 또 없습니다

"100달러를 내라고요? 게다가 10달러짜리 여행자 카드까지 발급해야 한다고요?"

세상에, 거의 반나절 동안 온몸은 물론 가지고 있던 물건들까지 속속들이 검사하더니 이제는 거품을 물 정도의 돈을 내라고 한다. 상황은 다음과 같다.

에콰도르 본토에서 1000킬로미터쯤 떨어진 갈라파고스까지 가려면 과야킬 공항에서 2시간을 날아가야 한다. 하지만 비행기에 탑승하기 전, 짐 검사를 받고 검역을 통과하는 데에도 그만큼의 시간이 소요된다. 갈라파고스는 에콰도르 정부가 철저하게 보호하고 있는 섬이라 국내선 비행임에도 국제선보다 더 까다로운 짐 검사를 실시한다. 그런데 이 짐 검사가 지나치다 싶을 정도로 꼼꼼하다. 섬의 생태계 보호를 위해 과일이나 채소 같은 신선 식품류는 물론 살아 있는 동식물 반입까지 엄격하게 통제한다. 검사원들이 승객들의 모든 가방과 배낭을 탈탈 털어 작은 물건 하나까지 검사하기 때문에 시간이 많이 걸릴 수밖에 없다. 게다가 검사가 끝난 짐들에 검사 완료 스티커를 붙인 뒤, 혹시 모를 추가 반입을 방지하기 위해 플라스틱 끈으로 가방의 입구나 지퍼를 묶어 다시 열 수 없게 만

Aeropuerto de Guayaquil

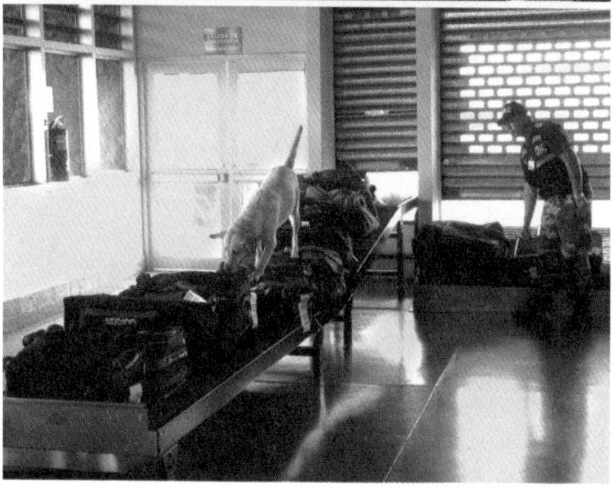

든다. 이 모든 과정을 끝낸 후 기내에 들어서면 승무원들이 짐칸을 열어 승객들 짐 위에 소독약을 뿌린다. 여태껏 비행기 타면서 처음 본 장면이다. 2시간이 흘러 마침내 비행기에서 내려도 다시 짐 검사가 시작된다. 공항 경찰들이 모든 승객의 접근을 차단한 후 경찰견까지 동원해 모든 수하물을 철저하게 검사하는 것이다. 처음에는 진이 빠지다가 나중에는 화가 날 정도다.

사실 남미로 넘어오면서 가장 기대한 곳이 바로 갈라파고스다. 남미 로망의 양대 산맥인 페루의 마추픽추와 볼리비아의 우유니 소금 사막을 방송 촬영차 다녀온 탓에 갈라파고스에 모든 기대를 올인했던 것이다. 세상을 다 돌아본대도 갈라파고스의 희귀 동식물은 그곳에 가야만 볼 수 있다. 게다가 그 모든 것들을 바로 코앞에서 볼 수 있다. 때문에 내 마음은 온전히 갈라파고스를 향해 있었다. 갈라파고스행 왕복 티켓이 둘이 합쳐 80만 원이 넘는데도 결제 버튼을 누르는 데 주저하지 않았다. 하지만 그곳에 닿기도 전에 아주 속이 터진다, 터져!

"정말 짐 검사를 꼼꼼하게 하는구나. 그럼 자연이 얼마나 잘 보존되어 있을까? 동물 보호도 잘 되어 있겠지? 정말 너무너무 기대된다!"라며 이번에도 넓은 아량을 보여줄 엄마를 상상했다면, 미안하다. 이번에는 엄마도 흥분했다.

"아니, 섬에 들어가는데 무슨 짐 검사를 이렇게 심하게 해? 게다가 무슨 입장료를 100달러씩이나 받아?"

엄마의 하이 톤에 내가 시무룩이 답한다.

"섬에 있는 동물들이 멸종 위기종이라 어쩔 수 없나 봐. 그리고 입도비가 있다는 건 인터넷에서 봐서 알고 있었어. 그게 100달러일 줄은 몰랐지만."

섬의 보존과 관리를 위한 비싼 입도비가 있다는 건 알고 있었기에 뒤통수를 맞은 건 아니지만 뭐, 뒤통수를 알고 맞는다고 안 아프겠는가. 거기에 더해 10달러짜리 갈라파고스 여행자 카드까지 구입하니 주머니에서 무려 220달러가 쑥 빠져나간다. 갈라파고스 땅을 제대로 밟아보기도 전에 사나흘치 여행비가 탈탈 털린 것이다. 가뜩이나 원-달러 환율이 치솟고 있어 걱정이었는데, 아주 피가 거꾸로 솟는다. 그렇게 기대를 하며 갈라파고스에 넘어왔건만 시작부터 둘 다 입이 삐죽 튀어나온다.

그래도 지난 일은 지난 일. 우리는 마음을 다잡고 일단 갈라파고스 여행의 시작점인 '산타크루즈 섬'에 발을 디딘다. 많은 사람들이 갈라파고스를 거대한 섬으로 알고 있지만 사실 이곳은 열아홉 개의 크고 작은 섬으로 이루어진 군도다. 정식 명칭 역시 갈라파고스 제도(군도)다. 열아홉 개의 섬 중 절반 이상이 무인도이고, 가장 많은 사람이 살고 있는 곳이 바로 산타크루즈 섬이다. 그래서 이곳에는 여행자를 위한 다양한 숙소와 각종 투어를 취급하는 여행사들이 가득하다. 커다란 안내 센터가 보이기에 바로 들어가본다. 여행자에게 안내 센터는 지도와 지역 홍보물 등 수많은 자료를 무료로 얻을 수 있는 신성한 장소다. 엄선한 자료들을 손에 쥐고 센터를 나서는 것으로 본격적인 갈라파고스 탐방이 시작된다.

"오기까지는 정말 힘들었는데, 막상 오니까 엄청 기대된다. 그런데 여기에 정말 물개들이 널려 있을까?"

엄마의 질문에 '그렇다.'라고 말하려는데 그럴 필요가 없다. 골목을 빠져나오자마자 여기저기 널브러져 있는 물개들이 보인다. 신기한 마음에 가까이 가보지도 못하고 항구 쪽으로 나와보니, 아예 사람들이 오가는 통로에 자리를 잡고 제 집 안방처럼 누워 자고 있는 물개들 천지다. 사람들의 왕래에도 아랑곳없이 아주 천하태평이다. 개중 깨어 있는 몇 놈도 귀

찮다는 듯 눈만 끔뻑이며 꺽꺽대고 있다. 어느 쪽으로 고개를 돌려도 물개가 보이는 곳이라니. 이제야 내가 정말 갈라파고스에 왔다는 생각이 든다.

"얘들은 도망도 안 가나 봐요?"

"사람들이 안 만지니까요. 만지면 쫓겨나니까 절대로 만질 생각하지 말아요."

항구를 오가던 인부가 껄껄대며 말한다. 항구를 지나 바닷가를 따라 걸어본다. 물개 반 모래 반이다. 게으름 가득한 물개들 사이에서 쉴 새 없이 꿈틀대는 새끼 물개들이 깨물어주고 싶을 만큼 귀엽다. 아, 정말 딱 한 번만 쓰다듬어보고 싶은데 인부 아저씨의 말이 떠올라 침만 꼴깍꼴깍 삼킨다. 그렇게 애를 태우며 어시장에 도착했는데, 어이쿠, 이곳에는 더 멋진 녀석들이 우리를 맞는다. 꿈에 그리던 거무스름한 바다 이구아나가 경비라도 서듯 어시장을 빙 둘러싸고 있던 것이다. '몇 마리 있다.'의 수준

이 아니다. 얘들을 모아 일렬로 늘어놓으면 섬을 한 바퀴 두르고도 남을 정도다. 어릴 때부터 이구아나를 키울 만큼 파충류 애호가인 나에게 이곳은 말 그대로 팬 미팅 현장이다. 나는 아예 바닥에 엎드려 이구아나와 눈을 맞추고 애정 어린 눈빛을 날린다. 하지만 얘들도 물개들처럼 움직일 생각이 없다.

어시장의 주연은 단연코 이구아나지만 시선을 사로잡는 조연도 넘쳐 난다. 이구아나 때문에 잠시 잊고 있던 물개도 여기저기 보이고 거대한 펠리컨과 각종 바닷새들도 부지기수다. 새들 대부분이 어시장 상인들의 눈치를 살피며 호시탐탐 생선 훔쳐 먹을 기회를 노리고 있다. 상인들이 생선을 손질하고 생선 대가리나 내장 찌꺼기를 던지면 눈치고 뭐고 할 것 없이 서로 먹겠다고 달려들어 물고 뜯고 난리도 아니다. 물개는 그렇게 혼란한 틈을 타 대놓고 도마 위의 생선을 훔쳐 달아난다. 오직 갈라파고스에서만 볼 수 있는 풍경이다.

발길을 옮겨 '찰스 다윈 센터'로 향한다. 갈라파고스는 다윈이 진화론의 기초를 정립한 곳으로 알려지며 유명세를 탄 곳이다. 1835년, 약 4주간 이곳에서 다양한 생물을 연구한 다윈은 십수 년 후 '동물은 주변 환경에 맞춰 진화한다.'는, 당시로서는 충격적인 연구 결과를 발표했다. (당시는 창조론이 당연시되던 시절이다.) 이 발표 이후, 갈라파고스는 단번에 세상에 알려지기 시작했고, 그런 이유로 다윈은 이곳에서 건국의 아버지에 준하는 전설로 통한다. 때문에 갈라파고스 제도에 있는 섬마다 '다윈 대로'가 있으며, 그의 동상도 심심치 않게 만날 수 있다.

찰스 다윈 센터 입구에 들어서자마자 말로만 듣던 갈라파고스 거북이 눈에 들어온다. 이름에서 알 수 있듯 갈라파고스에만 서식하는 고유종이자 세계적인 희귀종이다.

"와… 정말… 저 등딱지… 진짜 크다!"

내가 말도 더듬을 정도로 정말 거대한 거북이다.

"진짜 크네! 살아 있는 거 맞아?"

엄마가 묻는 순간 집채만 한 거북이 느릿느릿 움직이기 시작한다. "휴즈!" "그란데!" 등 세계 각국의 사람들 모두가 갈라파고스 거북 앞에서 "크다!"를 외치고 있다.

"대체 몇 살이기에 저렇게 커?"

엄마의 질문을 센터 안내원에게 전달하니 백이십 살이라는 답이 들려온다. 엄마가 내 나이의 두 배인데, 거북이 엄마 나이의 두 배다.

"진짜 백이십 살이래? 엄마가 어르신을 몰라보고 삿대질을 했네."

"그러게, 엄마. 거북 어르신들이랑 같이 밥 먹으면 설거지는 엄마 담당이야."

우리는 낄낄대며 센터를 한 바퀴 돌고 다시 해변으로 나온다. 섬을 반

나절 둘러봤으니 이제는 익숙해질 법도 한데, 너무나 평온한 물개와 이구아나, 푸르른 바다와 그 위를 오가는 바닷새, 가끔씩 튀어나오는 바다거북 등이 우리를 멍하게 만든다. 원시 그대로의 모습에 정말 숨이 턱 턱 막힌다. 가슴이 다 부풀어 올라 터질 것만 같다. 너무도 아름답고 신비스러운 곳이라 사진을 찍을 때마다 그냥 작품이 된다. 갈라파고스 섬 전체가 작품 사진 무료 자판기다. 오로지 갈라파고스에서만 볼 수 있는, 갈라파고스에서만 흔한 풍경. 우리는 이 풍경과 진한 사랑에 빠지고 만다.

갈라파고스?
갈라다이스!

생전 처음 보는 충격적인 생명체가 눈앞에 서 있다. 게다가 거대하기까지 하다. 약 3층 높이의 키다리 나무에 잎 대신 선인장이 주렁주렁 매달려 있다. 분명 선인장인데 몸뚱이가 갈색 나무껍질로 덮여 있다. 이게 도대체 무슨 식물인가 싶어 표지판을 들여다보니 '갈라파고스 자이언트 선인장'이란다. 이름만으로도 알 수 있듯 이곳의 고유 식물이다. 어제는 희귀한 동물들 때문에 정신을 못 차렸는데, 오늘은 상상 속에서도 본 적 없는 식물들에 거품을 물고 있다. 고유 식물이 700여 종이 된다는 갈라파고스에게 '생태의 보고' '살아 있는 자연사 박물관'이라는 수식어는 하찮을 뿐이다. 산타크루즈 섬 곳곳에 난 산책로만 따라 걷는데 듣도 보도 못한 특이한 꽃과 나무들이 줄줄이 이어진다. 이쯤 되니 슬슬 산타크루즈 섬 이외의 섬들을 둘러보고 싶다는 욕심이 생긴다.

갈라파고스는 여러 개의 섬으로 이루어져 있지만 큰 섬을 오가는 걸 제외하면 교통편이 전무하다. 때문에 이곳저곳의 섬을 둘러보기 위해서는 투어를 이용해야 한다. 투어비가 100달러에 육박하지만 투어에 참가해야 갈라파고스 곳곳의 진가를 느낄 수 있고, 각 섬에 사는 희귀 동식물을 관찰할 수 있다. 애초에 비행기 삯과 입도비까지, 우리의 평균 일일 예

산을 훨씬 웃도는 금액을 갈라파고스에 바쳤기에 아예 이곳에서는 돈에 대한 생각을 내려놓고 마음껏 즐겨보자는 쪽을 택한다. 어차피 갈라파고스를 벗어나면 인정 없는 '허리띠'가 우리를 힘껏 졸라맬 게 분명하다.

여행사 사장님의 강력 추천으로 오늘의 목적지는 '산타페 섬'과 '플로레아나 섬'으로 낙점된다. 두 섬 모두 환상적인 스노클링 포인트가 있다는 게 여행사 사장님의 말씀이다. (갈라파고스를 찾는 수많은 사람들의 가장 큰 목적이 바로 희귀 동물과 함께하는 스노클링이다.) 럭셔리하게 놀아보자고 다짐했건만 사장님에게 두 손을 싹싹 빌어 투어 비용을 10달러씩 깎는다.

여행 중독자들끼리 여행 수다를 이어가다 보니 어느새 산타페 섬 근처에 다다른다. (이번 투어 팀은 우리를 포함해 9명이다.) 무인도라 그런지 생각보다 많이 황폐해 보인다. 이 섬 역시 철저히 관리받고 있는 곳이라 입도가 금지되어 있다. 때문에 주변에서 스노클링을 즐길 예정이다. 섬에 조금 더 가까이 다가가니 갈라파고스의 스타가 등장한다. 갈라파고스 홍보물에 어김없이 등장하는 푸른발부비새가 나타난 것이다. 이 섬, 저 섬 여기저기 널려 있는 물개나 이구아나와는 달리 갈라파고스 내에서도 좀처럼 보기 힘든 녀석이라 다들 흥분한다. 우리가 흥분한 만큼 파란색 발을 가진 꽤 많은 수의 녀석들도 뒤뚱대며 침입자들을 경계한다. 방금 파란색 페인트 통에 빠졌다 나온 듯 시퍼렇게 빛나는 녀석들의 발에 한눈파는 사이, 가이드인 마르코가 격앙된 목소리로 외친다.

"맙소사! 황금가오리다! 걔들이 이렇게 떼로 몰려다니는 걸 직접 보기는 힘든데!"

마르코가 가리킨 곳에는 14K인지, 18K인지, 도금인지 알 길은 없으나 잡아다가 등이라도 문지르면 금가루가 벗겨져 나올 것 같은 선명한 금색

가오리들이 떼를 지어 유영 중이다. 나와 일행들은 주저 없이 물속으로 뛰어든다. 보기보다 몸집이 큰 가오리들을 마주하니 몸이 움츠러든다. 하지만 두려움도 잠시, 가오리의 황홀한 몸동작이 아름다워 소름이 돋는다. 물속에서도 소름이 돋을 수 있다는 걸 사람들이 알기나 할까? 황금가오리들이 곁을 떠나자 이번엔 빨강, 노랑, 초록의 열대어들이 나를 감싼다. 그 모습이 마치 과일 맛 사탕 같아 입안이 달달하다.

조금 더 깊이 잠수하자 열대어와 화려함으로 경쟁해도 전혀 밀릴 것 같지 않은 다채로운 산호들이 일렁거린다. 꿈틀거리는 불가사리도 보인다. 불가사리는 바닥에 딱 붙어 게으름이나 피우는 줄 알았는데 이렇게 열심히 수영도 하다니! 보면서도 놀라울 따름이다. 이토록 다양한 배우들이 등장하는 스펙터클한 스노클링. (절대로 스쿠버다이빙이 아니다. 그냥 스노클링인데 이 정도다!) 이곳이 세계 최고의 스노클링 포인트라 큰소리치던 여행사 사장님의 말이 이제야 가슴으로 이해가 된다. 스노클링 장비를 물고 있어 멋진 순간마다 감탄사를 내뱉을 수 없다는 사실을 빼고는 모든 것이 완벽한 순간이다. 그런 나 대신 보트 위에 있는 엄마가 알아들을 수 없는 감탄사를 끊임없이 풀어놓는다.

하지만 갈라파고스에서 이 정도로 만족하면 곤란하다. 섬 반대편으로 항로를 변경하자 그냥 보기에도 수백 마리가 넘는 물개들이 바위섬 위에서 꺽꺽대고 있다. 어미젖을 물고 있는 조막만 한 새끼 물개들이 눈이 뒤집어질 정도로 귀엽다. 우리가 바다에 뛰어들자 장난기가 발동한 물개들도 바다에 뛰어든다. 맙소사! 물개가 내 코앞에서 물놀이를 하기 시작한다. 한두 마리가 아니다. 수십 마리가 내 주변을 뱅글뱅글 돌고 있다. 육지에서는 늘어지게 낮잠을 즐기느라 정신없는 물개들이 물속에서는 제비 저리 가라 할 정도로 날렵하다. 물개들이 물안경 앞까지 와 킁킁거리다

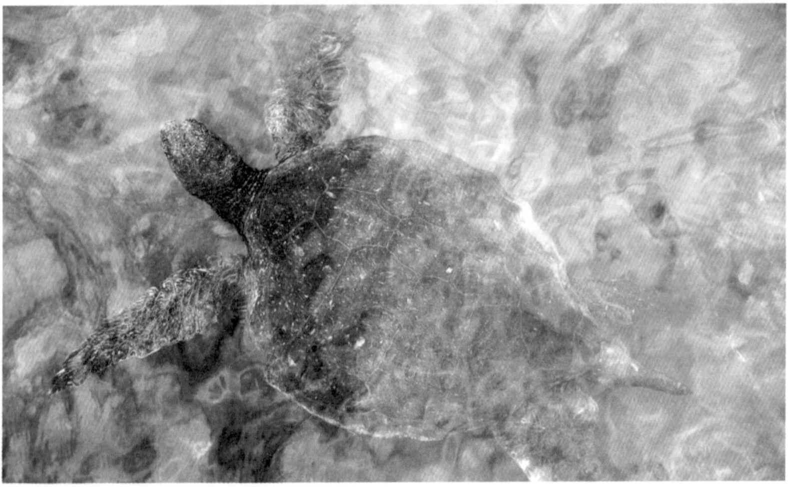

내가 손을 내밀면 딱 내 팔 길이만큼 멀어진다. 그런데 유독 한 마리가 내 곁을 맴돌며 자꾸만 품속을 파고든다. 만약 이 녀석이 암컷이라면, 이번 여행 중 나에게 먼저 다가온 유일한 여자다! (아, 이 가설은 좀 슬프다.) 내 곁을 휙휙 지나가는 물개들 때문에 이게 꿈인가 싶다. 가능하다면 물개들이 내 볼을 살짝 꼬집고 가줬으면 좋겠다. 내 평생 물개와 함께 수영할 날이 며칠이나 될까 싶어 정말 최선을 다해 물개들 사이를 누빈다.

그렇게 탈진할 정도로 물개와 몸을 부빈 후 도착한 곳은 플로레아나 섬. 더 신기한 게 있겠어, 하고 입수했는데 웬걸! 십수 마리의 바다거북이 눈을 끔벅거리며 여유롭게 바다를 누비고 있다. 내로라하는 세계적인 스노클링 포인트에서도 보기 힘든 바다거북이 얼마나 많이 눈에 띄는지, 누구를 먼저 사진에 담아줘야 하나 망설일 정도다. 평소 즐겨보는 내셔널지오그래픽 채널이나 디스커버리 채널을 보며 '대체 저런 장면은 어떻게 찍는 거지?' 하던 풍경을 내가 찍고 있다. 이곳에 있다는 사실만으로도 눈물 나게 행복하다.

투어를 마치고 돌아가는 길. 물놀이에 지쳐 잠에 빠져 있는데 엄마가 나를 격하게 흔든다.

"원준아! 저기 돌고래! 돌고래!"

"뭐? 돌고래? 어디, 어디?"

자다가 벌떡 일어나 엄마가 가리키는 곳을 보니 서너 마리의 돌고래들이 우리 보트를 열심히 쫓고 있다. 반가운 마음에 돌고래를 향해 미친 듯 손을 흔든다. 그에 화답하듯 돌고래들이 물 밖으로 솟구쳐 오르며 오랫동안 우리를 따라온다. 이젠 정말 감탄사도 바닥이 났다. 수많은 감탄사를 이미 갈라파고스 위에 흩뿌렸다는 증거다. 아직 이곳을 떠나지도 않았는데 꼭 다시 와야지, 라는 다짐을 수도 없이 해본다.

모든 동물들이 사람을 두려워하지 않는 세계. 사람들은 동물을 해하지 않고, 동물들도 그런 사실을 아는 세계. 동물과 인간이 하나 되어 어울려 사는 세계. 내가 그토록 꿈꾸던 세계가 바로 갈라파고스였다. 이쯤 되니 공항에서부터 이어졌던 철저한 방역과 비싼 입도비에 수긍이 간다. 이런 세계를 보존하기 위해서는 당연한 절차다. 갈라파고스 거북은 물론 수많은 동식물들도 한때 멸종 위기에 처했으나 꾸준한 보호와 관리가 이어져 현재 개체수가 유지되고 있다고 한다. 에콰도르 정부의 특별 관리에 박수라도 쳐주고 싶다.

구구절절 설명할 필요도 없이 나는 마침내 '지금까지 다녀본 여행지 중 어디가 제일 좋아요?'라는 몹시도 어려웠던 질문에 당당히 답할 수 있게 됐다. 나에게 그곳은 바로 갈라파고스, 아니 갈라다이스다! 내게 이곳은 파라다이스와 같은 곳이니까.

엄마의 여행 노트 #9

내가 젊은 엄마이던 시절, 그러니까 내 아이들이 아주 어렸던 시절, 우리 집 베란다는 온갖 화초들로 발 디딜 틈이 없었다. 나는 그 푸름과 화려함을 사랑했다. 베란다에 들어앉아 딸과 아들에게 "이리 와서 꽃향기 좀 맡아 봐." "여기 이 풀냄새 향긋하지 않니?"라고 묻던 시절이 아름다운 꿈처럼 아득하다. 갈라파고스라는 이 멋진 풍광 앞에서 자꾸만 그때의 기억이 떠오른다. 너무도 소중했던 그 시절이.

한밤중의 도둑 추격전

"이 골목 지나면 저 멀리 언덕 꼭대기에 커다란 십자가가 보일 거야."

"오, 정말이네. 저기 위에 보인다!"

"엄마, 리마는 내 손바닥 안이라니깐! 여기는 지도 안 보고도 다닐 수 있어."

내가 우쭐대며 말한다. 그럴 만도 한 게 불과 몇 개월 전 EBS 〈세계테마기행〉 촬영차 이곳을 샅샅이 뒤지고 다녔기 때문이다. 이번 여행에서 처음으로 '경험해봤던' 도시여서 내 어깨에 힘이 들어간다. 꿈의 세계, 갈라파고스를 빠져나와 다시 과야킬에서 페루 '리마'까지 버스로 23시간을 달려왔다. 몸도 지치고, 해도 지고 있지만 전혀 걱정되지 않는다. 오히려 고향에 온 것처럼 마음이 편안하다.

"그때 갔던 숙소 잘 찾아갈 수 있겠어?"

"에이, 리마는 정말 우리 동네에 온 거나 마찬가지라니깐! 걱정 붙들어 매셔!"

이미 머릿속에 숙소까지의 이동 계획이 정확하게 서 있다. 촬영 당시 머물던 분위기 좋은 숙소로 갈 것이며, 그러기 위해서 버스 터미널 앞문으로 나가 택시를 탈 것이다. 촬영 중 길을 제대로 파악하지 못해 버스 터미널 근처를 몇 번이고 오고 가다 겨우 택시로 숙소까지 갔기에, 숙소 가는 길은 물론 택시비까지 기억한다.

역시 어렵지 않게 숙소에 도착한다. 촬영 때 근무했던 숙소 직원이 지금도 있다면 분명 나를 기억할 것이다. 리마를 거점 삼아 몇몇 도시를 오갔기에 한두 번 머문 것도 아니었고, 당시가 월드컵 기간이라 텔레비전이 있는 로비에서 난리를 치며 응원을 했었기 때문이다.

계단을 따라 숙소로 올라가는 동안 현란한 크리스마스 장식이 이어진다. 여름에 여행을 시작했는데 어느덧 크리스마스 시즌이 됐다. 반짝이는 커다란 크리스마스트리를 지나니 드디어 리셉션이 나온다. 그리고 그때 만났던 여직원이 딱 버티고 서 있다. 반가운 마음에 얼른 뛰어가 인사한다.

"안녕! 혹시 나 기억해? 여름에 촬영하러 왔었는데. 왜, 한국에서 남자들끼리 왔던 그룹 있었잖아?"

가만히 내 얼굴을 보던 여직원이 갑자기 고개를 막 끄덕이며 말한다.

"아! 기억난다! 4인용 방에 머물렀었지? 와, 다시 만나게 돼서 반가워. 이번에도 촬영하러 온 거야?"

"아니, 이번엔 개인적으로 왔어. 이쪽은 우리 엄마야. 지금 엄마랑 중남미 여행 중이야."

"진짜? 대단하다! 페루에서 여행 시작한 거야?"

"아니, 멕시코에서 시작해서 중미 다 돌고 남미로 넘어와서 계속 내려가고 있어."

"맙소사! 잠깐 기다려. 그럼 응원 선물이라도 줘야지!"

살가운 여직원이 엄마와 내게 시원한 콜라 한 캔씩 안겨준다. 이어 방을 안내해주겠다고 하는데 이미 이 숙소 구조를 다 꿰고 있는 내가 "어딘지 알아! 카운터 봐."라고 외친 뒤 공짜 콜라를 벌컥벌컥 마시며 도미토

리 쪽으로 향한다.

"엄마, 아들 덕에 생판 처음 오는 숙소에서 공짜 콜라 대접받은 줄 알아. 아들 잘 둔 덕이라고 생각해. 헤헤."

"알겠다, 아들. 그나저나 방이나 좀 빨리 안내해. 1박 2일을 버스에 있었더니 피곤해 죽겠다."

장거리 이동 후라 2인실에서 편하게 쉬려고 했는데 크리스마스 시즌이라 6인실 도미토리뿐이다. 뭐, 그래도 쉴 자리가 있는 게 어딘가. 매번 그랬듯 2층 침대의 아래층, 위층에 각각의 짐을 푼다.

얼른 샤워를 하고 침대에 누우니 피곤이 몰려온다. 먼저 씻은 엄마는 벌써 적극적으로 꿈나라를 향해 달려가고 있다. 방에는 우리 외에 독일에서 온 파스칼뿐이다.

"혹시 리마에 대해 좀 알아?"

파스칼의 질문에 갑자기 잠이 확 달아난다.

"그럼, 알다마다!"

오늘 이놈의 우쭐거림이 끝날 줄을 모른다. 나는 오지랖 넓게 리마의 주요 관광 명소와 리마에서 각 도시로 향하는 교통편까지 세세하게 이야기해준다. 한참을 관심 있게 듣던 그의 눈이 점점 감긴다. 눈치 빠른 내가 말을 끝냈더니, 바로 자리에 뻗어버리는 파스칼.

"고마워. 덕분의 좋은 정보 얻었어. 너무 피곤해서 먼저 잘게."

그가 이불을 끌어당기며 잠이 가득한 목소리로 말한다. 그런데 정작 내가 잠이 안 온다. 말을 많이 했더니 잠이 완전히 달아난 모양이다. 이렇게 된 김에 노트북을 들고 와이파이가 팡팡 터지는 로비로 나간다. 지난 유라시아에 이어 이번 여행도 그날그날의 에피소드를 블로그에 꼼꼼히 기록 중이다. 그런데 와이파이가 잘 잡히지 않는 갈라파고스에 열흘이나 있었더니 쓸 포스팅이 너무 많이 밀렸다. 맥주 한 잔을 시켜 목을 축이며 룰루랄라 여행기를 쓰기 시작한다.

그렇게 두어 시간 동안 3일치 여행기를 몰아 쓴 뒤 방으로 돌아온다. 방 불은 이미 꺼져 있다. 소리를 내지 않으려 조심해가며 라커에 노트북과 잔짐을 대충 쑤셔 넣고 침대 옆 탁자로 손을 옮긴다. 어? 이상하다. 손에 잡혀야 할 카메라가 없다. 분명 방을 나가기 전 그동안 찍은 사진을 노트북에 옮기려 메모리 카드만 뺀 뒤 탁자에 올려두었는데…. 도미토리이긴 해도 바로 엄마 머리맡에 있는 탁자였고, 파스칼은 이미 곯아떨어진 상태였기에 별 생각 없이 카메라를 두고 나갔다. 나는 당황스러운 마음에 불을 켠다. 엄마는 여전히 자고 있고, 파스칼은 끙, 소리를 내며 이불을 머리끝까지 끌어 올린다. 그런데 엄마 바로 건너편 침대에 처음 본 여자가 누워 있다. 나와 눈이 마주친 여자가 화들짝 놀란다. 느낌이 이상하다. 나는 다시 탁자 위로 시선을 돌린다. 분명히 놔두고 간 카메라는 없고, 마시다 만 콜라 캔만 덩그러니 놓여 있다. 엄마를 흔들어 깨운다.

"엄마, 혹시 여기 탁자 위에 둔 카메라 치웠어?"

"… 무슨 카메라?"

엄마가 귀찮다는 듯 몸을 일으키며 말한다.

"어디다 잘 두고 찾는 거 아니야? 탁자에 두고 간 거 맞아?"

"응. 노트북에 사진 옮기려고 메모리 카드만 뽑은 다음에 카메라는 여기에 두고 갔어."

혹시나 하는 마음으로 엄마와 함께 가방을 샅샅이 뒤지기 시작한다. 라커도 뒤지고 이불도 털어보지만 카메라는 나오지 않는다. 어쩔 수 없이 건너편 여자에게 의심의 화살이 돌아간다.

"저기, 혹시 이 탁자 위에 있던 카메라 못 봤어?"

그녀는 영어를 못 알아듣는 건지 모른 척하는 건지 내 질문을 외면한다. 이번엔 스페인어로 질문을 한다. 그제야 짧게 "아니."라고 대답하며 이불 속으로 파고드는 여자. 조금 찜찜한데 그렇다고 대놓고 의심할 수도 없다. 자기 옆에 둔 카메라를 가져가면 의심받을 게 뻔한데 설마 그리했을까? 이내 여자에게 대한 의심도 거둬들인다.

어쩔 수 없이 방 불을 끈다. 개운치 않지만 방법이 없다. 제발 아침에 어디선가 카메라가 나오면 좋겠다, 라고 생각하며 눈을 감는다.

얼마가 지났는지 모르겠다. 엄마가 나를 다급히 깨운다. 잠결에 주변을 살피니 여전히 암흑이다.

"엄마, 왜?"

"빨리 내려와봐. 여자애가 갑자기 짐 챙겨서 나갈 준비해."

그 말에 내가 번개처럼 빠르게 내려오자 살금살금 짐을 챙기던 여자가 다시금 화들짝 놀란다. 당연히 '너무도' 의심스럽다. 갑자기 이 시간에 왜 짐을 싸서 나가는 거지? 게다가 체크인 한 지 얼마나 되었다고 체크아웃을 하는 거지? 이제는 의심을 하지 않으려야 않을 수가 없다. 그때 갑자기 서둘러 방을 나가는 여자. 나보다 엄마가 먼저 그녀를 쫓는다. 리셉션으로 나가자 여자가 체크아웃을 하고 있고, 엄마가 그 옆에서 직원에게 "카메라, 카메라!"를 외치고 있다. 영문을 모르는 직원이 당황한 표정을 짓는 사이, 여자가 엄마를 지나 숙소 출입문으로 뛰듯이 걷는다.

"어, 어! 잠깐! 저 친구 좀 잡아봐! 내 짐 중에 없어진 게 있어!"

나의 다급한 외침에 직원이 여자를 막아선다.

"무슨 일이야?"

"탁자 위에 카메라를 올려뒀는데 없어졌어. 미안하지만 혹시 짐 좀 살펴볼 수 있냐고 물어봐줄래?"

"내 마음대로 손님의 짐을 뒤질 수는 없어. 원하면 경찰을 부를게."

그러자 여자애가 기분 나쁜 표정을 지으며 말한다.

"원하면 뒤져봐요. 나는 화장실에 다녀올 테니."

뭐지? 아까는 영어를 해도 대답이 없더니 이제 보니 영어도 잘한다. 이쯤 되니 이 친구가 범인이란 확신이 선다. 빼도 박도 못하는 현장 검거다.

여자가 화장실에 간 사이 엄마와 나는 여자의 짐을 샅샅이 뒤진다. 하지만 나와야 할 카메라가 어디에도 없다. 큰 배낭에도, 작은 가방에도 여자의 짐만 가득하다. 이거 뭔가 잘못된 느낌이다. 맥이 탁 풀리며 한숨이 새어 나온다.

"이럴 리가 없는데…."

심증은 있으나 물증이 없어 애를 먹다 겨우 단서를 찾았는데 증거 확보에 실패한다. 아니, 그것보다 괜한 사람을 의심한 건가 싶어 찜찜하다.

"없죠? 짐 챙겨서 가도 되죠?"

앙칼진 한마디를 던진 여자가 기분 나쁜 표정을 한껏 지으며 숙소를 나가버린다. 더 이상 막을 방법도, 막을 이유도 없다. 결국 자포자기한 채 터벅터벅 방으로 돌아온다. 실망감에 빠져 다시 침대로 올라간다. 그런데

어둠 속에서 무언가가 반짝, 하고 빛난다. 불을 켜 보니 이럴 수가! 내 침대 위에 카메라가 보란 듯 놓여 있다. 분명 침대 이불이랑 시트까지 다 뒤졌다. 그런데 카메라는 나오지 않았다. 여자가 화장실에 간다고 하고서는 슬쩍 방에 들어와 재빨리 카메라를 던져두고 간 게 분명하다. 뭐가 어찌 되었든 카메라를 찾으니 안도의 한숨과 동시에 배시시 웃음이 나온다. 그때 엄마의 날카로운 한마디가 뒤통수에 꽂힌다.

"너는 여기가 네 손바닥 안이라더니, 집에 온 기분이라더니 집에서 카메라를 털리냐?"

딱히 들이밀 변명이 없다.

"엄마 아니었으면 카메라를 그대로 잃어버렸겠지. 앞으로 우쭐대지 말고 물건 잘 챙겨."

서른 넘어 엄마한테 혼나는 꼴이 우습지만 그래도 카메라를 찾았다고 웃음이 난다. 그렇게 '한밤의 도둑 추격전'은 다행히 물건을 회수하는 것으로 막을 내린다. '리마는 내 손바닥'이라 외쳤던 나의 거드름은 흔적도 없이 사라진다. 역시 경거망동은 금물이다. 까불면 다치기 마련이다.

문득
떠오른 이름

오늘따라 피곤하다며 일찍 잠든 엄마를 뒤로하고 정말 오랜만에 남미의 밤거리를 나선다. 2시간 가까이 숙소 로비에서 앞으로의 루트를 짜다 보니 출출하기도 했고 목이 마르기도 했다.

우리가 머물고 있는 숙소는 리마의 신시가지에 속하는 '미라플로레스 지역'으로, 비교적 상류층이 사는 지역이라 치안이 좋은 편에 속한다. 이번 여정 내내 긁어 부스럼을 만들지 않기 위해 해가 지면 무조건 숙소에 들어가 밖으로 나오지 않았는데, 이렇게 오랜만에 밤공기를 쐬니 벌써부터 기분이 상승곡선을 탄다.

역시 그간 다녔던 남미의 여타 도시들과는 다르게 늦은 밤인데도 활기가 넘친다. 한껏 멋을 낸 젊은이들이 마음껏 거리를 활보하고 있고, 흥청망청 취한 여행자들도 비틀대며 노래를 부르고 있다.

목마름보다 배고픔이 앞섰기에 우선 패스트푸드 점에 들어가 햄버거 두 개를 해치운 뒤, 술집이 몰려 있는 골목으로 향한다. 100미터 정도 되어 보이는 골목 양옆으로 똑같이 '특가!'라는 문구를 써 붙인 술집들이 이어져 있다. 그리고 그 사이를 여행자들이 가득 메우고 있다. 간만에 홀로 나왔으니 조금 조용한 곳으로 가볼까 하다가 그래도 오랜만의 밤마실인

데 시끌벅적한 곳이 좋겠지 싶어 떠들썩한 술집으로 들어간다.

말이 술집이지 별의별 걸 다 파는 퓨전 레스토랑이다. 딱 봐도 현지 음식 값의 서너 배는 더 받는 관광객용 레스토랑이다. 그래도 오늘은 까다롭게 굴고 싶지 않아 메뉴판을 펼친다. 역시나 가격도 터무니없다. 보통 때라면 맥주에 감자튀김을 시켰겠지만 여기는 페루다. 나는 이제는 조금 익숙해진 스페인어로 피스코 사워(레몬, 설탕, 달걀흰자 등을 혼합해 만든 페루의 대표 칵테일.) 한 잔과 세비체(해산물을 라임 즙에 절인 뒤 채소를 곁들인 남미식 회 샐러드로, 중남미에서 흔히 먹을 수 있지만 원조는 페루로 알려져 있다.) 한 접시를 시킨다.

금세 가져다준 시큼한 피스코 사워를 홀짝이며 레스토랑을 둘러본다. 세계 각국에서 모여든 여행자들이 테이블을 가득 채우고 있다. 얼핏 봐도 빈자리가 없다. 혼자 테이블을 독차지하고 있는 게 약간 미안해져 얼른 일어나야겠다는 생각이 든다. 해서 맛을 음미할 새도 없이 세비체를 입에 털어 넣는다. 그 순간 중년의 신사가 앉아 있는 테이블에 눈에 간다.

'나 관광객이요.'라고 선전하는 듯한 꽃무늬 셔츠 때문에 중년의 신사는 아까부터 시야에 들어왔지만 그 앞에 앉은 사람은 뒷모습만 보여 그저 그의 친구려니 생각했다. 그런데 추가 주문을 위해 뒤를 돌아본 뒷모습의 주인공은 젊은 청년이고, 앞에 앉아 있는 신사와 거의 똑같은 얼굴을 하고 있다. 어쩜 저렇게 닮을 수가 있을까? 누가 봐도 부자지간이다.

'하하, 나는 엄마랑 여행 중인데 저 친구는 아버지랑 여행 중이네.'

그렇게 그냥 웃고 넘어가려는데, 갑자기 기분이 묘해진다. 앞에서 수다 떠는 아들을 바라보는 아버지의 눈이 '넌 참 잘난 내 아들이야. 너무 자랑스러워.'라고 말하고 있다. 모자지간과는 다른, 부자지간에 어울리는 묘한 딱딱함과 그럼에도 불구하고 화기애애한 그 모습에 문득, 잊고 지내던 우리 아빠, 나의 아버지가 떠오른다. 갑자기 아버지가 너무나도 보고 싶다. 빨리 일어나려던 생각을 접고 피스코 사워 한 잔을 더 주문한다.

대한민국 대부분의 아버지들이 그렇듯 나의 아버지는 가족에 대한 사랑은 넘치셨으나 말이 없는 분이셨다. 물론 결혼기념일마다 엄마를 위한 꽃 한 다발과 축하 전보(편지도 아니고 전보다!)를 단 한 해도 빼놓지 않을 만큼 로맨틱한 남편이었지만, 그럼에도 불구하고 참으로 말수가 적으셨다. 나는 그런 아버지와 소통하는 게 어려웠다.

무슨 이유에선지는 정확히 모르겠지만 집에 아버지와 둘만 있던 날이 많았다. 아마도 엄마는 가게를 운영하느라, 누나는 두세 개의 학원을 다니느라 집에 없었고, 그나마 저녁시간을 온전히 집에서 보낼 수 있던 사람이 일찍 퇴근한 아버지와 일찍 학원에 다녀온 나였던 모양이다. 하지만 나는 아버지와 긴 대화를 나눠본 적이 없다. 한 번은 있겠지, 싶어 기억을 더듬어봐도 떠오르는 대화가 없다. 아버지는 늘 텔레비전을 보시거나 비

디오를 빌려다 보셨고, 나는 방에서 숙제를 하거나 오락을 하다가 엄마가 집에 돌아오면 그제야 방에서 나왔다.

그렇다고 내가 아버지의 말을 잘 안 들었다거나 아버지와 보내는 시간을 피했던 건 아니다. 아버지가 예고도 없이 나를 깨우며 "벌초 가자." 하시면 벌떡 일어나 세수를 했고, 갑작스레 "출장 같이 가자." 하시면 두말 않고 조수석에 올랐다. 당시 아버지 말은 내게 법이었고, 그렇기에 한 번도 '싫다.'는 말을 꺼낸 적이 없다. 나는 그냥 아들은 그래야 하는 거라고 생각했다. 그런 이유로 나는 뜬금없이 아버지와 계획에 없던 여행을 떠나곤 했다.

초등학교 고학년 시절로 기억한다. 어느 추운 겨울날, 아버지는 등산을 가자며 이른 아침에 나를 깨우셨다. 너무나 추운 날이었기에 이불 속에서 나가고 싶지 않았지만 암말 않고 벌떡 일어나 아버지 차에 올랐다. 차에 타자마자 잠이 들었다가 한참 후 깨보니 설악산이었다. 그런데 당황스럽게도 아버지는 등산에 능숙하지 않으셨다. 분명히 나는 괜찮았는데 눈 때문에 등산로가 미끄럽다며 산을 얼마 오르지도 않았는데 빨리 내려가자고 하셨다. 그러고는 숙소를 찾아 나섰는데 2시간이 넘도록 마땅한 숙소를 찾지 못하셨다. 그렇게 아버지가 고르고 골라 선택한 숙소는 맨 처음에 봤던 평범한 모텔이었다. 어린 마음에도 대체 왜 설악산까지 오셔서 이 고생을 하시나, 라고 생각했었다.

중학생이던 어느 날에는 낚시를 가자고 하셨다. 아버지가 낚시를 한다는 사실을 몰랐기에 의아한 마음으로 따라나섰는데 아니나 다를까, 아버지는 낚싯대조차 가지고 계시지 않았다. 낚시터에 도착해 낚싯대를 구입한 아버지는 아들 앞에서 멋지게 낚싯대를 휘두르며 찌를 던지셨다. 하지만 몇 시간이 지나도 고기는 잡히지 않았다. 이런 우리를 지켜보던 한 낚

시굔 아저씨가 안 되겠는지 아버지에게 다가와 떡밥 만드는 법과 알맞은 찌 사용법을 일러주셨다. 그 아저씨의 도움을 받고서야 고기 한두 마리를 낚을 수 있었다. 당시엔 그런 아버지가 조금 창피하기도 했다.

하지만 시간이 지나면서 나는 그런 기이한 여행들을 점점 이해하게 되었다. 아버지는 아들과 시간을 보내고 싶으셨던 것이다. 당신이 딱히 즐겨하는 일이거나 능숙한 일이 아님에도 아버지는 당신의 말이라면 무조건 따라나서고 보는 아들과 여행을 하고 더 많은 추억을 만들고 싶으셨던 것이다. 생각해보면 등산도, 낚시도, 하다못해 숙소를 찾는 것도 능숙하지 못한 분이 아들을 데리고 집을 나설 때는 늘 웃으셨다. 나는 지금도 그 작은 웃음이, 잠시 한눈팔았다면 보지 못했을 그 따뜻한 웃음이 너무도 그립다.

그 이후에도 아버지는 나를 데리고 여행을 다니셨다. 물론 매해 가족여행을 다녔지만, 나와 아버지의 여행은 무슨 의례처럼 틈틈이 이어졌다. 언젠가는 내게 작은 카메라를 건네주신 적도 있다. 하지만 아버지는 필름을 끼우는 법조차 알려주시지 않았다. 그냥 아들에게 신기한 무언가를 주고 싶으셨던 모양이다. 나는 집 주변을 서성이며 필름도 들어 있지 않은 카메라로 사진을 찍곤 했다.

그렇다. 내가 여행을 좋아하게 된 것도, 이렇게 여행하며 사진을 찍고 글을 쓰는 일을 하게 된 것도 모두 아버지와의 여행에서 시작되었을 것이다. 서툴게나마 아들과 함께하고자 시작된 '아버지의 여행', 그 모든 여행이 지금 내 여행의 토양이라는 걸 고백한다.

그렇게 나는 훌쩍 커버렸고, 더 이상 아버지와 여행을 다니지 않았다. 대학교에 입학해서는 방학마다 배낭을 둘러메고 홀로 세상을 여행했다. 그때 다짐한 것이 있다. 내가 취직해서 돈을 벌면 아버지와 엄마에게 세상의 멋진 풍경들을 보여드리자는 다짐이었다. 그 옛날 나의 아버지가 내게 했듯이 말이다. 하지만 나는 "계실 때 잘해라."라는 말을 뼈저리게 느껴야만 했다. 허망하게도 대학 졸업반 때 아버지가 갑작스레 세상을 떠나셨기 때문이다. 아버지가 내 곁을 떠난 것도 표현할 수 없을 만큼 가슴이 아팠지만, 아들과의 여행을 즐기시던 아버지께 세상을 보여드리지 못한다는 사실도 너무 가슴 아팠다. 그렇지만 엄마 앞에서 나는 마음껏 슬퍼할 수 없었다. 슬픔에 잠긴 엄마를 바라보는 동안, 그런 엄마를 위로하는 동안 아버지는 차츰 희미해져갔다.

그리고, 이 여행이 시작됐다.

그리고, 이 여행은 지금도 이어지고 있다.

인정하기엔 너무 힘든 사실이지만, 아버지와의 이별이 이 여행의 시작이 된 것은 분명하다.

나는 이번 여행 내내 아버지가 하늘에서 우리를 보살펴주시고 있다는 생각을 한다. 그렇지 않고서야 우리가 그 오랜 시간을 무탈하게 여행할 수 있었겠는가. 곁을 떠난 아버지의 이야기를 꺼내는 건 여전히 힘들다. '아버지' 아니, '아빠'라는 말은 그저 가슴 저 먼 곳에서 돌아다니고 있을 뿐이다.

피스코 사워를 몇 잔 더 들이켜는 동안 참 많은 생각이 오갔다. 하지만 확실한 건 갑자기 아버지가 너무 보고 싶어 서글퍼졌다는 사실이다. 이 상황에 어울리지 않게 갑자기 콧노래가 나온다. 살짝 취기가 돌기 시작하면 습관적으로 나오는 콧노래다. 아버지도 살짝 취해서 집에 들어올 때면 콧노래를 부르셨다.

건너편에 앉아 있는 꽃무늬 셔츠의 신사를 너무 빤히 쳐다봤는지 그가 나를 바라본다. 눈이 마주친 신사가 방긋 웃으며 아들 또래의 여행자에게

맥주잔을 들어 보인다. 나도 칵테일 잔을 들어 그에게 건배를 건넨다. 서글픈 콧노래가 멈출 줄을 모른다.

엄마의 여행 노트 #10

일 때문에 바쁜 와중에도 늘 아이들 손을 잡고 어디로든 가려던 당신 덕분인지, 이제는 아이들이 내 손을 잡고 어디로든 가려고 해. 그래서 자주 웃어.
당신이 눈을 감던 날은 내게 없는 날이야. 내 인생에 그 하루는 없는 날이지. 그렇기에 당신은 어디로도 가지 않았고 지금도 내 옆에 있어. 늘 남들 부러워할 만큼 사랑해줘서 많이 고마워.

:

'와카치나 사막'은 그야말로 뜻밖의 사막이다. 남미에 사막이 있다는 사실도 뜻밖인데, '이카'라는 복잡한 도심에서 10분만 달리면 뜬금없이 나타난다. 이카의 사무실에서는 "머리 좀 식히러 잠깐 사막에 다녀오겠습니다."라는 말이 실없는 소리가 아닌 것이다. 접근성이 워낙 좋아 사막을 꿈꾸는 많은 여행자들이 몰려들어 사막 입구에는 인공으로 만든 오아시스까지 있다. 와카치나 사막을 제대로 즐기는 법은 '버기카'라는 특수 차량을 타고 사막을 질주하는 것이다. 내리막을 내달릴 땐 롤러코스터를 방불케 한다. 가파른 사막 언덕에서 즐기는 샌드보딩 또한 이곳의 하이라이트다. 엄마는 아주 오래전, 온 가족이 겨울마다 갔던 썰매장이 생각난다며 당시처럼 신나게 샌드보딩을 즐겼다.

고산병에 쓰러지다!

"원준아, 엄마 죽을 것 같아. 머리가 너무 아파서 터질 것 같아!"

"엄마, 이제 내려가니까 조금만 참아봐. 이걸 버텨야 마추픽추에 갈 수 있어!"

나는 결국 엄마에게 마추픽추라는 모르핀 주사를 투여한다. 마추픽추는 엄마의 드림 스폿이다. 때문에 마추픽추가 지금으로선 최후의 치료법이다.

내 무릎에 누운 채 절규하는 엄마를 보니 작년 이맘때가 생각난다. 나는 방송 촬영차 볼리비아의 수도 라파스(해발 3600미터로 세상에서 가장 높은 곳에 위치한 수도다.)에 도착했고, 예고도 없이 찾아온 고산병에 맥없이 쓰러졌다. 누군가가 뒤통수를 쉬지 않고 세차게 때리는 느낌이었는데, 정말 이러다 죽겠구나 싶었다. 지금 생각해도 절대 다시는 겪고 싶지 않은 끔찍한 경험이다. 그 고통을 지금 엄마가 느끼고 있다고 생각하니 속이 타다 못해 나도 머리가 아플 지경이다. 통상적으로 고산병은 한 번 앓고 나면 몸이 적응을 해서 더 이상 앓지 않는다. 해발 5000미터를 찍고 있는 지금, 내가 아주 멀쩡한 이유다. (물론 기압 때문에 두통 같은 병증은 찾아온다.) 고로 엄마도 이번 고비만 넘기면 고산병의 극한 고통은

겪지 않아도 될 터였다.

"아고고…."

엄마의 신음이 깊어진다. 실로 긴장되는 순간이다. 엄마가 어떻게든 '아레키파'까지 버텨주기만을 기도해본다.

리마와 와카치나 사막에서 시간을 지체한 우리는 페루의 심장이자 잉카제국의 옛 수도인 '쿠스코'를 향해 다소 조급하게 달려가던 중이었다. 그러다 페루 제2의 도시 '아레키파'에서 '세상에서 가장 깊은 협곡'이 있다는 이야기를 듣고 또 한 번 루트에도 없던 삼천포에 들어섰다. '세상에서 가장…'이라는 수식어가 뭔지, 그 말만 붙으면 일단 가보고 싶은 욕구가 불타오른다. 우리 캡틴 역시 '세상에서'라는 말이 나오자마자 일단 오케이를 외쳤다.

그 수식어의 주인공은 바로 '콜카 캐니언'. 미국에 '그랜드 캐니언'이 있다면 페루에는 콜카 캐니언이 있다. 개별적으로 접근하는 데에 한계가 있어 새벽 4시에 시작하는 투어를 신청했다. 내 평생 새벽 4시에 잠든 적은 있어도, 새벽 4시에 여행을 시작해본 적은 없다.

이미 샤워까지 마친 엄마의 등쌀에 제대로 씻지도 못하고 눈이 퉁퉁 부은 채 투어 차량에 올랐다. 함께하게 된 투어 일행들에게 인사도 못하고 기절하듯 자는 사이, 투어 차량은 콜카 캐니언 관광의 거점 도시인 '치바이'에 도착했다. 이른 아침이라 몸이 떨릴 정도로 추웠다. 치바이 중앙 시장 근처의 작은 식당에서 가볍게 아침식사를 하는데, 수프를 한술 뜬 엄마의 표정이 어두웠다.

"엄마는 화장실부터 가야겠다."

배가 좀 아픈 모양인가 싶었다. 그런데 화장실에서 돌아온 엄마의 표

정이 여전히 어두웠다.

"엄마, 괜찮아?"

"몸 상태가 좀 안 좋은 것 같아. 배도 살살 아프고 어질어질하고…."

순간 머릿속에 단어 하나가 번쩍 내리쳤다.

'고산병!'

다급히 가이드에게 달려가 치바이의 고도를 물었다.

"3660미터예요."

맙소사! 백두산보다 900미터나 더 높은 고도로, 고산병의 그림자가 드리우고도 남을 높이였다.

"엄마, 지금 고산병 초기 증세 같아. 최대한 안정을 취해야 해. 너무 힘들면 차에서 나오지 말고 무조건 쉬어. 어차피 앞으로 여행하려면 고산병을 한 번 앓고 적응을 해야 하니까 참을 수 있을 때까지 참아봐."

안정을 취하라는 건지 말라는 건지, 나도 무슨 소린지 잘 모르겠지만 일단 엄마를 안심시켜야 했다. 당연히 고산병을 걱정해야 했음에도 여행 내내 엄청난 적응력과 회복력을 자랑하는 엄마의 체력을 보며 '에이, 설마….' 했던 게 사실이다. 해발 2200미터가 넘는 멕시코시티에서도 엄마는 아무렇지 않았다. 솔직히 여행 첫날, 엄마가 약간의 두통을 호소하기에 고산병을 의심하긴 했었지만 다음 날부터 쾌조의 컨디션을 유지했기에 고산병조차 가볍게 극복했구나 싶었다.

일단 고산병에 좋다는 코카차를 주문해 엄마에게 건넸다. 엄마가 괜찮아지기만을 바라며 엄마를 부축해 투어 차량에 올랐다. 다행히 엄마는 바로 곯아떨어졌고, 나는 안도의 한숨을 쉬었다. 콜카 캐니언으로 가는 길은 헤아릴 수 없을 만큼 깊은 협곡과 계곡들로 엄마에 대한 걱정을 잊게 만들었다. 곧 콜카 캐니언을 한눈에 굽어볼 수 있는 전망대에 도착했다.

"엄마, 내릴 수 있겠어?"

"… 그래도 여기까지 왔는데 보고 가야지…."

"정말 괜찮겠어?"

"두통이 더 심해지긴 했는데 일단 좀 참아볼게."

엄마를 부축하며 전망대에 올랐다. 이 와중에도 눈앞에 펼쳐진 절경에 입이 벌어졌다. 바닥이 보이지 않을 정도로 깊은 협곡이 좌우로 끊임없이 펼쳐져 있었다. 그랜드 캐니언의 두 배인 3200미터 깊이의 대협곡이니 말 다했다. 그런데 엄마가 이내 극심한 두통을 호소하기 시작했다. 협곡 구경이 문제가 아니었다. 일단 대기 중인 투어 차량의 뒷좌석에 엄마를 눕혔다. 가이드에게 부탁해 고산병 완화에 효과가 있다는 코카 캔디도 먹였다. 다행히 뒷좌석에 탔던 청년들이 트래킹을 하겠다며 투어를 포기해 엄마가 뒷좌석에 계속 누워 갈 수 있었다.

이후 중간중간 전망이 멋진 곳에서 차가 멈추었지만 엄마는 이미 투어를 즐길 수 없는 상태가 되었다. 그래도 엄마는 인증샷은 남기겠다며 무거운 몸을 질질 끌고 나와 사진을 한 장씩 박고 다시 차량 뒷좌석에 고꾸라졌다. 허나 고도가 높아질수록 인증샷은 무슨, 말도 못 하는 상태에 빠져들었다. 이대로 계속 가는 건 무리였다. 그렇다고 투어 차량을 돌려 아레키파로 돌아가자고 할 수도 없었다. 결국 제일 높다는 전망대까지 다다랐고, 엄마는 기절 수준으로 나가떨어졌다. 하지만 이번에는 엄마뿐이 아니었다. 모든 일행들이 사이좋게 고산병에 신음하며 쓰러졌다. 엄마에게 신경 쓰느라 인사도 못 나눈 앞좌석의 아주머니는 차에서 내려 구토까지 하고 있었다. 아니 대체 여기가 해발 몇 미터이기에? 나가서 확인해보니 4910미터. 그래, 이 정도면 모두가 고산병에 쓰러지는 게 당연했다. 상황이 이 지경이니 더 이상의 투어는 불가능했다.

“다들 너무 힘들어하셔서 투어는 여기까지 하고 아레키파로 이동할게요.”

가이드가 난감해하며 말했다.

“엄마, 여기가 해발 5000미터라 그렇게 아픈 거야. 너무 겁먹지 마. 지금 엄마 말고도 다들 고산병에 쓰러졌어. 이제 아레키파로 돌아간대. 그러면 괜찮아질 테니까 조금만 더 참아.”

이 말을 들은 엄마가 해발 5000미터에 오른 증거는 남겨야 한다며 몸을 일으켰다. 그러고는 차량을 빠져나와 표지판 옆으로 비틀비틀 걸어갔다. 찰칵. 나는 이 눈물 나는 인간 승리의 현장을 카메라에 정성스레 담았다. 하지만 다시 차에 탄 엄마가 온몸을 부들부들 떠는 동시에 땀을 삘삘 흘리기 시작했다. 결국 헛구역질까지 하던 엄마가 울부짖었다.

“원준아, 더 이상은 못 참겠어!”

"엄마, 조금만 더 참아봐. 내려가면 금세 괜찮아질 거야!"

고산병 최대의 공격을 맨몸으로 맞고 있는 엄마의 떨리는 손을 잡고 해발고도가 낮아지기만을 기다린다. 투어 참가자들의 마음을 헤아린 운전기사의 고마운(?) 폭주 덕에 그나마 빨리 아레키파에 도착한다. 따지고 보면 아레키파도 해발 2000미터가 넘는다. 하지만 해발 5000미터 근처에 갔다 온 우리에겐 반지하처럼 느껴진다.

다행히 휴식을 취한 엄마가 정신을 차리기 시작한다. 무조건 먹고 쉬어야 하기에 바로 음식점으로 향한다. 속이 안 좋아 못 먹겠다는 엄마를 달래고 달래 고기를 먹이고 수분을 듬뿍 보충시킨다. 그제야 엄마의 얼굴에 핏기가 돌아온다. 지옥 문턱까지 다녀왔다가 천국에 들어선 엄마가 힘없이, 그러나 해맑게 묻는다.

"엄마 고산병 버텼으니까… 이제 마추픽추 갈 수 있는 거네?"

아이고, 우리 어머니, 이제 살았네, 살았어!

남미에서의 크리스마스

심하게 고산병을 앓았던 엄마를 위해 쿠스코에 도착하자마자 휴식에 돌입했다. 쿠스코도 해발 3400미터의 고산도시다. 휴식을 취하며 천천히 현지 적응 훈련을 거쳐야 한다. 엄마가 정상 컨디션으로 돌아오기 전에는 무리해서 마추픽추에 오를 생각이 없다. 쿠스코에 있는 한식집에서 그 어떤 영양제보다 효과가 좋은 한식을 주입하며 부지런히 체력을 끌어 올린다. 다행히 엄마의 회복 속도가 빠르다.

그렇게 꼬박 하루를 보내자 놀랍게도 엄마의 컨디션이 정상 부근까지 올라온다. 아무리 생각해도 신기하기만 한 엄마를 이끌고 가볍게 시내 구경에 나선다. (정말 이럴 때마다 엄마가 로봇이 아닐까 하는 우스운 생각을 하다가도 그 체력에, 그 건강함에 한없이 고마워진다.) 그러고 보니 어느새 크리스마스가 코앞이다. 쿠스코의 중앙 광장인 '아르마스 광장'에 아기 예수 동상이 들어섰다. 거리 곳곳에도 크리스마스 장식물이 가득하다. 신기하게도 캐럴은 흘러나오지 않는다. 크리스마스라는 단어만으로도 마음이 들뜨는데 크리스마스를 지구 반대편에서 보낸다고 생각하니 들뜬 마음이 한 번 더 솟구쳐 오른다.

역시 엄마가 향한 곳은 시장. 엄마는 언제 앓아누웠었냐는 듯 쇼핑에

열을 올린다. 나의 만류에도 불구하고 귀여운 페루 전통 장식과 냉장고 자석을 쓸어 담는 엄마의 혈색이 그 어느 때보다도 좋아 보인다. 엄마에게 고산병엔 약도 없다고 말했는데 알고 보니 엄마의 고산병엔 쇼핑이 약이었다. 역시 엄마도 여자다.

"엄마, 어디 더 가고 싶은 데 없어?"

쇼핑 열이 한풀 꺾인 엄마에게 묻는다.

"아니, 이제 들어가서 쉬자."

맞다. 무리할 필요 없다. 그렇게 숙소로 터덜터덜 걸어가는데 갑자기 굵은 소나기가 쏟아진다. 엄마가 비를 맞으면 컨디션이 다시 나빠질 텐데…. 나는 일단 비를 피하기 위해 아르마스 광장에 늘어서 있는 건물 아래로 다급히 엄마를 이끈다.

한참 후 소나기가 지나간다. 슬슬 움직여볼 생각으로 주변을 살피는데 갑자기 건너편 도로에서 시끌벅적한 음악 소리와 함께 익살꾼들이 등장한다. 피에로 분장을 하고 막대 풍선으로 무언가를 만들며 행진하는 열댓 명의 청년들. 누군가 했더니 쿠스코 원주민을 위해 산타를 자처한 자원봉사자들이다. 기특한 청년들이 궂은 날씨에도 악기를 연주하며 노래를 부른다. 그러자 엄마나 할머니 품에 안겨 비를 피하던 원주민 꼬마들이 쪼르르 달려 나와 춤을 추기 시작한다. 구멍이 숭숭 뚫린 꼬질꼬질한 옷에 콧물까지 줄줄 흘리고 있지만 귀엽게 몸을 흔드는 아이들의 얼굴이 해맑다. 웅성대는 소리에 고개를 돌리니 또 다른 팀이 크리스마스 선물을 준비하고 있다. 갓난쟁이를 들쳐 업은 채 피곤에 지쳐 있는 원주민 엄마들을 위한 따뜻한 코코아와 달달한 빵이다. 아이만을 위한 선물 꾸러미도 한가득이다. 덕분에 원주민 가족 모두가 고단한 일상을 잠시 잊고 달콤한 한때를 즐기게 됐다.

사실 원주민들이야말로 왕성했던 잉카제국의 후예들이자 쿠스코의 진정한 주인이다. 그런데 언젠가부터 변방으로 몰려 힘겹게 생계를 꾸려나가는 안타까운 존재가 되어버렸다. 남미를 여행하며 길에서 자고, 분수에서 나오는 물을 받아 마시고, 열쇠고리 하나를 팔기 위해 관광객의 바짓가랑이를 잡아끄는 그들의 모습을 너무도 많이 봐왔다. 하지만 오늘 하루만큼은 그들의 얼굴에도 웃음꽃이 핀다. 자동차를 선물 받고 신나게 뛰어가는 사내아이, 인형을 선물 받고 웃음 짓는 여자아이. 그 아이들을 보는 우리의 마음까지 따뜻해진다.

"어? 원준아, 저기 좀 봐봐."

숙소 골목 사이로 초콜릿을 파는 아주머니 앞에서 쩔쩔매고 있는 원주민 꼬마 둘이 눈에 들어온다. 개당 2솔(우리 돈 760원.) 하는 초콜릿을 사달라고 울고불고하는 동생을 달래고 있는 언니의 손에 달랑 0.5솔이 들려 있다. 동생이 그 0.5솔을 아주머니에게 건네며 초콜릿을 달라고 떼써보지만 소용없는 노릇이다. 아무것도 해줄 수 없는 언니가 서럽게 우는

동생을 토닥이며 발걸음을 돌린다.

"아휴, 딱해라. 엄마가 재들 용돈 좀 주면 안 될까?"

"안 돼, 엄마. 관광객들이 현지 아이들한테 돈을 건네는 건 정말 나쁜 행동이야. 그럼 애들이 점점 더 관광객에게 기대게 되고, 결국 평생 구걸하며 살아가게 되거든."

참 매정한 이야기지만 나의 생각은 그렇다. 돈을 주느니 함께 놀아주는 것이 낫다는 게 나의 지론이다. 하지만 엄마는 내 말을 들은 체도 않고 자매에게 달려가더니 아이들의 손을 덥석 잡아 노점상 아주머니에게 향한다.

"투. 얘하고 얘한테 투, 토털 포."

그러고는 아주머니의 바구니에서 초콜릿을 꺼내 한 아이에게 초콜릿 두 개씩을 안긴다. 비록 얼굴은 눈물 콧물 범벅이 되었지만 싱글벙글 웃으며 초콜릿을 베어 무는 동생을 엄마가 꼭 껴안는다. 이어서 언니도 품에 안고 쓰다듬는 엄마. 그 모습을 보고 있자니 괜스레 콧날이 시큰해진다.

'이런 게 엄마의 마음일까?'

이쯤 되니 잘 모르겠다. 돈을 주는 게 나은 건지, 그냥 매정하게 돌아서는 게 나은 건지. 하지만 어찌 되었건 지금만큼은 매정한 나의 행동이 틀렸다는 생각이 든다. 아이들의 손을 잡고 다시 광장으로 향하고 있는 엄마의 뒷모습이 참으로 푸근하다. 나는 잠깐 고민하다가 아주머니가 가지고 있는 초콜릿을 모두 산다. 광장에 있는 수많은 꼬마 천사들에게 건네고 싶어서다. 조금 있으면 크리스마스니까. 크리스마스는 따뜻해야 하니까!

당신의 드림 스폿,
마추픽추

"펑!"

엄청난 굉음에 깜짝 놀라 침대에서 벌떡 일어선다. 순간 어두웠던 방이 눈이 부실 정도로 환해진다. 창밖으로 화려한 불꽃이 반짝이며 흘러내린다. 드디어 왔구나! 나는 여전히 세상모르게 자고 있는 엄마를 흔들어 깨운다.

"엄마! 새해 복 많이 받아!"

엄마에게 다급히 새해 인사를 건네고 첫눈을 본 똥강아지처럼 마을 광장으로 뛰어나간다. 마을은 당연히 축제 분위기다. 페루에는 노란색이 복을 가져다준다는 미신이 있어 광장이 온통 노란색 물결이다. 노란 풍선을 헤치고 노란 꽃가루를 맞으며 마을 사람들과 새해 인사를 나누고 각국의 여행자들과 하이파이브를 나눈다.

2015년 1월 1일 0시. 한여름에 여행을 시작해서 어느덧 해가 바뀌었다. 여기는 마추픽추 유적 바로 앞에 위치한 작은 마을 '아구아스 깔리엔떼스'. 마추픽추에 오르려면 쿠스코를 거쳐 무조건 들러야 하는 전진기지와도 같은 곳이다. 나는 엄마를 위한 새해 선물로 무려 마추픽추를 준비했다. 엄마의 환갑 선물로 세계여행을 계획한 아들인데 새해 선물

로 마추픽추 정도는 드려야 하지 않겠나? 하하하. 오늘 새벽, 약 5시간 뒤에 우리는 첫 버스를 잡아타고 대망의 마추픽추에 오를 것이다.

마추픽추로 가기 위해 쿠스코에 도착한 건 정확히 열흘 전이다. 그러니까 마음만 먹었다면 열흘 전에도 엄마가 부르짖던 마추픽추를 볼 수 있었다는 것이다. 하지만 로망을 단번에 이룬다면 재미없지 않겠는가. 나는 며칠간 쿠스코 주변의 유적들을 돌며 엄마의 애간장을 태우기로 했다.

많은 이들이 오로지 마추픽추에만 혈안이 되어 쿠스코를 찾는데, 사실 쿠스코는 남미에서 가장 강성했던 잉카제국의 수도였어서 주변에 수많은 유적(유적지)을 품고 있다. 규모로 보나 정교함으로 보나 A급 유적이지만 마추픽추라는 특 A급 유적의 장벽에 가려 '그 밖에 등등'으로 취급받는 기구한 운명을 가진 유적들이다. 우리는 지난 일주일간 그 측은한 유적들에게 기운을 불어넣어주고자 열과 성을 다해 그것들을 훑어보았다. (물론 새해 첫날에 마추픽추에 가겠다는 의지가 한몫을 단단히 했다.)

쿠스코 주변 유적들은 실로 대단했다. '삭사이우아망' '피삭' '오얀따이땀보' 등 놀라운 유적들이 합심하여 맹공을 펼친다면 마추픽추를 제압할 수도 있겠다는 생각이 들었다. (이런 유적들이 쿠스코 근교에만 열 곳이 있다!) 아닌 게 아니라, 만약 마추픽추 주변이 아닌 다른 도시에 있었다면 각각 그 지역을 대표하는 관광지로 떼돈을 긁어모았을, 작품성과 흥행성을 동시에 갖춘 유적들이었다. 엄마도 이 같은 잉카유적 예습에 큰 만족을 드러내며 마추픽추에 대한 기대감을 더욱 끌어올렸다.

그리고 새해 첫날 새벽! 마침내 잉카 유적 끝판왕을 깨기 위해 버스 정류장으로 향한다.

"도저히 믿기지가 않아! 텔레비전에서 보던 마추픽추에 가게 되다니, 정말 꿈만 같다!"

아직 마추픽추에 오르지도 않았는데 엄마가 감격에 겨워 거의 울 듯한 표정이다. 하긴, 여행 전부터 노래를 부르던 곳이 바로 마추픽추 아니던가. 반 년 전, 텔레비전에 나온 마추픽추를 본 엄마가 나를 깨우지 않았다면 어쩌면 이 여행은 시작조차 되지 않았을 것이다. 나 역시 마추픽추에 왔다는 사실이 믿기지 않는다. 당연히 올 거라 생각은 했지만 이렇게 1월 1일에 딱 맞춰 올 거라고는 생각도 못했다.

아직 해가 뜨려면 한참 남은 꼭두새벽임에도 버스 정류장은 우리처럼 새해 첫 태양을 마추픽추에서 맞으려는 사람들로 가득하다. 새벽 4시 반에 나와 줄을 섰는데도 첫차 입장에 실패하고 두 대의 버스를 더 보낸 뒤에야 마침내 엄마의 꿈의 장소로 가는 버스에 오른다.

마을을 벗어나 산 입구에 들어서자 '마추픽추에 오신 것을 환영합니다.'라고 쓰인 간판이 눈에 들어온다. 엄마의 엉덩이가 들썩인다. 어찌나 흥분을 했는지 앞좌석에 앉은 사람의 머리가 의자인 줄 알고 덥석 잡고 일어나 창밖을 바라본다. 여행 내내 엄마의 감탄사를 수도 없이 들었지만 이 정도로 정신을 못 차리고 흥분하는 모습은 처음이다. 모든 것이 딱딱 들어맞고 있는데 아쉽게도 날씨가 나의 완벽한 계획을 방해한다. 산 중

턱에 닿으니 안개가 자욱해 시야가 확보되지 않는다. 고산지대라 날씨가 낭랑 18세 소녀처럼 변덕스럽다. 낙관적인 상황을 기대한 건 아니었지만 한치 앞도 안 보이는 비관적인 상황을 기대한 건 더더욱 아니었다. 엄마에게 짠, 하고 멋진 마추픽추를 보여주지 못할까 봐 조바심이 난다. 오늘 오후에 쿠스코로 돌아가는 교통편을 예약해놓았기에 하루 종일 마추픽추에 머물 수도 없다. 있는 걱정, 없는 걱정을 하는 사이, 버스가 마추픽추 입구에 도착한다.

여전히 해도 안 뜬 새벽인데 입구가 인산인해다. 어둠 속에서 기대감에 부푼 관광객들의 눈이 빛난다. 마침내 입구가 열리자 초원의 동물 떼가 이동하듯 관광객의 대이동이 시작된다. 새벽 5시에 세계 각국에서 모여든 수백 명의 사람들이 새해 첫 일출을 보기 위해 해발 2300미터의 산줄기를 앞다투어 뛰어오르는 진풍경이다. 우리도 조금 더 높은 언덕으로 가기 위해 부지런히 발걸음을 옮긴다. 하지만 높은 곳으로 간다는 말은 계단을 올라야 한다는 소리이고, 계단을 오른다는 소리는 엄마의 입에서 한숨이 나온다는 이야기다. 그러나 오르막과 계단 앞에서 무너지던 엄마도 지금만큼은 마추픽추의 일출을 보겠다는 일념으로 이를 악물고 언덕을 향해 속도를 높이고 있다. 때마침 안개와 구름 사이를 비집고 희미한 빛이 새어 나오기 시작한다.

해가 뜬다!

어제 떠올랐던 해와 다를 바 없지만 그래도 공식적인 새해의 첫 태양이다! 안개로 말간 얼굴을 가리고 있지만 그래도 이곳에 오른 모두에게 실망감을 안겨주지 않으려 안간힘을 쓰며 떠오르고 있다. 가슴속이 태양만큼이나 뜨겁게 타오른다. 드디어 엄마와 함께 고대하던 새해 첫 일출을 맞이한다. 심지어 그 일출을 맞이하는 곳이 정동진도 아니고 호미곶도 아닌 마추픽추다! 이 순간이 너무도 감개무량해 우두커니 태양을 바라보고 있는데 애석하게도 5분 만에 태양이 안개 속으로 숨어버린다. 그제야 정신을 차린 엄마가 입을 연다.

"아들. 올해도 늘 건강하고 행복해. 많은 사람들에게 우리가 느끼는 여행의 즐거움을 많이 전해줘. 항상 겸손하고. 알겠지?"

"응, 엄마도 올 한 해 건강해. 나는 이제 엄마한테 더 바랄 것도 없어. 그저 오래오래 건강하시기만 하면 돼. 그래야 여행도 오래오래 하실 수 있지. 내가 항상 붙어 다니진 못해도 내 신용카드는 항상 붙여드릴게. 하하하."

엄마와 훈훈한 새해 덕담을 나누며 이곳의 전망대 격인 '망지기의 집'에 오른다. 해가 떠올라 날은 밝았지만 꿈꾸던 마추픽추의 전경은 여전히 안개 속에서 허우적거리는 중이다. 그렇게 두어 시간을 더 기다리자 여행책에서 보던 전형적인 마추픽추의 모습, 모든 것이 미스터리로 남아 있는 공중도시가 눈앞에 펼쳐진다. 묘하게 사람을 울컥하게 만드는 풍경이다.

"텔레비전에서 보던 모습이랑 정말 똑같네."

"응, 엄마. 멋지지?"

"멋지지, 멋지고말고. 이런 풍경을 또 어디에서 보겠어? 근데 뭐랄까… 그렇게 꿈꾸던 곳인데 막상 오니까 덤덤하네."

"어? 설마 실망한 거야?"

"아니. 여기는 '실망'이라는 말이 어울리지 않는 곳이야. 실망했다기보다는 허망하다는 느낌이 들어서 그래."

엥? 이건 무슨 소리지?

"그렇게 꿈꿨던 마추픽추잖아. 그런데 마침내 이곳에 오르니 조금 허무해. 뭔가 밀렸던 숙제를 마친 기분이고. 왠지 모르게 여행이 끝났다는

느낌도 들고."

엄마가 어떤 말을 하려는 건지 조금은 알 것 같다. 목표를 향해 치열하게 질주하다 마침내 목표를 이루었을 때 오는 성취감. 그리고 바로 뒤에 이어지는 허탈감. 나도 유명한 여행지 앞에 섰을 때 몇 번이고 느껴본 감정이다.

"에이, 엄마. 아직 우리 여행 한참 더 남았어. 볼리비아도 가고 칠레도 가고 아르헨티나, 브라질도 가야지! 마추픽추보다 더 끝내주는 데도 갈 거야!"

너무도 순식간에 풀이 죽은 엄마를 향해 낭랑하게 외친다.

"알아. 물론 지금 눈앞에 펼쳐진 광경은 너무 멋지고 감동적이야. 그런데 워낙 오랫동안 꿈꾸던 곳이라 이젠 또 어디를 꿈꿔야 하나 싶어 허탈해. 차라리 마추픽추는 영원한 꿈으로 남겨둘 걸 그랬나 하는 생각도 들어."

엄마의 진심 어린 고백에 나 역시 약간 서글퍼진다. 엄마가 말을 잇는다.

"갑자기 쿠스코에서 봤던 다른 유적들도 생각나. 이름도 외우기 어려

웠던 많은 유적들. 각각 모두 아름답고 훌륭했는데 대부분의 사람들이 마추픽추만 보고 그 유적들은 지나치잖아. 엄마 역시 너 아니었으면 마추픽추밖에 몰랐을 테고. 그런 생각이 드니까 지금껏 유라시아와 중남미를 차례로 거치면서 유명한 것들을 좇느라 얼마나 많은 것들을 놓쳤을까 하는 생각이 들어. 세상의 대단한 것들은 거의 다 봤다고 생각했는데, 정말 일부밖에 못 봤다는 생각이 드는 거지."

우와, 이건 정말 여행에 해탈한 여행자나 할 수 있는 발언이다. 우리 엄마지만 멋있다.

"엄마, 우리가 평생을 여행해도 지구의 극히 일부분밖에 볼 수 없을 거야. 나는 이렇게 엄마랑 여행하면서 우리 발길이 닿은 곳이 점점 많아지는 게 즐거워."

"그런가? 그렇게 생각하니까 우리는 못 가본 곳, 안 가본 곳을 점점 지우고 있는 거네."

"그렇지! 어차피 모든 걸 다 보고 느낄 수는 없으니까 선택과 집중을 하는 거라고 생각해. 흔히 말하는 것처럼 바로 지금, 현재를 즐기는 게 가

장 중요하지 않겠어? 그리고 엄마, 지금 우린 무려 마추픽추에 있다고! 그것도 1월 1일에!"

"그래, 정답이다, 아들! 온 김에 마추픽추를 아주 자세히 봐야겠다. 아래로 내려가보자. 그동안 꿈꿨던 마추픽추를 거닐며 지금 이 순간을 제대로 즐겨야겠어!"

엄마와 여행을 주제로 이렇게 심도 있는 대화를 나눌 수 있다는 게 참 행복하다. 이렇다 할 위기 없이, 이렇다 할 고민 없이 지금껏 쉼 없이 길 위를 달려왔는데 엄마의 몇 마디로 인해 여행에 대해, 특히 엄마와의 여행에 대해 많은 생각을 하게 된다. 나는 입가에 미소를 가득 머금은 채 마추픽추 안으로 뛰어드는 엄마를 신나게 쫓는다.

엄마의 여행 노트 #11

여행, 나는 너를 만나 행복하다!

마추픽추라는 세계 최정상급 스타에 가려져 있지만 쿠스코 주변에는 정말 화려한 조연들이 너무도 많다. 잉카인의 놀라운 지혜를 느끼기엔 오히려 마추픽추보다 더 적합한 유적들이다.
거대한 돌을 촘촘하게 이어 만든 석벽 유적 '삭사이우아망', 미로처럼 얽혀 있는 제물 관리소 '껜꼬', 붉은 요새라는 뜻의 '뿌까뿌까라', 잉카 시대부터 마르지 않았다는 수로 '땀보마차이'는 모두 쿠스코 근교에 붙어 있어 단 하루 만에 투어로 둘러볼 수 있다.
안데스 골짜기의 '성스러운 계곡'에도 미니 마추픽추라 불리는 '피삭', 잉카 지배층이 살던 '오얀따이땀보' 등 잉카의 전성기를 이끌던 도시들이 즐비하다. 그 외에도 외계비행물체가 착륙한 흔적처럼 보이는 잉카의 농업 연구소 '모라이'와 해발 3000미터 산꼭대기에 위치한 염전 '살리네라스'도 마추픽추만큼이나 신기한 풍경을 자랑한다.

나는
운 좋은 아들

남미에서 가장 큰 호수로 알려져 있는 티티카카 호수의 규모는 역시 어마어마했다. 면적이 8000제곱킬로미터가 넘는다니 호수를 정사각형이라 가정하면 한 변을 이동하는 데 시속 100킬로미터로 달려도 8시간이 넘게 걸린다는 소리다. 그 엄청난 규모에 걸맞게 호수는 페루를 지나 볼리비아까지 뻗어 있다. 심지어 높기까지 하다. 무려 해발 3810미터! 배가 오갈 수 있는 호수 중 세상에서 가장 높은 곳에 위치한 호수다. '가장 넓은'이란 타이틀과 '가장 높은'이란 타이틀을 동시에 가진 욕심 많은 티티카카 호수는 그 자체로도 인기 있는 관광지이지만, 마추픽추로 유명한 페루와 우유니 소금 사막으로 유명한 볼리비아의 국경 역할을 하고 있어 수많은 배낭여행자들이 몰려드는 곳이다. 우리도 페루 쪽 티티카카 호수에 위치한 '푸노'를 지나 볼리비아의 '코파카바나'로 넘어왔다. 코파카바나는 볼리비아 쪽 티티카카 호수에 위치한 작은 마을이다.

이틀간 이 지역의 별미 '트루차(송어 요리)'를 즐기고 호숫가에서 신선놀음을 하다가 이름도 거창한 '태양의 섬'으로 향한다.

코파카바나 마을에서 보트로 2시간 정도 거리에 있는 태양의 섬은 작은 산에 가까워 트래킹 코스로 유명하다. (한 바퀴를 도는 데 반나절이면 충분하다.) 하지만 엄마의 유일한 약점인 오르막 트래킹 능력을 고려해 섬의 남쪽만 살짝 훑어보기로 한다. 수박 겉도 열심히 핥다 보면 묘한 매력을 발견할 때가 있다. 보트를 탈 때만 해도 부슬부슬 비가 내렸는데 섬에 도착하니 태양이 고개를 내민다. 엄마와 "괜히 태양의 섬이 아닌가 보다."라는 실없는 농담을 주고받으며 천천히 산행을 시작한다.

20분 뒤. 맑게 갠 하늘과 푸른 호수, 초록빛 산등성이가 어우러진 환상적인 풍경이 한꺼번에 펼쳐진다. 감동이 차올라야 마땅한데 그보다 먼저 숨이 차오른다. 한라산의 두 배 높이에서 트래킹 중이니 놀랄 일도 아니다. 이건 뭐, 콜카 캐니언부터 완전 고도와의 싸움이다. 쉴 겸 배도 채울 겸 일단 눈앞에 보이는 식당으로 들어가 1시간 넘게 휴식을 취한 뒤, 최대한 천천히 전망대에 올라가보기로 한다. 듣자 하니 해발 4065미터에 있는 전망대에서 굽어보는 섬의 모습과 호수의 전망이 끝내준단다. 티티카카 호수의 해발이 3800미터가 넘으니 결론적으론 200미터 정도만 더 오르면 된다는 소리지만 해발 0미터에서 200미터를 오르는 것과 해발 3800미터에서 200미터를 오르는 건 천지 차이다. 역시나 해발 3900미터쯤에 다다르자 엄마가 극심한 고통을 호소한다. 고개를 절레절레 흔들던 엄마가 이제는 손까지 절레절레 휘젓는다.

"아이고, 엄마는 더 이상 못 가겠다! 그냥 전망대까지 너 혼자 갔다 와."

웬만해서는 어떻게든 엄마를 끌고 올라가겠는데 나도 죽을 판이라 고개를 끄덕이며 말한다.

"엄마, 그럼 여기 바위에 앉아서 기다려. 여기까지 왔으니까 나는 정상까지 찍고 내려올게."

정말 숨이 턱턱 막히는데 이를 악물고 꾸역꾸역 정상을 향해 발걸음을

옮긴다. 전망을 보러 전망대에 오르는데 정신이 혼미해져 주변 풍광이 희미하게 보이는 아이러니가 펼쳐진다. 기다시피 하여 마침내 산꼭대기에 다다른다. 정신을 가다듬고 흐려진 눈의 초점을 맞추자 그제야 섬의 풍광이 한눈에 들어온다. 눈이 시리도록 시퍼런 호수의 청량함이 가슴을 뻥 뚫어주는 것 같다. 이 기가 막힌 장면을 엄마가 보지 못한다는 게 안타깝다. 나중에 사진으로라도 보여주고자 360도로 돌며 열심히 카메라 셔터를 누르다 보니 저 멀리 바위에 앉아 쉬고 있는 엄마의 모습이 눈에 들어온다.

"하, 우리 엄마 참 작다!"

멀리 있어서이기도 했지만 엄마는 정말 왜소하다. 만약 이 섬에 태풍이 몰아치면 가장 먼저 날아갈 사람은 엄마다. 저렇게 작고 가냘픈 엄마가 어떻게 이 오랜 시간 세계여행을 하고 있을까? 엄마는 지금까지의 여행이 힘들지 않았을까? 어느덧 중남미 여행도 거의 끝나가고 있다. 엄마에게 이번 여행은 어땠을까? 조금 더 열심히 준비하고 실행한 여행인데, 엄마도 그리 느꼈을까? 문득 엄마의 마음이 궁금해진다.

사실 유라시아 여행을 마치고 한국으로 돌아왔을 때 뿌듯한 마음만큼 엄마에 대한 미안함도 컸다. 모두가 대단한 아들, 착한 아들이라고 엄지를 세워줄 때도 마음이 영 편치 않았다. 엄마가 여행을 신나게 즐긴 것은 분명하지만 엄마를 고생, 고생, 생고생을 시킨 것도 분명했기 때문이다. 여행 당시에는 그런 생각을 하지 않았는데 돌아오니 괜히 환갑 넘은 엄마를 타지로 데리고 나가 예산이 부족하다는 이유로 도미토리에서 재우고, 싸구려 음식을 먹이고, 야간버스에서 밤을 새게 한 건 아닌지 싶어 죄송스러웠다.

그래서 이번 여행을 시작할 때는 조금 더 많은 것을 준비했다. 유라시아 여행 때 사용하던 학생용 가방 대신 한참을 메고 있어도 허리가 덜 아

픈 여행용 가방을 구입했고 (그렇다. 지난번에는 제대로 된 여행 가방도 준비하지 못했다.) 움직이는 데 불편함 없는 등산복과 배낭여행 용품들을 잔뜩 사서 엄마의 가방을 채워주었다. 물론 이번에도 열심히 돈을 아끼며 여행하고 있지만 중간중간 괜찮은 호텔에도 묵었고, 아주 가끔씩은 지난 여행 때라면 근처에도 가지 못했을 고급 레스토랑에서 식사도 즐겼다. 물론 이런 것들로 생색을 내려는 건 아니다. 그저 그렇게라도 하고 싶었다. 지난번보다 대단히 좋아졌다고는 말할 수 없지만 그거라도 해야 마음이 좀 편해질 것 같았다. 그리고 그렇게 조금 더 준비했으니 엄마가 전보다 조금이라도 더 즐거웠으면 좋겠다고 생각했다. 엄마는 버릇처럼 아들 덕에 세계여행을 한다고 말하지만 나야말로 건강하고 열정적인 엄마를 둔 덕에 평생 못 잊을 세계여행을 하고 있다. 그런 의미에서 나는 아마도 세상에서 가장 운이 좋은 아들일 것이다. 끝까지 엄마가 건강하게, 행복하게 여행을 즐겼으면 좋겠다. 한국 가는 비행기 안에서 여행의 추억을 주고받으며 깔깔댈 엄마와 나를 상상해본다.

바위에 걸터앉아 있는 엄마 사진을 한 장 찍고 서둘러 전망대를 나선다. 빨리 내려가서 사진을 보여주며 엄마가 얼마나 작은지, 그 작은 몸이 얼마나 대단한지에 대해 이야기해주고 싶다.

시각적 황홀함의 최대치,
우유니 소금 사막

"원준아, 그간 여행을 많이 다녔지만 여기가 정말 최고다!"

"그럼 지금까지 멋지다고 했던 곳들은? 엄마의 로망이었던 마추픽추는?"

"당연히 마추픽추도 멋졌지! 하지만 여긴 차원이 다르잖아!"

중남미 여행을 시작한 지 정확히 150일째, 지난 유라시아 일주까지 포함하면 여행 450일째 만에 엄마의 입에서 "여기가 최고!"라는 말이 나왔다. 내가 뭐라고 하기도 전에 엄마가 다시 한 번 확고한 목소리로 외친다.

"엄마 인생을 통틀어 가장 멋진 풍경이야!"

허허, 이거 엄마에게 내 대사를 빼앗긴 기분이다. 단 0.1퍼센트도 부인할 수 없는 사실이다. 엄마보다 여행 경력만큼은 앞서는 나에게도 지금 눈앞에 펼쳐진 우유니 소금 사막은 최고, 아니 그 이상이다. 지금껏 지구를 돌아다니며 마주한 풍경 중 시각적 황홀함의 최대치라고나 할까? 심장박동이 어찌나 빠른지 심장에 모터가 들어앉은 것 같다.

"우기의 우유니가 이 정도입니다. 매일 봐도 믿기 힘든 장면이죠."

가이드 빅토르 아저씨가 뿌듯한 표정으로 말한다. 투어에 참가한 일행 모두가 넋을 잃은 채 우유니 소금 사막을 바라보다가 동시다발적으로 릴

레이 찬양을 시작한다. 그 대부분이 문장이라기보다는 감탄사다. 어떤 이는 아예 입만 벌리고 아무 말도 하지 못한다. 빅토르 아저씨가 '우유니 교'를 창시한다면 다들 새 신자로 등록할 판이다. 갑작스레 나타난 이 풍경을 어떻게 표현해야 할까? 지구의 풍경이 아닌 것 같다는 흔한 표현은 가급적 피하고 싶은데 다른 표현이 떠오르질 않는다. 꿈에도 나올 일 없는, 꿈보다 더 꿈 같은 비현실적인 풍경이기 때문이다. 그래도 어떻게든 묘사해보자면 이렇다.

360도 어디를 둘러봐도 온통 하얀 소금만 끝없이 펼쳐져 있고, 그 위로 발목 높이까지 찰랑찰랑 물이 고여 있다. 그 물이 거대한 거울이 되어 파란 하늘과 하얀 구름을 품고 있다. 눈앞에 두 개의 하늘이 보이는데 어느 누가 감탄하지 않을 수 있겠는가?

이 완벽한 반영 속을 거닐고 있으면 마치 하늘 위를 걷고 있다는 착각이 든다. 눈은 분명 제 역할을 하고 있는데 머리는 눈이 가져다준 결과를 받아들이지 못해 입을 통해 놀라움만 쏟아낸다. 호

들갑을 떨던 일행 모두가 온갖 미사여구를 갖다 붙여도 부질없다는 생각이 들었는지 어느 순간 그저 침묵한 채 두 하늘 사이를 꿈꾸듯 유영한다.

'남미 최고의 여행지'라는 타이틀을 두고 마추픽추와 아마존, 이구아수 폭포 등과 치열하게 다투고 있는 우유니 소금 사막. 이곳은 인간의 능력으로는 계산이 불가능한 '아주 오래전'에 바다였다가 지각변동에 의해 바다가 증발되어 오로지 소금만 남은 곳이다. 그 면적이 약 1만 2000제곱킬로미터에 달한다니 전라남도 크기와 맞먹는 수준이다. 눈앞에 보이는 세상이 온통 하얗다는 사실만으로도 놀라운데 우기에는 소금 사막에 빗물이 고여 하늘을 반사시키는 절경이 펼쳐진다.

우리는 운이 좋게도 너무 완벽한 시기에 딱 맞춰 우유니에 도착했고, 물이 고인 소금 사막을 체험하기 위해 사륜구동 SUV 차량으로 완전 무장한 2박 3일 투어에 참여했다. 우리까지 총 6명으로 구성된 팀은 빅토르 아저씨와 함께 우유니 마을을 떠나 한참을 달렸다. 그리고 투어 첫날부터 인생에 한 획을 그을 만한 명장면을 만났다. 중간중간 만났던 소금으로 만든 식당과 선인장 섬은 물 고인 소금 사막이 만들어낸 반영 앞에서 감히 꺼내기도 힘든 카드였다. 반영이 시작되는 지점에 다다르자마자 엄마는 한국인 특유의 발음으로 "스돕! 스돕!"을 외쳤다. 엄마는 다른 일행보다 유난히 이 절경에 더 빠져들었다. 인터넷을 통해 이 명장면을 익히 보아온 젊은 친구들과 달리 엄마는 우유니 소금 사막에 기습적으로 노출된 까닭이다.

엄마가 아이스크림을 처음 먹어본 아이처럼 놀라움과 행복을 얼굴에 드러낸 채 물 고인 소금 사막 위를 겅중겅중 뛰어다닌다. 엄마가 뛰어오를 때마다 잔물결이 일어 소금 사막에 비친 하늘 역시 살랑살랑 흔들린다. 소금 사막에 고여 있는 물이 정말 거울이 아닐까, 라는 의구심에 양손으로 물을 듬뿍 담아 올린다. 역시 투명한 물일 뿐, 하늘은커녕 내 손바닥만 훤히 보인다.

"원준아, 거기 잠깐 멈춰봐!"

사진을 찍어주겠다는 엄마를 바라보니 소금 사막에 비친 또 다른 엄마가 보인다. 엄마의 시야에도 내가 그런 모습으로 보였을 것이다. 오랫동안 아들을 찍던 엄마가 카메라를 내려놓고 다시 주변을 훑으며 소리친다.

"어떻게 세상에 이런 곳이 있을까?"

우리는 할 말을 잃은 채 한참 동안 인생 최고의 절경을 눈과 마음에 새겨 넣는다.

"이제 슬슬 숙소로 이동해야지요?"

빅토르 아저씨의 한마디에 모두가 꿈에서 현실로 돌아온다. 언제 다시 볼지 모르는 이 절경을 떠난다고 생각하니 한숨부터 나온다. 하지만 나만 그런 게 아니었다. 조금만 더 머물다 가자는 다 큰 어른들의 칭얼거림에 빅토르 아저씨가 두 손을 든다. 배가 부른데도 음식이 너무 맛있어 계속해서 음식을 삼키듯, 우리는 그렇게 한참을 더 우유니 소금 사막의 풍경을 눈으로 집어삼킨다.

투어 첫날 머물게 될 숙소 역시 소금으로 만든 호텔. 호텔 안의 벽도, 테이블도, 의자도, 잠을 잘 침대까지도 온통 소금으로 만들어진 곳이다.

"여기에 매장된 소금의 양은 100억 톤이 넘어요."

빅토르 아저씨가 저녁식사를 앞둔 일행에게 설명한다. 100억 톤이면 슈퍼에서 파는 1킬로그램짜리 소금 팩을 10조 개 만들 수 있는 양이다. 대략의 양이 어느 정도인지 가늠하는 게 아무런 의미가 없을 정도의 양이다. 이 지역의 소금으로 도시 하나를 건설할 수도 있을 것이다.

"설마 저녁조차 접시에 소금만 수북이 쌓아주는 거 아니야?"

이곳에서만 할 수 있는 농담을 주거니 받거니 하며 시간을 보내자 어느새 식사가 준비된다. 다행히 맛있는 닭고기 요리와 채소 수프가 나온다. 하지만 소금 사막의 절경 속에서 대동단결을 이뤄낸 6명의 여행자들은 소금 사막에 대한 각자의 소감을 말하느라 식사는 뒷전이다. 분명 오늘 본 풍경은 모두에게 평생 회자될 충격에 가까운 풍경이었을 것이다. 앞으로 여행 이야기를 꺼낼 때 우유니 소금 사막이 단골로 등장하게 될 거라 확신한다.

모든 지구인에게 권하고 싶은 투어

소금 침대에서 몸을 일으키며 투어의 둘째 날 아침을 맞이한다. 엄마는 언제 일어났는지 침대에 걸터앉아 열심히 카메라 LCD창을 들여다보고 있다.

"어제 본 풍경이 진짜였나 싶어서 확인하고 있었어."

"하하하, 그럼 진짜지 꿈이었겠어?"

말은 이렇게 했지만 나도 혹시나 싶어 사진을 들여다본다. 우유니 소금 사막의 장관이 다시금 눈에 들어온다. 아, 정말 현실이었구나! 어쩜, 다시 봐도 이렇게 멋질 수 있을까?

"원준아, 얼른 씻고 나가자! 얼마나 또 멋진 장면이 나타날지 엄청 기대돼!"

나는 엄마의 말에 정신을 차리고 최대한 빨리 외출 준비를 마친다. 숙소를 나서니 벌써부터 기대에 가득 찬 표정의 일행들이 모여 있다.

"자, 오늘도 만만치 않은 장면이 나타날 겁니다! 놀라 자빠질지도 몰라요!"

빅토르 아저씨의 말에 일행 모두가 환호하며 투어 차량에 오른다. 소금 사막을 넘어 남쪽 지역에 있는 수많은 호수와 또 다른 자연 절경을 찾아갈 예정이다. 출발한 지 30분쯤 지나자 빅토르 아저씨의 말대로 놀라 자빠질 풍광이 시작된다. 고개를 꺾고 졸던 사람들도 단번에 일어나 창가에 코가 닿을 만큼 다가선다. 저 먼 곳까지 이어지는 너른 들판 끝에 구름이 잔뜩 껴 있고, 그 위에 고개를 살짝 내민 설산이 마치 허공에 둥둥 떠 있는 것 같다. SF 영화를 보는 것도 아닌데 비현실적인 장면이 꼬리를 물고 이어진다.

"저 산은 아직도 활동하는 활화산이에요. 가끔씩 폭발하기도 하죠."

세상에! 눈 덮인 화산이라니. 전혀 어울릴 것 같지 않은 눈과 화산이 서로를 부둥켜안고 있는 것이다. 하얀 눈 위로 흘러내리는 붉은 용암, 상상만 해도 상당히 매력적이다. 시선을 사로잡는 건 눈 덮인 화산뿐이 아니다. 불쑥불쑥 튀어나오는 절경에 일행 모두가 창문을 두드리며 난리를 피운다.

"이제 만날 호수들은 대부분 해발 5000미터에 자리 잡은 호수입니다. 세상에서 가장 높은 지역에 있는 호수들이죠."

아저씨의 설명에 다시금 놀라움을 대변하는 혓바닥이 쏙 빠져나온다. 하지만 5000미터라는 말에 엄마는 콜카 캐니언의 고산병이 생각났는지 고개를 절레절레 흔든다. 한국으로 돌아가면 간절히 원해도 절대 2000미터가 넘는 땅을 밟을 수 없는데, 지금 우리는 그 두 배 높이의 고원을 차량으로 질주하고 있다.

가장 먼저 만난 호수의 이름은 '까냐빠'. 첫 번째 주자의 모습부터가 예사롭지 않다. 너른 들판 너머에 홍학들이 춤을 추고 있는 맑은 호수가 있고, 그 너머에 설산이 병풍을 두르고 있다. 그 설산 위로 흰 구름을 품은 푸르른 하늘이 이 모든 장면을 자애롭게 내려다보고 있다. 눈을 감고 이런 풍경을 상상만 해도 입가에 미소가 번질 텐데 이 모든 조합을 실제로

보고 있다니! 아무리 생각해도 꿈인가 생시인가 싶다. 특히 분홍빛 홍학 떼는 호수 풍경의 하이라이트다. 호수에 사는 미생물을 꿀꺽꿀꺽 삼키는 홍학이 바로 코앞에 있다. 아! 투어가 여기서 종료된다 하더라도 정말 여한이 없을 것 같다.

하지만 까냐빠 호수는 예고편이었다. 뒤이어 나타난 '에디온다 호수'는 까냐빠 호수의 모습에 더해 붉은빛 고원까지 품고 있다. 게다가 호수 맞은편에 호수를 집어삼킬 듯한 광활한 설산이 우뚝 솟아 있다. 한낱 미물일 뿐인 우리는 호수와 설산 사이에서 황홀함에 비틀거릴 뿐이다.

두 개의 호수가 더 이어진다. 홍학과 설산, 파란 하늘 등 등장인물은 비슷하다. 허나 이상하게도 지겹지 않다. 볼 때마다 감동이 몰려오는 명작처럼 계속해서 이어지는 호수의 풍경 또한 보고 또 봐도 감동적이다. 어느 풍경 하나 그냥 지나치지 못하고 카메라 셔터를 누른다.

어느덧 해발 5000미터 가까이에 위치한 고원에 다다른다. 분명 두통이 슬그머니 치고 올라올 때가 되었는데 놀라운 풍경에 격렬하게 반응한 뇌에 두통이 침투할 경로가 없다. 고산병을 걱정하던 엄마도 풍경을 좇느라 정신이 없다.

이번에 펼쳐진 풍경은 자연이 만든 조각 작품! 바람에 깎여 자연적으로 형성된 바위인데 밑부분만 집중적으로 깎여나가 나무의 형상을 하고 있어, 일명 '돌나무'라고 불린다. 주변에 돌나무 못지않은 거대한 기암괴석들도 보인다. 바위에 기어오르고 미끄럼도 타면서 자연이 만든 신비로운 놀이터에서 한참을 놀아본다. 그러고 나서 오늘의 대미를 장식할 '콜로라다 호수'에 도착한다. 환상적이었던 오늘의 일정을 마무리하기에 조금의 부족함도 없는 곳이다.

"맙소사! 호수에 물감을 잔뜩 타놨네! 정말 아름다워! 어떻게 저럴 수

가 있지?"

엄마가 어리둥절해하는 게 전혀 이상하지 않을 만큼 기이한 분홍빛의 호수다. 호수에 서식하는 미생물과 조류가 붉은빛을 띠고 있기 때문이라는데, 그 사실을 알고 나서도 여전히 신기하기만 하다. 딸기우유가 아닌가 싶어 마셔보고 싶은 충동까지 인다. 게다가 호수 색과 같은 색의 홍학들이 그 어떤 호수보다 많이 몰려 있다. 물 반, 고기 반이 아니라 호수 반, 홍학 반이다. 호수를 메운 우아한 홍학들의 모습에 마지막 남은 감탄사까지 모두 소진한다.

우유니 소금 사막 투어는 마지막 날까지 놀라움의 연속이었다. 동트기 전에 두 눈을 비비며 숙소에서 나왔더니 하늘에서 별이 쏟아져 내리고 있었다. 별이 어찌나 많은지 검은 하늘이 보이지 않을 정도였다. 그 별빛을

눈에 담으며 아침에만 잠깐 활동한다는 간헐천에 올라 끓어오르는 지하수를 보았고, 해발 5000미터에 자리 잡고 있는 천연 온천에 발을 담갔으며, 고산을 오가는 엄청난 수의 야마 떼에 전율했다.

투어의 마무리를 위해 칠레로 향하는 길에는 마치 땅콩 크림을 뒤집어쓴 것처럼 누런 기묘한 산맥에 감동에 겨운 혀가 제자리를 찾지 못했다. 그곳의 이름은 놀랍게도 '살바도르 달리'. 아니, 놀라울 것도 없었다. 우유니 지역은 살바도르 달리의 초현실주의 그림처럼 지구상에서 가장 초현실적인 풍경이었으니까.

국경을 넘기 위해 칠레 국경사무소 앞에 섰는데 어찌나 아쉬운지, 3일간 제대로 씻지도 못하고 피곤하기까지 한데도 다시 3일을 달려 우유니 마을로 돌아가고픈 마음이 굴뚝같았다. 솔직히 페루에서 볼리비아로 넘어오며 오랫동안 이어진 여행에 조금씩 지쳐가고 있었다. 하지만 잊지 못

할 우유니 소금 사막에서의 2박 3일이 희미해져가던 '여행 설렘 세포'를 다시금 톡톡 터뜨려주었다. 돌아보면 투어 내내 지금껏 내가 살던 지구는 어디였나, 라는 의문이 들었다. 2박 3일간의 우유니 소금 사막 투어는 티끌만큼도 흠잡을 데가 없었다. 모든 지구인에게 강력하게 권하고 싶다.

엄마의 여행 노트 #12

이 여행을 끝낸 후 내 마음은 어지러울 것이다. 너무도 아름다운 보석들이 서로를 봐달라고 아우성칠 테니!

BOLIVIA
BOLIVIA
BOLIVIA

'공중 도시'라는 별명을 가진 볼리비아의 행정 수도 '라파스'는 해발 3625미터에 위치한, 지구상에서 가장 높은 곳에 자리 잡은 수도다. 고도로 인해 10초만 달려도 숨이 턱 끝까지 차오른다. 재미있는 건 이 고도에 적응되어 있는 볼리비아 축구 대표 팀이 적어도 라파스에서만큼은 세계 최강이라는 사실이다. (브라질도 여러 번 꺾었다고 한다!) 안 그래도 고도가 높은 라파스에 산동네도 많다. 때문에 특이하게도 케이블카가 대중교통 수단이다. 쉬지 않고 산을 넘어 다니는 케이블카의 요금은 단돈 300원. 해서 우리는 라파스 구경에 케이블카를 적극 활용했다.

역대 최악의 도난 사고

처음엔 엄마가 장난을 치는 줄 알았다. 하지만 엄마는 너무나 태연하다. 에이, 설마….

"엄마 장난 그만 치고 빨리 줘. 렌즈 갈아 끼워야 해."

"무슨 소리야? 네가 주문하러 가면서 가지고 간 거 아니야?"

"아니야. 여기 의자에 올려놓고 갔어."

엄마에게 장난 그만 치라는 말을 반복하려던 찰나, 엄마가 울상이 된다. 이럴 수가! 설마 했는데 실제 상황이다. 순간 머리에 대지진이 일어난다. 머리끝부터 발끝까지 금이 쩍쩍 가는 느낌이다. 힘이 풀린 다리를 부여잡고 일단 문을 박차고 나가본다. 여기저기 미친 듯 뛰어다니며 둘러보아도 내 파란 배낭을 멘 사람은 보이지 않는다.

"이런, 젠장!"

이제는 뭘 해도 소용없다는 사실에 다리에 힘이 쭉 빠진다.

여기는 칠레의 해변 도시 '비냐 델 마르'. 이곳에서 방금, 여행 중 최악의 도난 사고가 발생했다. 여느 날과 다르지 않은 날이었다. 해변 도시에 왔으니 해변을 따라 산책을 했고, 내친김에 바닷가에 발도 살짝 담가봤다. 비냐 델 마르의 상징인 꽃 시계에서 기념 촬영도 하고 유명하다는 '불프 성'에서 작은 음악회도 즐겼다. 지극히 평범한 하루였다. 하지만 비극을 자초하려고 했는지 나는 햄버거가 먹고 싶었다. 주변에 현지 음식점이 널려 있는데도 굳이 맥도날드를 찾아 들어갔다. 점심시간이라 1층에는 자리가 없었고, 2층에 전망 좋은 창가 자리가 남아 있어 얼른 차지하고 앉았다. 나는 엄마 맞은편 의자에 배낭을 올려둔 채 주문하러 1층으로 내려갔고, 햄버거를 세 개나 사 들고 다시 올라왔을 때는 이미 배낭이 감쪽같이 사라진 후였다.

사색이 되어 "이 일을 어쩌니?"를 반복하는 엄마 앞에서 나 역시 사색이 된 채 피해 규모를 파악해본다. 일단 이번 여행의 기록을 맡았던 노트북이 날아갔다. 심지어 한국에서 가져온 노트북이 고장 나서 열흘 전 볼리비아에서 새로 산 노트북이다. 서울 본부와의 연락을 담당하는 것은 물론, 방대한 양의 여행 정보를 담고 있던 아이폰도 곁을 떠났다. 멋진 사진을 찍어내던 줌렌즈도, 이번 여행의 길잡이가 되어준 론리플래닛 남미 가이드북도 이젠 내 것이 아니다. 삼각대나 릴리즈 같은 촬영 장비와 수첩이나 자물쇠와 같은, 별것 아니지만 여행에 꼭 필요한 잡다한 용품도 완벽하게 사라졌다. 하필이면 오늘이 이동하는 날이라 피해가 더 컸다. 밤버스를 타고 다른 도시로 넘어갈 예정이라 큰 배낭은 숙소에 맡겨두고, 보통 때라면 숙소에 두고 나왔을 귀중품들을 보조 배낭에 구겨 넣었기 때문이다.

피해 규모를 파악하니 몸에서 영혼이 빠져나가는 것 같다. 아니, 엄마가 버젓이 앞에 앉아 있었는데 대체 누가, 어떻게 배낭을 가져간 걸까? 나는 정신을 추스르고 맥도날드 매니저에게 뛰어가 도난 사실을 알린다. 10분쯤 후에 도착한 경찰이 직원에게 CCTV 자료를 요청한다. 엄마와 내가 멍하니 서 있자 경찰이 우리도 따라오라고 손짓한다.

맥도날드의 주방을 지나 평생 가볼 일 없던 패스트푸드 점의 보안실에 들어선다. 그리고 밝혀진 충격적인 사실. 범인은 2인조 도둑이었다. 한 놈(이라고 하겠다.)이 엄마의 시야를 가리며 지나가는 사이, 뒤에 있던 다른 놈이 재빨리 가방을 낚아채 들고 있던 점퍼로 가방을 가리며 빠져나갔다. 그러는 데 단 3초도 걸리지 않았다. 가슴이 찢어질 만한 장면을 두 눈으로 확인하니 분노가 치민다. 하지만 가방을 찾을 수 있을 거라는 기대감이 사라지면서 희한하게 미련도 사라진다. 그러자 소름이 돋는다. 엄마가 이 두 놈의 행각을 눈치채고 가방 한 귀퉁이라도 잡았다면 다칠 수도 있었겠구나, 싶어서다. 차라리 엄마가 못 본 게 천만다행이다.

도난 사건임을 확인한 경찰이 두 가지를 제안한다. 사건을 접수하고 칠레에 머물며 범인이 검거될 때까지 협조하거나, 아쉬워도 그냥 깨끗이 포기하고 떠나는 것. 마음 같아서야 전자를 택하고 싶지만 우리는 오늘 당장 이동해야 하는 여행자다. 울며 겨자 먹기로 후자를 택한다. 분노로 인해 벌겋게 부어오른 마음을 애써 진정시킨다. 그런데 엄마는 그게 안 되는 모양이다. 얼굴을 감싸며 자책을 시작한다.

"엄마가 정신을 좀 제대로 차릴걸! 조금만 조심했으면 충분히 막을 수 있었을 텐데!"

어? 엄마 잘못 아닌데…. 도둑놈들의 동작이 워낙 귀신처럼 빨라 엄마는 물론 누구라도 당하고 말았을 것이다.

"엄마, 나였어도 몰랐을 거야. 워낙 번개같이 사라지던데 뭐."

"아니야. 엄마가 이제는 나이를 먹어서 가방 하나도 제대로 못 챙긴다. 아우, 정말 엄마는 여행에 도움이 하나도 안 돼. 그치?"

어? 이게 아닌데! 초점이 빗나가도 한참 빗나갔다. 엄마가 여행에 도움이 안 된다니, 이게 대체 무슨 말인가. 도난 사실을 깨달았을 때보다 더 당

McDonald's
ENTRADA AUTOMAC

CAJA EXPRESS

AM 12

황스럽다. 나는 당장 엄마를 끌고 맥도날드를 벗어난다.

"엄마, 소매치기도 여행의 일부야. 여행을 하다 보면 언제든지 일어날 수 있는 일이야. 다친 것도 아닌데 뭘. 너무 걱정하지 마!"

그렇게 해맑게 여행을 이어오던 엄마의 얼굴에 먹구름이 끼자 내 마음에도 비가 오려고 한다. 이제 여행이 얼마 남지도 않았는데 엄마의 기분이 다운되면 남은 여행에 좋을 게 없다. 게다가 침체된 분위기로 우왕좌왕하다 보면 '며칠'이라는 시간을 도난당하고 만다. 정신을 차리고 재빨리 상황을 정리해야 한다. 사고가 터지면 피해 상황으로부터 오염되지 않은 것들을 보며 안도하는 편이 정신 건강에 좋다. 다행히 카메라는 내 손에 들려 있어서 무사하다. 여권은 엄마가 가지고 있어서 최악은 피했다. 비상용으로 바지 안쪽에 숨겨두었던 신용카드도 멀쩡하다.

"엄마, 우리 쇼핑하러 가자."

"이 상황에 무슨 쇼핑이야?"

"엄마 기분 푸셔야지. 다행히 카드는 안 잃어버렸잖아. 여기서 잃어버린 거 다 살 수 있어. 가격도 얼마 안 되니까 (이건 절대로 사실이 아니다!) 다 다시 사자. 밥도 더 맛있는 거 먹고."

그길로 나는 엄마를 이끌고 근처에서 가장 큰 쇼핑몰로 향한다. 앞으로 여행하는 데 반드시 필요한 카메라 렌즈와 노트북을 먼저 구입한다. 개통이 어려운 스마트폰을 제외하고 널찍한 쇼핑몰 여기저기를 누비며 피해 물품들을 하나씩 복구한다. 그런데 기분이 묘하다. 나는 지금껏 이렇게 많은 고가의 물건들을 카드로 거침없이 긁은 적이 없다. 사실 쇼핑이라기보다 도둑맞은 물건들을 다시 사고 있는 비극 한가운데에 있는데 아이러니하게도 기분이 좋다. 엄마의 기분을 어떻게든 풀어주기 위한 선택이었는데 내가 더 신이 난다. 렌즈도 사고, 노트북도 사고, 배낭도 사고,

내친김에 엄마 티셔츠와 예쁜 등산 모자도 산다. 보이지 않을 뿐 신용카드를 통해 돈이 줄줄 새어나가고 있지만 기분이 나쁘지 않다. 아무런 사건, 사고 없이 이 여행을 이어왔고, 그중 가장 큰 사건이 소매치기 따위라고 합리화하며 돈 걱정은 나중에 하기로 한다. 실제로 지금껏 털끝 하나 상하지 않고 몸 건강히 여행한 게 얼마나 다행인가. 게다가 생각지도 못한 곳에서 나의 쇼핑 본능이 제대로 발현되고 있다. 아들의 통 큰 쇼핑에 당황하며 뒤를 졸졸 쫓던 엄마가 기가 차다는 듯 말한다.

"너는 지금 잃어버린 물건을 다시 사는데 웃음이 나니?"

"아니, 왜? 울상이었던 엄마 얼굴이 활짝 개어서 좋은데 뭘? 아까 엄마 표정 장난 아니었어!"

"어이구! 이제 쇼핑 그만하고 빨리 밥 먹으러 가자. 아들 배고팠는데 그 난리 통에 햄버거도 못 먹었잖아."

"이제야 아들 배고픈 게 생각나셨나 봐? 밥 먹자고 하시는 거 보니 기분 다 풀리셨네."

엄마가 피식 웃는다. 이 모습을 봤으니 오늘의 과소비는 충분히 가치가 있다. 나는 엄마가 웃는 게 참 좋다.

토레스 델 파이네 국립공원

안데스 산맥 최고의 풍광으로 유명한 '파타고니아 지역'에서도 칠레의 '토레스 델 파이네 국립공원'은 하이라이트로 꼽힌다. 광활한 자연과 풍부한 야생동물을 만끽하며 트래킹 할 수 있는 곳이라 전 세계의 산악인들에게 로망과도 같은 곳이다. 보통은 'W 코스'라 불리는 3박 4일 코스를 선택하는데 오르막에 취약한 엄마를 생각해 1일 차량 투어로 트래킹을 대신했다. 그럼에도 불구하고 전혀 아쉽지 않았던 까닭은, 쉬지 않고 나타난 웅장한 설산과 푸른 호수, 거대한 빙하와 드넓은 초원에 '눈 호강'을 했기 때문이다. 게다가 아르마딜로와 과나코(낙타과의 포유류), 난두(아메리카 타조) 등 희귀 동물까지 볼 수 있었다. 진정 자연 풍광 종합 패키지라고 불러도 손색이 없는 투어였다.

32시간짜리 버스 탑승기

"그래도 이건 좀 너무하는 거 아니니? 그간 10시간, 20시간도 다 참았는데, 그래도 이건 아니야. 이건 이동이 아니라 고문이야, 고문!"

'고문'이라는 무시무시한 단어까지 꺼내든 엄마의 마음을 전적으로 이해한다. 나 역시 32시간이라는 이야기를 듣고 정신이 혼미해졌으니까. 하지만 딱히 방법이 없었다. 일주일간 이곳 '바릴로체'에 머물든지 당장 32시간짜리 버스에 오르든지, 둘 중 하나를 택해야 했다. 두 가지 옵션에 모두 반기를 들고 싶지만 그렇다고 여기까지 와서 '그곳'을 포기할 수는 없었다.

여기는 남미의 스위스라 불리는 아르헨티나의 바릴로체. 스위스라는 별명에서 유추할 수 있듯 울창한 삼림과 호수가 그림처럼 펼쳐지는 곳이다. 이틀간 전망대를 오르내리며 호수 구경을 마친 우리는 이곳에서 무려 1400킬로미터가량 떨어져 있는 '엘 칼라파테'라는 도시로 가려고 한다. 그 먼 길을 가려는 이유는 오직 한 가지, 바로 '빙하'를 보기 위해서다. 모두가 귀를 의심하겠지만 남극에서나 볼 수 있는 빙하가 남미에도 있다. 남미, 하면 모두가 덥다고 생각하는데 안데스 산맥에 걸쳐 있는 파타고니아 지역은 1년 내내 한국의 겨울처럼 춥다. 물론 1400킬로미터라는 엄청난 거리가 문제였지만 한 저가 항공사에서 엘 칼라파테까지 가는 비행편을 운행하고 있다기에 걱정하지 않았다. 그렇게 우리는 빙하에 대한 기대감으로 들뜬 채 저가 항공사 사무실을 찾았다. 하지만 직원의 말에 곧 비탄에 잠겼다.

"엘 칼라파테로 가는 비행기는 한 달에 두 번만 운행합니다. 다음 비행기는 8일 후에 있습니다."

비행기 스케줄을 맞추겠다고 이곳에서 8일을 보낼 수는 없었다. 게다가 이곳은 일주일을 더 머물 만큼 큰 도시도, 대단한 도시도 아니었다. 그런 눈물겨운 이유로 우리는 일단 버스 터미널로 발걸음을 옮겼다.

"엘 칼라파테로 가는 버스 있나요?"

"그럼요. 매일 출발합니다."

희소식이었다. 허나 '희소식'이라는 단어를 단번에 '비보'로 바꿔버리는 직원의 한마디.

"그런데 엘 칼라파테까지는 32시간쯤 걸립니다."

순간 귀를 의심했다. 나는 지푸라기라도 잡는 심정으로 물었다.

"혹시 잘못 알고 계신 거 아니에요?"

그러자 직원이 고개를 저었다.

"아니, 1400킬로미터를 가는 데 어떻게 32시간이나 걸려요?"

"안데스 산맥 구간을 통과해야 하는데, 그 길이 평탄하지 않거든요."

직원의 대답에 침통한 마음을 금할 길이 없었지만 이 모든 걸 받아들여야 했다.

"엄마… 엘 칼라파테까지 32시간 걸린대."

엄마의 표정이 잠시 멍하더니 이내 잔뜩 일그러졌다.

하지만 엄마도 곧 장거리 버스가 우리에게 남은 유일한 방법이라는 사

실을 알고 체념했다. 그런데 이번에는 버스표 가격이 납득되질 않았다. 물가 비싼 아르헨티나를 만만히 본 건 아니지만 원래 타려고 했던 비행기표 가격이랑 별 차이가 없었기 때문이다. 이 사실을 전해 들은 우리는 나라 잃은 표정으로 서로를 바라봤다. 내가 바닥에 주저앉아 고민하고 있는데, 옆에 있던 엄마가 결심하듯 외쳤다.

"그래도 엄마는 빙하를 봐야겠다."

방금 전까지 죽어도 장거리 버스는 못 타겠다던 엄마가 죽어도 빙하는 봐야겠단다. 별수 없이 역대 최악의 버스표를 구입했다. 소요 시간만도 32시간인데 가격은 15만 원이다. 이건 뭐, 울며 겨자 먹기가 아니라 겨자를 먹으며 울고 있는 사람에게 청양고추를 먹이는 꼴이다. 마뜩찮은 눈으로 손에 들린 두 장의 버스표를 바라봤다. 이제는 빼도 박도 못한다.

다음 날, 엄마와 나란히 심호흡을 하며 비장의 각오를 다진 뒤 2층 버스에 오른다. 우리 여행 역사상 가장 긴 버스 여정이 시작된다. 버스에 오르자마자 눈을 부릅뜨고 창밖을 응시한다. 그래도 이 비극에서 그나마 희망적인 건 버스가 '루타 40(RUTA 40)'을 달린다는 사실이다. 아르헨티나의 40번 국도인데, 신이 실수로 온갖 자연을 다 쏟고 말았다는 남미 최고의 자연 파타고니아 지역을 관통하는 도로다. 아르헨티나는 물론 남미에서 가장 아름다운 풍경이 이어지는 길이다. 나는 보통 장시간의 버스 이동이 시작되면 죽은 듯이 자는데 오늘만큼은 자는 게 너무 아깝다는 생각이 든다. 비싼 버스를 타고 잠만 자는 게 아까운 건지, 루타 40의 절경을 놓치는 게 아쉬운 건지는 잘 모르겠다.

"오, 엄마! 창밖 좀 봐봐."

부디 32시간 뒤에 깨워달라던 엄마를 1시간 만에 깨운다. 소문대로 루타 40의 풍경은 수준급이다. 호수는 물론 숲과 설산, 기암괴석과 푸른 산맥이 동시다발적으로 눈에 들어온다. 이렇게 다채로운 풍경이 쉬지 않고 펼쳐지는 길은 처음이다. 그 모습이 워낙 훌륭해 '비싼 버스비는 그냥 투어비라 생각하자.'고 생각해본다. 하지만 그런 마음가짐을 갖는 것도 딱 2, 3시간뿐이다. 루타 40에 씌었던 콩깍지가 벗겨지자 슬슬 육체적인 고통이 기어 올라오기 시작한다. 바람을 쐬며 기지개라도 켜고 싶은데 버스가 쉬어 갈 생각을 않는다.

버스가 출발한 지 6시간 만에 작은 휴게소 겸 주유소에 정차한다. 엄마는 벌써부터 실신 모드다. 엄마는 지난 여행에 비해 모든 것이 업그레이

드되었지만 유일하게 두 가지, 장거리 이동과 오르막길에는 두 손 두 발 다 들었다. 그런 엄마를 부축해 잠시 버스를 탈출한다.

"아이고, 죽겠다. 몇 시간쯤 왔니?"

"저기… 이제 6시간쯤 왔어."

엄마의 표정에서 허망함과 절망이 느껴진다. 하긴, 6시간을 달렸는데 아직 5분의 1도 안 왔다는 사실에 나도 억장이 무너지는 것 같다. 하다못해 우리나라처럼 제대로 된 휴게소라도 있으면 모를까 여긴 작은 편의점 하나가 전부다. 아, 고속도로 휴게소의 우동과 통감자, 핫바, 닭 꼬치가 사무치게 그립다. 휴게소에 들를 때마다 시끄럽게 울려 퍼지던 뽕짝 음악마저 그립다. 엄마와 콜라 한 캔씩 손에 쥐고 입맛을 다시며 다시 버스에 오른다. 그렇게 1시간이 지나자 창밖으로 어둠이 쏟아진다. 내 무릎 위로 발을 뻗은 채 기절한 엄마를 보며 나도 개구리가 겨울잠을 자듯 깊은 잠에 빠져든다.

얼마나 잤을까…. 따가운 햇볕에 눈을 뜬다. 해가 뜬 걸 보니 일단 하루는 버텼다. 희망에 가득 차 시계를 확인한다. 이런 젠장! 이제 겨우(?) 20시간이 지났다. 깊은 겨울잠을 자다 경칩쯤 되었거니 하고 일어났는데 아직 입춘도 안 온 것이다! 황망하기 그지없다. 절규하며 다시 잠을 청해보지만 다시 잠이 올 리가 있나? 퉁퉁 부은 눈으로 마지못해 창밖을 응시한다. 이 와중에 다시 시야에 들어온 루타 40의 풍경은 여전히 멋지다. 삭신은 사경을 헤매고 있는데, 시신경은 춤을 춘다. 불행인지 다행인지 엄마는 여전히 기절한 듯 자고 있다. 정말 기절한 건 아닐까 싶어 엄마 얼굴을 덮고 있는 모자를 살짝 들어 올린다. 다행히 엄마는 조그맣게 코까지 골며 자고 있다. 그러는 사이 버스는 '엘 찰튼'에 도착한다. 명산 '피츠로이'가 있는 도시로 수많은 트래커들의 열렬한 지지를 받는 곳이다. 버스 승객의 대부분이 이곳에서 내린다. 하지만 우리의 목적지는 산이 아닌 빙하다. 여행자들이 우르르 내리는 소리에 엄마가 깊은 잠에서 깨어나 희망에 찬 질문을 던진다.

"다 온 거야?"

"… 아직 3시간 남았어."

순간 엄마의 얼굴에 하루가 아닌 1년의 세월이 스며든다. 버스가 막판 스퍼트를 하는 동안 우리는 사점을 넘어선다. 그리고 드디어 긴긴 레이스의 결승선을 통과한다. 우리 앞에 고대하고 기대하던 '엘 칼라파테'라고 쓰인 간판이 나타난 것이다. 그토록 닿길 원했던 곳인데 다리가 후들거려 제대로 설 수가 없다. 우리는 서로를 부축하며 버스에서 내린다. 여전히 다리를 떨며 둘 다 터미널 바닥에 주저앉는다. 나는 아예 드러눕는다. 하늘이 노랗다. 그리고 그 노란 하늘에 엄마의 얼굴이 불쑥 나타난다.

"이제 장거리 버스는 쳐다보지도 않을 거야! 또다시 타자고 하면 엄마 바로 한국 가버린다!"

숨어 있는 보석,
페리토 모레노 빙하!

생고생하며 도착한 엘 칼라파테는 빙하밖에 볼 게 없는 작은 마을이다. 아니다. '빙하밖에'가 아니라 무려 '빙하까지' 볼 수 있는 마을이라고 말하는 게 맞겠다. 이 마을 근처에 있는 '로스 글라시아레스 국립공원'에는 50여 개의 빙하가 있다. 그중 우리가 방문할 '페리토 모레노 빙하'는 인간의 접근이 허락된 몇 안 되는 빙하 중 하나다. 말할 필요도 없이 당연히 유네스코 세계자연유산으로 지정되어 있다.

무거운 다리를 끌고 여행사부터 찾는다. 직원의 설명을 들어보니 보트를 타고 빙하 앞까지 다가가는 투어와 빙하 위를 직접 걸어보는 믿기지 않는 투어가 있다. 하지만 나는 단번에 전자를 고르기로 마음먹는다. 물론 너무도 빙하 위를 걸어보고 싶지만 1시간 투어에 1인당 15만 원이다. 15만 원짜리 버스를 타고 와서 15만 원짜리 투어를 하는 건 너무 출혈이 크다. 그런데 그때까지도 가만있던 엄마가 갑자기 빙하 위를 걷는 투어를 가리킨다. 아예 직원을 바라보며 검지와 중지로 걷는 시늉까지 한다.

"엄마, 뭐하는 거야? 그 투어 엄청 비싸. 그거 하면 우리 며칠은 굶어야 돼."

"아들, 굶어 죽더라도 여기까지 왔는데 빙하 위는 걸어봐야지!"

아, 뭐라 반박할 말이 없다. 나는 캡틴의 지시에 따라 눈 딱 감고 1시간 동안 빙하 위를 걷는 미니 트래킹 투어를 예약한다. 돈이 빠져나가고 있지만 마음은 설레고 있는 게 사실이다.

아침 일찍 엘 칼라파테를 출발한 투어 버스가 초록빛 호수와 설산을 끼고 있는 국립공원에 들어선다. 투어 참가자들은 벌써부터 흥분해 "뷰티풀!"을 연발하는데, 우리는 빙하를 보겠다는 일념이 너무 커서 공원 입구 풍경에 무덤덤하다. 솔직히 말해서 호수와 설산은 루타 40을 달리며 아주 질리도록 봤다. 그러다 불현듯 호수 위에 둥둥 떠 있는 작은 유빙이 시야에 들어온다. 우리를 비롯한 모두가 벌떡 일어나 창문에 바싹 붙어 떠가는 유빙에 환호한다. 아직 빙하의 몸뚱이를 본 것도 아닌데 버스 안은 그야말로 열광의 도가니다. 잠시 후 앞좌석에 앉아 있는 사람들이 머리를 감싸 쥐고 고래고래 소리를 지르기 시작한다. 그러자 모두가 우르르 앞으로 몰려간다. 거대한 빙하다! 진짜 빙하가 나타났다! 엄마가 내 팔을 꽉 잡다가 자신의 소매를 걷어 보인다. 엄마의 팔에 닭살이 돋아 있다. 나 역시 소름이 쫙 끼친다. 맙소사, 빙하라니! 내가 살면서 거대한 땅덩이 같은 빙하를 다 보게 되다니! 버스 안을 가득 메우던 비명 소리가 잦아드는 동시에 쉴 새 없이 터지는 카메라 셔터 소리가 귓가를 흔든다.

드디어 보트로 갈아타고 빙하 앞에 다다른다. 온몸에 소름이, 아니 전율이 몰아친다. 그리고 갑작스레 이건 너무 불공평하다는 생각이 든다. 멕시코에서 여행을 시작해 여기까지 오는 동안 압도적인 장면들을 얼마나 많이 마주했던가! 이제는 이 중남미 대륙 위에서 멋있다, 환상적이다, 라고 소리치는 것도 지친다. 어떻게 이토록 광활한 풍광은 죄다 이 대륙에 몰려 있는 것일까? 아무리 생각해도 이건 너무 불공평하다. 그렇게 많

은 곳을 다녔던 엄마도 옆에서 넋을 뺀 채 감동의 몸짓을 멈추지 않는다. 삶이 지독히 고단한 사람이 아닌 이상에야 지금 보이는 풍경 앞에선 흥분하지 않을 수 없을 것이다.

빙하까지 이어진 데크를 따라 걷다 보니 빙하 바로 앞에 미니 트래킹 투어를 위한 작은 베이스캠프가 차려져 있다. 본격적인 트래킹에 앞서 가이드의 브리핑이 시작된다.

"빙하의 길이는 약 15킬로미터쯤 되고 높이는 50미터가 넘습니다. 태양빛에 의해 빙하의 앞쪽은 매일 수 미터씩 녹아내리지만 빙하 안쪽에 있는 산골짜기에 1년에 300일 이상 눈이 내려 페리토 모레노 빙하는 사라

질 염려가 없지요."

빙하에 대한 설명에 이어 주의사항 전달까지 마치자 드디어 안전 요원이 우리를 빙하 위로 인도한다. 그 한 발짝이 어찌나 설레는지, 마치 첫사랑의 손을 잡는 기분이다. 이미 시야가 하얀 빙하로 꽉 찼는데 빙하 위에 올라섰다는 게 여전히 실감나지 않는다. 나는 엄마와 얼굴을 맞대고 "맙소사!" "세상에!" "대박!"을 연발하며 앞으로 나아간다. 조금 과장된 표현이겠지만 마치 달 위를 걷고 있는 느낌이다. 달이든 빙하든 내가 그 위를 걸어볼 수 있을 거라는 생각은 단 한 번도 해본 적이 없다. 앞서 걷는 독일 아가씨는 감격에 겨워 눈물까지 흘리고 있다. 단단하고 안전이 보장

된 지점만 걷기 때문에 위험하지는 않지만 만약의 사태를 대비해 한 명의 안전 요원이 앞장서서 빙하의 상태를 체크하고, 또 다른 안전 요원이 참가자 주변을 오가며 상황을 꼼꼼하게 체크한다.

"걷다가 목이 마르면 그냥 빙하에 흐르는 물을 마시면 됩니다."

안전 요원의 한마디에 모두가 주저앉아 빙하 틈으로 흐르는 물을 마신다. 목이 마르건 마르지 않건 상관이 없다. 언제 또 빙하 물을 마셔보겠는가. 그 어떤 생수보다 맑고 깨끗하고 청량하다는 안전 요원의 말에 일말의 의심도 생기지 않는다. 빙하 위를 부지런히 오가다가 경사가 없는 안전한 지대에 다다르니 사진을 찍을 수 있는 휴식 시간이 마련된다. 엄마가 카메라 앞에서 득의양양한 표정으로 만세를 부른다. 이젠 빙하까지 정복한 대한민국의 여장부가 호탕하게 웃으며 포즈를 취한다.

빙하 위를 걷는 것에 제법 적응이 될 때쯤 아찔한 장면이 펼쳐진다. 엄

청난 깊이의 빙하 협곡이 나타난 것이다. 그 끝이 보이지 않아 몇몇 참가자들은 협곡 앞에서 뒷걸음친다. 그 사이로 빠졌다간 빙하가 다 녹은 뒤에야 발견될 텐데 그게 수백 년이 걸릴지 수억 년이 걸릴지 누구도 알 수 없다. 놀랍게도 동굴처럼 안쪽으로 깊게 패인 곳도 있어 그곳에서 기념사진을 찍는다. 빙하 위를 걷는 것도 충분히 신기한데 그 위에 다양한 지형(아니, '빙형'이라고 해야 하나?)이 있다는 것도 신기하다.

정신을 쏙 빼고 빙하 위를 누비다 보니 1시간이 훌쩍 지나간다. 다시 베이스캠프가 있는 곳으로 내려가는데 어찌나 아쉬운지, 비싸서 망설였던 투어비를 한 번 더 내고, 다시 한 바퀴 더 돌 수 있냐고 묻고 싶을 정도다.

베이스캠프로 내려오자 작은 테이블 위에 위스키와 초콜릿이 준비되어 있다. 귀여운 축하 파티가 기다리고 있는 것이다. 안전 요원 한 명이 빙벽에서 얼음을 잔뜩 캐 와 각각의 잔에 채운다. 그러고는 그 위에 위스키

를 붓는다. 세상에, 빙하 얼음을 띄운 위스키다. 30년산 양주보다, 50년산 와인보다 훨씬 귀한, 오직 이곳에 와야만 맛볼 수 있는 빙하 위스키다. 모두가 "살룻(Salute, 건배)!"을 외치며 이 순간을 만끽한다. 술도 못하는 엄마가 독한 위스키를 꿀꺽꿀꺽 잘도 넘긴다.

"원준아, 오늘 정말 끝내준다! 엄마가 빙하 위를 걷고 빙하를 넣은 술을 마시고 있어! 오늘을 무슨 기념일로 지정해도 되겠다!"

엄마가 어린아이처럼 방방 뛰며 좋아한다. 그 모습을 보니 이제 한국으로 돌아갈 날도 얼마 남지 않았는데 돈 몇 푼 아끼자고 이 투어를 포기하려고 했던 게 엄청난 실수처럼 느껴진다. 첫사랑의 손을 놓는 아쉬움으로 빙하의 전경을 카메라에 담는다. 이 사진은 숙소에 도착하는 즉시 내 노트북의 바탕화면이 될 것이다. 이어 빙하 잔을 든 채 해맑게 웃고 있는 엄마의 모습도 한 장 담는다. 엄마가 나를 향해 다시 한 번 외친다.

"살룻!"

이렇게 또 우리 인생에 '평생 잊지 못할 하루'가 추가된다.

:

남미에서 가장 다양한 매력을 가진 도시를 딱 하나만 꼽으라면 단연 부에노스아이레스다. 원색의 향연이 이어지는 탱고의 발상지 '라 보카 지구'에서 열정적인 탱고 댄서들과 거리 예술가들을 만날 수 있고, 묘지 자체가 커다란 조각 박물관인 '레콜레타 묘지'에서 잠든 에비타를 만날 수 있다. 남미 문화와 예술의 중심지라 거리에 넘쳐나는 공연장과 극장에서 연극과 뮤지컬, 오페라도 즐길 수 있다. 영원한 축구 영웅 마라도나의 고향이기에 광적인 축구 문화도 체험할 수 있다. 우리는 여행 끝자락에 만난 이 도시에 빠져 일주일간이나 다른 곳을 생각하지 않았다. 그러는 동안 부에노스아이레스는 우리의 영혼과 감성을 살찌움과 동시에 우리의 진짜 살도 찌우게 했다. 널리 알려져 있듯 아르헨티나에서는 한우보다 뛰어난 양질의 소고기가 한 근에 만 원도 되지 않는다. 해서 우리는 멕시코 고기 골목을 지난 후 처음으로 매일 밤 소고기를 구워 먹었다.

:

이구아수 폭포는 아르헨티나와 브라질 국경에 있는 세상에서 가장 큰 폭포다. 아르헨티나 쪽에서는 폭포를 가까이에서 만날 수 있고 브라질 쪽에서는 폭포의 전체적인 모습을 즐길 수 있다. 때문에 이구아수 폭포의 진면목을 보고 싶다면 양쪽을 모두 둘러보는 게 정답이다. 세계 최대의 폭포답게 270여 개의 폭포가 쉼 없이 이어져 있다. 폭포가 내뿜는 위용이 감당할 수 없을 만큼 강력해 엄마는 폭포에 대해 '무섭다.'는 표현을 썼고, 나는 '폭력적이다.'라는 표현을 썼다. 그 정도로 사람을 주눅 들게 할 만큼 압도적인 풍광을 자랑한다. 이구아수 폭포의 압권은 이름조차 무시무시한 '악마의 목구멍'이라는 엄청난 너비의 폭포인데, 그 앞에 서면 마치 세상의 종말을 보는 것 같다. 두려움에 벌벌 떨면서도 우리는 결국 보트를 타고 폭포 속으로 들어가 온몸으로 물줄기를 받아냈다. 역시 우린 못 말리는 모자다!

남미 최남단, 세상끝에 서다!

아무리 생각해도 우리는 정말 못 말린다. 32시간짜리 장거리 버스를 타고 치를 떨던 게 며칠 전인데 다시 10시간 이상 소요되는 장거리 버스에 올랐다. 남미 최남단이자 지구 최남단에 위치한 도시, 말 그대로 세상의 끝인 '우수아이아'로 떠나기 위해서다. 실제로도 세계지도를 펼쳤을 때 가장 밑에 자리 잡고 있는 도시가 바로 우수아이아다.

이번 여정은 온전히 엄마의 숭고한 도전 정신이 반영된 결과다. 북미에서 남미로 넘어온 뒤 마추픽추를 찾아, 우유니 소금 사막을 찾아, 페리토 모레노 빙하를 찾아 끝없이 내려오다 보니 어느새 길고 긴 남미 대륙의 최남단 부근까지 다다랐다. 중남미 일주를 마쳐가는 시점, 우리는 이번 여행을 어떻게 끝내야 할지 계속해서 고민했다. 그리고 지도를 훑어보던 엄마가 여기까지 왔는데 중남미 대륙의 최남단은 찍어야 속이 시원하지 않겠냐며 우수아이아행 버스표를 예매했다. 여행에 대한 엄마의 열정은 여행 막판이 되어도 식을 줄을 몰랐다. 하지만 역시 지구 끝까지 가는 여정은 만만치 않았다. 일단 우수아이아가 거대한 섬에 있는 도시라 바다를 건너야 했다. 칠레의 땅끝 마을인 '푼타 아레나스'에서 출발한 버스가 마젤란 해협 앞에서 멈춰 섰고, 곧 대형 수송선에 실린 채 바다를 건너 아르헨티나 국경을 넘었다. 그리고 다시 한참을 더 달렸다. 그렇게 도합 11시간이 소요된 끝에 마침내 우리는 우수아이아에 도착할 수 있었다.

'Fin Del Mundo(세상의 끝)'라고 적힌 간판이 바다 앞에 우뚝 솟아 있다. 버스에서 내릴 때는 덤덤했는데 '세상의 끝'라는 간판이 보이자 가슴에 잔잔한 감동이 일렁인다. 우리는 결국 지구 한 바퀴를 돌아 세상 끝에 닿았다. 온몸이 파르르 떨린다.

"엄마, 수고 많았어. 정말 감동이다."

"아들이 더 고생했지. 우리 결국 여기까지 왔네."

엄마를 꽉 끌어안는다. 감격적인 순간임과 동시에 역사적인 순간이다. 6개월 전 중미에서도 가장 북쪽에 있는 나라, 멕시코에서 여행을 시작해 육로 국경이 없어 불가피하게 비행기를 탔던 파나마-콜롬비아 구간을 제외하고는 오로지 육로로만 중남미 대륙을 종단하는 기염을 토해낸 것이다. 이번에 우리가 이동한 거리만 해도 직선 거리로 1만 3000킬로미터에 다다른다. 지구 둘레의 3분의 1에 해당하는 거리다. 국내 일주도 버거워 보이는, 이제는 둘이 합쳐 96세인 모자가 '유라시아 대륙 횡단'에 이어 '중남미 대륙 종단'에 성공했다. 자화자찬이지만 이건 정말 엄청난 사건이다. 서른 넘은 아들과 예순 넘은 엄마의 조합으로는 아마도 세계 최초

가 아닐까 싶다. 인천에서 중국 칭다오로 건너가던 날, 유라시아 대륙의 서쪽 끝 호카곶에 도착하던 날, 다시 시작된 여행의 시작점 멕시코로 향하던 날, 그리고 지구 최남단 우수아이아에 도착한 오늘까지… 굵직굵직했던 감격의 순간이 머릿속을 빠르게 스쳐 지나간다. 숙소에 도착한 우리는 온전히 '우리만을 위한' 조촐한 파티를 연다.

"엄마, 지구 한 바퀴를 돌았는데, 이제 또 어디 갈 데가 있을까?"

가만히 고민하던 엄마가 "음… 남극?"이라고 답한다.

"남극은 아무나 못 가. 가게 되더라도 혹독한 훈련을 받아야 될 거야."

엄마가 "그렇겠지….."라고 말한다. 사실 이곳은 남극과 가장 가까운 도시다. 바닷길을 따라 불과 1000킬로미터만 가면 남극이다. 서울-부산 왕복 거리밖에 안 되는 것이다. 앞으로 살면서 남극에 이보다 더 가까이 올 일은 없기에 충분히 생각해볼 수 있는 일이다. 하지만 앞서 얘기했듯 남극은 아무나 갈 수 있는 곳이 아니다. 그래도 혹시나 하는 마음으로 남극으로의 여행이 가능한지 알아본다. 역시나 쉽지 않다. 갈 수 없는 이유가 세 가지나 된다. 먼저 남극 적응을 위한 훈련을 받아야 한다. 그리고 1인당 1500만 원 정도의 금액이 들어간다. 그리고 결정적으로 당분간 남극으로 가는 배의 인원이 꽉 찼단다. 내가 남극에 대해 알아볼 때부터 눈을 반짝이던 엄마가 아쉬움을 감추지 못한다. 대한민국의 엄마가 세일 때 삼겹살을 못 사서 아쉬움에 빠진 게 아니라 남극에 못 가서 아쉬움에 빠지다니. 역시 우리 엄마는 무엇을 상상하든 그 이상의 이상이다. 잠시 침묵을 지키던 엄마가 곧 아주 멋진 차선책을 제안한다.

"그럼 배 타고 조금 더 남쪽으로 내려가서 펭귄을 보는 건 어때?"

이건 충분히 가능한 얘기다. 우수아이아에서 배로 3시간 떨어진 곳에 펭귄이 집단으로 서식하는 섬이 있고, 그 섬까지 가는 배가 매일 출항한다. 어쨌거나 단 3시간 거리라도 더 남극 쪽으로 내려가는 것이니 엄마의 소원에 조금 더 가까워지는 거다.

다음 날. 우리는 펭귄이 서식하는 '마르티요 섬'으로 가는 배에 오른다. 남극에 조금이나마 더 가까이 가고 싶어 하는 모험심 가득한 여행자들을 실은 배가 비글 해협을 가른다. 가는 동안 가마우지로 뒤덮인 섬과 바다사자들이 꿈틀대는 섬도 지난다. 하지만 엄마의 표정에 변화가 없다. 엄마는 남극에서나 볼 수 있는 펭귄을 보길 원한다. 한동안 망망대해를 가르는 지루한 항해가 이어지고, 어느 순간 저 멀리 보이는 작은 섬에 움직이는 까만 점들이 포착된다. 거리가 너무 멀어 가마우지인지 펭귄인지 분간할 수가 없다. 카메라의 렌즈를 줌렌즈로 갈아 끼운 뒤 최대로 줌을 당겨본다. 헉! 말문이 막힌다. 펭귄이다! 뒤뚱거리며 걷는 진짜 펭귄! 엄마에게 먼저 이 사실을 속삭인 뒤, 사람들 들으라는 듯 크게 외친다.

"와우! 펭귄이다!"

나의 외침에 모든 승객들이 갑판으로 뛰어나온다. 이내 승객들의 비명이 폭발한다. 믿을 수 없지만 정말 펭귄이다. 남극 근처까지 내려와 엄마와 펭귄을 보고 있다. 동물원의 펭귄이 아닌 남극 근처에 서식하는 야생 펭귄이다. 열 마리, 스무 마리가 아니다. 수백, 수천 마리의 펭귄이 작은 섬을 검게 뒤덮고 있다. 마치 우리의 중남미 종단을 축하해주기라도 하는 듯 수많은 펭귄들이 우리를 마중 나왔다. 목이 메일 만큼 감동적이다. 우리의 여행을 마무리하기에 이보다 더 완벽한 장면은 없을 것 같다. 엄마도 이젠 남극에 가지 않아도 여한이 없다는 듯, 감동에 취해 비틀거리고 있다. 이번 여행은 정말 불가능할 것 같았던 일들의 연속이다. 이번 주에만 빙하를 걷고 펭귄을 보았다. 귀여운 펭귄에 넋을 빼다 엄마를 바라본

다. 한동안 말없이 펭귄을 바라보던 엄마가 차분하게 입을 뗀다.

"원준아. 이쯤이면 된 것 같다. …. 그래, 이 정도면 충분해…."

작은 배낭 하나씩 둘러메고 함께 여행한 지 총 500여 일. 그간 여행에 푹 빠져 한국에 가겠다는 얘기를 단 한 번도 꺼내지 않았던 엄마가 이쯤이면 된 것 같다고 말하고 있다. 거침없이 세상을 누비며 끝없이 여행을 이어갈 것 같던 엄마가 이 정도면 충분하다며 고개를 끄덕이고 있다.

돌아서는 배 위로 붉은 석양이 쏟아진다. 우리의 여행도 그 안에서 아름답게 저물고 있다.

엄마의 여행 노트 #13

문득 뒤를 돌아보며 내가 어느 곳에 서 있는지를 고민할 때가 바로 여행을 할 때다. 이 여행이 나를 자꾸만 뒤돌아보게 만든다.

:

파라과이의 수도 '아순시온'은 사실 우리가 여행한 남미 도시 중에서 가장 심심한 도시였다. 하지만 이 도시가 우리에게 큰 의미로 남은 이유는 바로 KBS 다큐멘터리 촬영 팀이 우리의 여행을 카메라에 담고자 한국에서 날아왔기 때문이다. 남미 여행 종료를 열흘 앞둔 시점이었다. 우리를 찾아온 촬영 팀은 우리와 동행하며 남은 여정을 생생하게 기록했고, 지금까지 이어진 여행에 대한 인터뷰를 진행했다. 덕분에 이번 중남미 여행을 완벽히 정리하는 시간을 가질 수 있었다. 인터뷰 중 가장 기억에 남는 엄마의 말.
"오늘이 다르고 내일이 다르고, 모레는 더 다르고. 그래서 여행이 참 좋은 것 같다."

엄마를 여행한 시간, 525일

우리는 우수아이아를 떠나 조금 더 여행을 이어가다 종착역인 브라질 '리우 데 자네이루'에 도착해 여행을 마무리했다. 지난 유라시아 여행 당시에도 예고 없이 여행이 늘어났던 것처럼 이번 중남미 여행 역시 부지불식간에 조금씩 연장되었다. 그게 여행이다. 하면 할수록 빠져드는 중독성 강한 삶의 축제. 엄마는 끝이 없을 것 같던 그 축제를 온몸으로 즐겼고, 단 한 번도 앞으로 나아가는 걸 주저하지 않았다. 그렇게 한 발자국씩 함께 나아가다 보니 우리는 지구 한 바퀴를 돌았다. 70개 국 200여 개 도시를 누비며 공유할 수 있는 추억을 차곡차곡 쌓았다.

나는 처음부터 엄마와 세계여행을 할 생각은 아니었다. 정말이다. 단순히 엄마가 행복했으면 했고, 외할머니와 아버지가 돌아가신 후 보기 힘들었던 엄마의 웃음을 다시 되찾고 싶었다. 내가 여행을 통해 수많은 고민을 떨쳐냈던 것처럼 엄마도 여행을 통해 아픔을 씻어내기를 바랐다. 그래서 엄마와의 여행을 마음먹었다. 엄마가 더도 말고 덜도 말고, 딱 한 달만 여행하며 환하게 웃었으면 했다. 그렇게 절박한 심정으로 엄마의 손을 잡고 집을 뛰쳐나와 길 위에 섰다.

놀랍게도 엄마는 길 위에서 빠르게 상처를 지워나갔다. 하루에 세 번

만 웃으면 좋겠다고 생각했는데 엄마는 길 위에서 웃음을 멈추지 않았다. 여행자들과 거리낌 없이 부대끼고 노래하고 춤을 추었다. 늘 설레하고 감동하고 기뻐했다. 한 달도 채우지 못할 것 같던 여행은 오로지 엄마의 의지만으로 조금씩 늘어났다. 그렇게 이어진 여행이 세 달이 되고, 여섯 달이 되고, 열 달이 되어 유라시아 대륙을 횡단했다. 그리고 다시 일곱 달 동안 중남미를 훑었다.

엄마와 지구 한 바퀴를 도는 데 525일이 걸렸다. 그 긴 시간 동안 단 하루도 엄마가 웃지 않은 날이 없다. 여행을 떠나기 전 나의 소박했던 바람은 차고 넘치게 이뤄졌다.

엄마가 세계를 여행하는 동안 나는 엄마를 여행했다. 풍경을 여행하는 것도, 시간을 여행하는 것도 모두 믿을 수 없을 만큼 행복했지만 엄마를 여행하는 것이 내겐 최고의 여행이었다. 여행을 함께하지 않았다면 평생 모르고 살았을 엄마의 삶을 탐험했다. 엄마가 들려주는 옛날이야기를 들으며 엄마의 어린 시절을 들여다봤고, 엄마의 삶에서 가장 찬란했던 순간들을 함께 추억했다. 때로는 여행하는 것보다 엄마와 교감하는 시간이 더 재미있고 흥분되었다. 멋진 풍경을 보는 것보다 활짝 웃는 엄마의 얼굴을 보는 게 더 좋았고, 아름다운 자연의 소리를 듣는 것보다 엄마의 박수 소리를 듣는 게 더 좋았다. 그렇게 나는 내가 미처 몰랐던 엄마를 차근차근 여행했다. 그 사실만으로도 내게는 충분히 의미 있는 여행이었다.

앞으로는 엄마와 이렇게 긴 여행을 하는 게 어려울지도 모른다. 하지만 우리의 여행이 완전히 끝난 것은 아니다. 지구 한 바퀴를 도는 동안 엄마와 쌓아올린 많은 생각들, 한 순간도 잊기 힘든 즐거운 추억들, 쉴 새 없이 나눴던 아름다웠던 대화들. 이 모든 것을 엄마와 평생 공유할 테니 말이다. 그것들을 하나씩 꺼내보는 순간, 우리는 다시 여행 속으로 빨려

Columbia

들어갈 것이다. 글 속의 여행은 이렇게 끝이 나지만 엄마를 마주하는 순간마다 새로운 여행이 시작될 것이다. 엄마와 함께한 나의 기록은 여기까지다.

엄마의 여행 노트 #14

나는 어제의 삶을, 오늘의 삶을, 그리고 내일의 삶을 사랑한다!

책 속 부록

독자에게 보내는 편지 by 동익
300일간의 유라시아 여행 루트
200일간의 중남미 여행 루트
500일간의 발걸음
아들은 풍경 찍고, 엄마는 아들 찍고!

세상이라는 이름의 집 한 채

나는 예순이 되어서야 긴 여행에 나섰다. 그리고 누구의 딸, 아내, 엄마가 아니라 '나'라는 사람, '나의 인생'에 대해 곱씹어보았다. 나는 여행을 시작한 후 온전히 나만 생각해도 괜찮았던 꿈 많던 소녀 시절로 돌아갈 수 있었다. 맞다. 나는 참으로 운이 좋은 사람이다. 나를 끔찍이도 아껴주는 두 아이의 배려로 가능한 일이었다.

많은 이들이 내게 물었다. 오랜 시간 길 위에 있는 게 힘들지 않느냐고. 왜 힘들지 않았겠는가. 하지만 태어나 처음으로 내일이 궁금해 밤잠을 설치던 행복에 비하면 그깟 고단함은 밥알에 씹히는 작은 모래알이었다.

중국 청도에서 브라질 리우데자네이루까지, 근 500일을 생각지도 않던 곳에 집을 짓고 살았다. 말 그대로 세상이라는 이름의 집 한 채가 내게 주어진 것이다. 소중한 이를 멀리 보낸 후 차갑게 식었던 가슴이 길 위의 집에서 천천히 제 체온을 되찾았고, 종래에는 뜨겁게 뛰기 시작했다.

처음 먹어보는 음식과, 처음 바라보는 길들과, 처음 느껴보는 감정 앞에서 나의 몸과 마음은 활짝 열렸다. 팔자가 좋아서, 혹은 자식을 잘 두어서 그리 오래 여행한 거겠지, 라고 말하는 이들의 마음도 이해한다. 하지만 꼭 말하고 싶다. 단 하루라도 좋으니 당신만의 여행을 해보라고. 세상 그 누구보다 내가 당신을 응원한다고.

나의 여행은 많은 분들의 사랑이 없었다면 있을 수 없는 일이었다. 때문에 그 모든 분들께 진심을 다해 고맙다는 말을 건넨다.

CANCÚN
AirPanama
GRANADA

300일간의 유라시아 여행 루트

___15 모로코
___16 터키
___17 불가리아
___18 루마니아
___19 세르비아
___20 코소보
___21 마케도니아
___22 알바니아
___23 몬테네그로
___24 보스니아헤르체고비나
___25 크로아티아
___26 슬로베니아
___27 헝가리
___28 슬로바키아
___29 오스트리아
___30 체코
___31 폴란드
___32 리투아니아
___33 라트비아
___34 에스토니아
___35 핀란드
___36 스웨덴
___37 노르웨이
___38 덴마크
___39 독일
___40 네덜란드
___41 스위스
___42 벨기에
___43 이탈리아
___44 바티칸
___45 모나코
___46 안도라
___47 스페인
___48 포르투갈
___49 프랑스
___50 영국

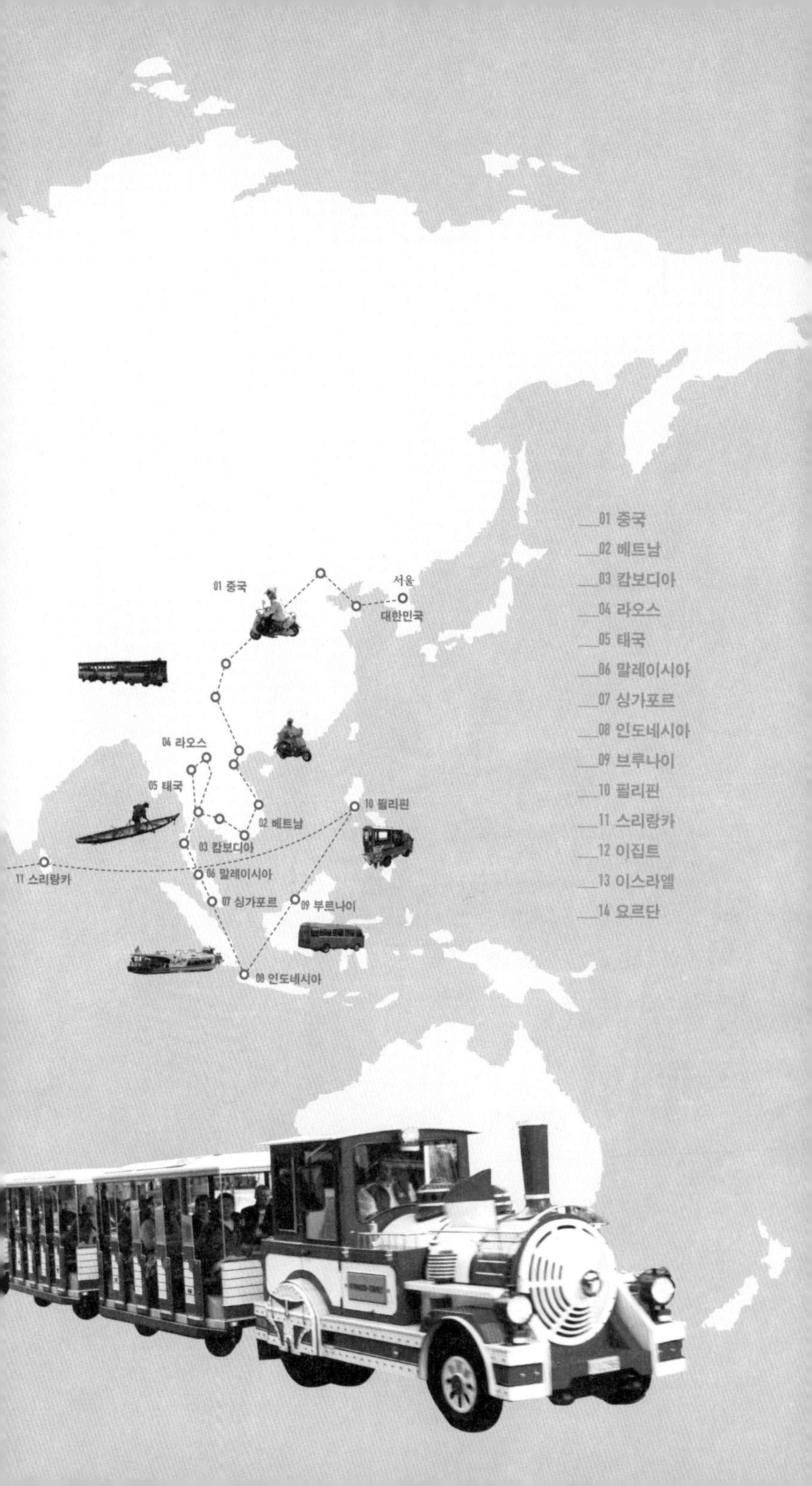
01 중국
서울
대한민국
04 라오스
05 태국
10 필리핀
02 베트남
03 캄보디아
11 스리랑카
06 말레이시아
07 싱가포르
09 부르나이
08 인도네시아
01 중국
02 베트남
03 캄보디아
04 라오스
05 태국
06 말레이시아
07 싱가포르
08 인도네시아
09 브루나이
10 필리핀
11 스리랑카
12 이집트
13 이스라엘
14 요르단

200일간의 중남미 여행 루트

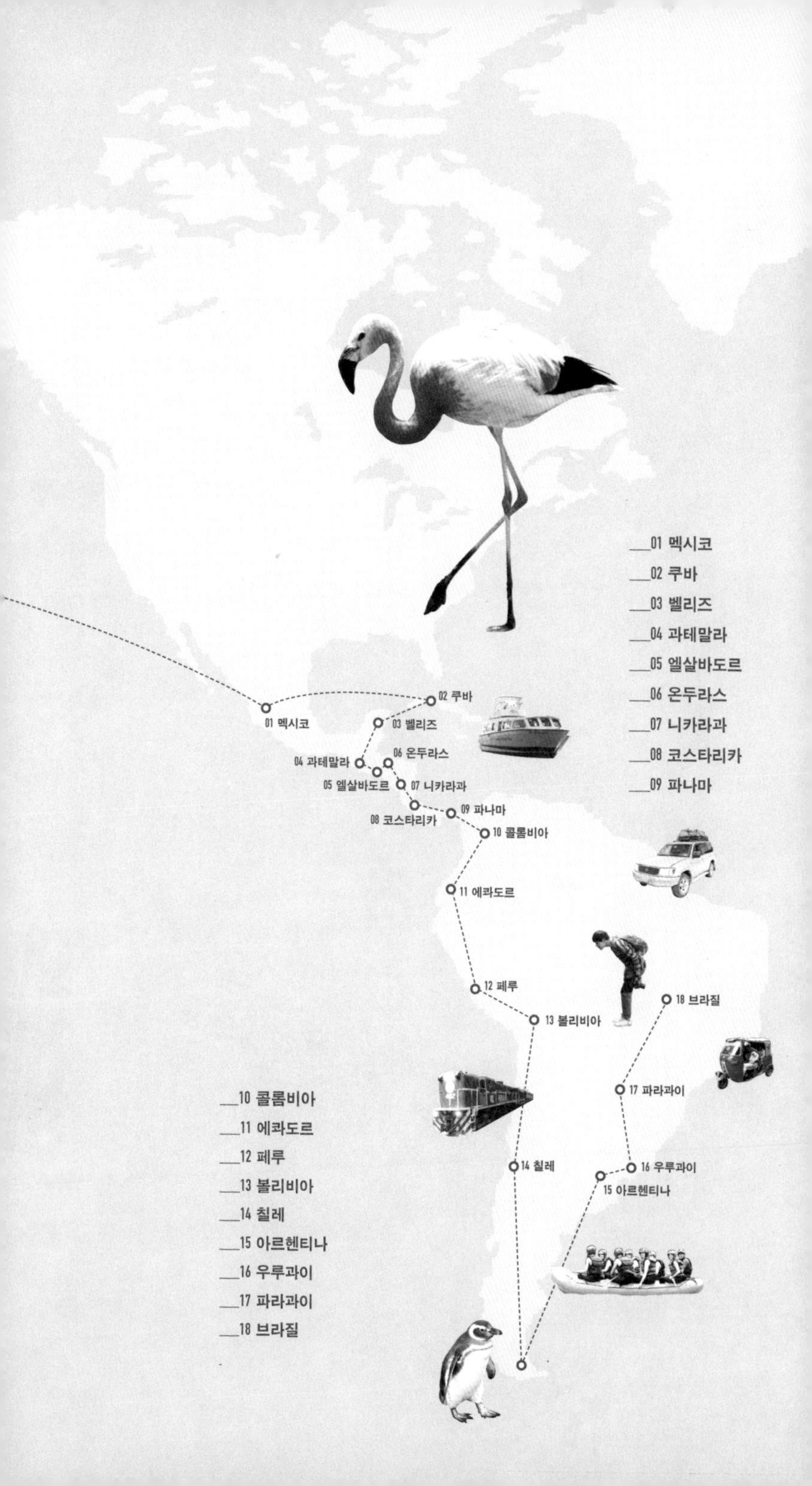

__01 멕시코
__02 쿠바
__03 벨리즈
__04 과테말라
__05 엘살바도르
__06 온두라스
__07 니카라과
__08 코스타리카
__09 파나마

__10 콜롬비아
__11 에콰도르
__12 페루
__13 볼리비아
__14 칠레
__15 아르헨티나
__16 우루과이
__17 파라과이
__18 브라질

500일간의 발걸음(총 이동 거리와 수단, 시간 정리)

1. 칭다오 — 베이징
767Km — 기차 — 14시간
2. 베이징 — 뤄양
768Km — 기차 — 12시간
3. 뤄양 — 시안
337Km — 기차 — 5시간
4. 시안 — 청두
755Km — 기차 — 16시간
5. 청두 — 리장
885Km — 버스 — 23시간
6. 리장 — 따리
200Km — 기차 — 2시간 30분
7. 따리 — 쿤밍
306Km — 기차 — 8시간
8. 쿤밍 — 허커우
409Km — 버스 — 8시간
9. 허커우 — 싸파
63Km — 버스 — 2시간
10. 싸파 — 하노이
365Km — 버스 — 11시간
11. 하노이 — 훼
763Km — 기차 — 13시간
12. 훼 — 나짱
772Km — 기차 — 15시간
13. 나짱 — 호치민
524Km — 기차 — 10시간
14. 호치민 — 프놈펜
400Km — 보트 — 10시간

15. 프놈펜 — 씨엠립
321Km — 버스 — 6시간
16. 씨엠립 — 방콕
431Km — 버스 — 7시간
17. 방콕 — 비엔티안
731Km — 버스 — 10시간
18. 비엔티안 — 방비엥
161Km — 버스 — 5시간
19. 방비엥 — 루앙프라방
184m — 버스 — 6시간
20. 루앙프라방 — 치앙마이
782Km — 버스 — 18시간
21. 치앙마이 — 빠이
149Km — 버스 — 3시간 30분
22. 빠이 — 방콕
832Km — 버스 — 14시간 30분
23. 방콕 — 푸켓
887Km — 버스 — 20시간
24. 푸켓 — 페낭
656Km — 버스 — 10시간
25. 페낭 — 쿠알라룸푸르
352Km — 버스 — 4시간 30분
26. 쿠알라룸푸르 — 싱가포르
350Km — 버스 — 4시간 30분
27. 싱가포르 — 자카르타
950Km — 비행기 — 2시간
28. 자카르타 — 코타키나발루
1800Km — 비행기 — 2시간 30분

29 코타키나발루(왕복) — 반다르스리브가완
340Km — 보트 — 14시간

30 코타키나발루 — 클락
1200Km — 비행기 — 2시간

31 클락(왕복) — 마닐라
200Km — 버스 — 5시간

32 클락 — 쿠알라룸푸르
2500Km — 비행기 — 4시간

33 쿠알라룸푸르 — 콜롬보
2500Km — 비행기 — 3시간

34 콜롬보 — 캔디
137Km — 기차 — 3시간

35 캔디— 시기리야 — 담불라 — 네곰보
250Km — 버스 — 10시간

36 네곰보— 샤르자 — 알렉산드리아
5900Km — 비행기(2회) — 5시간 30분

37 알렉산드리아 — 시와
600Km — 버스 — 8시간

38 시와 — 카이로
750Km — 버스 — 10시간

39 카이로 — 다합
550Km — 버스 — 9시간

40 다합 — 예루살렘
500Km — 버스 — 7시간

41 예루살렘 — 페트라
400Km — 버스 — 6시간

42 페트라 — 다합
300Km — 버스 — 6시간

43 다합 — 카이로
550Km — 버스 — 9시간

44 카이로 — 알렉산드리아
224Km — 버스 — 4시간

45 알렉산드리아 — 카사블랑카
3520Km — 비행기 — 5시간

46 카사블랑카(왕복) — 라바트
180Km — 버스 — 2시간 30분

47 카사블랑카 — 마라케시
280Km — 버스 — 4시간

48 마라케시 — 페스
553Km — 버스 — 9시간

49 페스 — 쉐프샤우엔
200Km — 버스 — 4시간

50 쉐프샤우엔(타투안 경유) — 탕헤르
130Km — 버스 — 3시간 30분

51 탕헤르 — 카사블랑카
341Km — 기차 — 6시간

52 카사블랑카 — 이스탄불
3324Km — 비행기 — 4시간 30분

53 이스탄불 — 사프란볼루
410Km — 버스 — 5시간

54 사프란볼루 — 앙카라
229Km — 버스 — 2시간 30분

55 앙카라 — 카파도키아
314Km — 버스 — 4시간

56 카파도키아 — 데니즐리
744Km — 버스 — 10시간

57 데니즐리 — 셀축
238Km — 버스 — 3시간

58 셀축 — 이즈미르
82Km — 버스 — 1시간

59 이즈미르 — 이스탄불
484Km — 버스 — 9시간

60 이스탄불 — 소피아
720Km — 기차 — 12시간

61 소피아 (왕복) — 플로브디브
300Km — 버스 — 4시간

62 소피아 — 부쿠레슈티
381Km — 버스 — 6시간 30분

63 부쿠레슈티 — 티미쇼아라(브르사치)
626Km — 기차 — 8시간

64 브르사치 — 베오그라드
87Km — 버스 — 2시간

65 베오그라드 — 프리슈티나
519Km — 버스 — 7시간

66 프리슈티나 — 스코페
95Km — 버스 — 2시간 30분

67 스코페 — 오흐리드
198Km — 버스 — 3시간

68 오흐리드 — 티라나
137Km — 버스 — 7시간

69 티라나(왕복) — 베라트
244Km — 버스 — 5시간

70 티라나 — 포드고리차
207Km — 버스 — 7시간

71 포드고리차 — 부드바
70Km — 버스 — 1시간

72 부드바 — 코토르
23Km — 버스 — 30분

73 코토르 — 두브로브니크
127Km — 버스 — 3시간

74 두브로브니크 — 모스타르
146Km — 버스 — 3시간

75 모스타르 — 사라예보
129Km — 버스 — 3시간

76 사라예보 — 자그레브
446Km — 버스 — 9시간

77 자그레브(왕복) — 플리트비체
350Km — 버스 — 5시간

78 자그레브(왕복) — 루블라냐
280Km — 기차 — 5시간

79 자그레브 — 부다페스트
426Km — 기차 — 7시간

80 부다페스트 — 브라티슬라바
204Km — 기차 — 3시간

81 브라티슬라바 — 비엔나
55Km — 기차 — 1시간

82 비엔나 — 프라하
308Km — 버스 — 4시간 30분

83 프라하(왕복) — 체스키크룸로프
350Km — 버스 — 6시간

84 프라하 — 크라쿠프
542Km — 버스 — 10시간

98 암스테르담 — 취리히
818Km — 버스 — 10시간

97 암스테르담(왕복) — 잔세스칸스
100Km — 버스 — 1시간

96 베를린 — 암스테르담
746Km — 버스 — 8시간

95 베를린(왕복) — 포츠담
70Km — 버스 — 1시간

94 코펜하겐 — 베를린
562Km — 버스 — 8시간

93 오슬로 — 코펜하겐
727Km — 버스 — 9시간 30분

92 스톡홀름 — 오슬로
538Km — 버스 — 8시간

91 헬싱키 — 스톡홀름
486Km — 페리 — 18시간

90 탈린 — 헬싱키
82Km — 페리 — 1시간 30분

89 리가 — 탈린
309Km — 버스 — 5시간

88 빌뉴스 — 리가
310Km — 버스 — 4시간

87 바르샤바 — 빌뉴스
506Km — 버스 — 9시간 30분

86 크라쿠프 — 바르샤바
311Km — 버스 — 5시간

85 크라쿠프(왕복) — 오슈비엥침
180Km — 버스 — 3시간

99 취리히 — 브뤼셀
656Km — 버스 — 7시간

100 브뤼셀 — 로마
1586Km — 버스 — 22시간

101 로마 — 니스
694Km — 버스 — 9시간

102 니스(왕복) — 모나코
40Km — 버스 — 1시간 30분

103 니스 — 바르셀로나
662Km — 버스 — 8시간

104 바르셀로나(왕복) — 안도라
400Km — 버스 — 6시간

105 바르셀로나 — 마드리드
624Km — 버스 — 8시간

106 마드리드 — 리스본
626Km — 버스 — 8시간

107 리스본(왕복) — 신트라
100Km — 기차 — 2시간

108 리스본 — 마드리드
629Km — 버스 — 8시간

109 마드리드 — 파리
1270Km — 버스 — 15시간

110 파리 — 런던
470Km — 버스 — 7시간

9번의 비행, 4번의 항해,

18번의 기차와 80번의 버스 이동

64302km

759시간 30분

500일간의 발걸음(총 이동 거리와 수단, 시간 정리)

1. 멕시코시티(왕복) — 떼오띠우아깐
112Km — 버스 — 3시간
2. 멕시코시티 — 오아하카
463Km — 버스 — 6시간
3. 오아하카 — 산 크리스토발 데 라스 까사스
600Km — 버스 — 8시간 30분
4. 산 크리스토발 데 라스 까사스 — 빨렌께
219Km — 버스 — 4시간 30분
5. 빨렌께 — 메리다
537Km — 버스 — 6시간 30분
6. 메리다 — 치첸 잇사
122Km — 버스 — 1시간 30분
7. 치첸 잇사 — 깐꾼
246Km — 버스 — 3시간
8. 깐꾼(왕복) — 이슬라 무헤레스
40Km — 보트 — 2시간
9. 깐꾼 — 아바나
550Km — 비행기 — 1시간 30분
10. 아바나(왕복) — 트리니다드
630Km — 버스 — 8시간
11. 아바나 — 깐꾼
550Km — 비행기 — 1시간 30분
12. 깐꾼 — 플라야 델 카르멘
75Km — 버스 — 1시간
13. 플라야 델 카르멘 — 툴룸
65Km — 버스 — 1시간
14. 툴룸 — 체투말
254Km — 버스 — 3시간
15. 체투말 — 벨리즈시티
156Km — 버스 — 2시간 30분
16. 벨리즈시티(왕복) — 키코커
80Km — 보트 — 2시간 30분
17. 벨리즈시티 — 플로레스
220Km — 버스 — 5시간
18. 플로레스(왕복) — 티칼
130Km — 버스 — 2시간
19. 플로레스 — 랑퀸
400m — 버스 — 7시간
20. 랑퀸 — 세묵참페이
30Km — 버스 — 3시간
21. 세묵참페이 — 과테말라시티
290Km — 버스 — 8시간
22. 과테말라시티 — 파나하첼
150Km — 버스 — 3시간 30분
23. 파나하첼(왕복) — 치치카스테낭고
100Km — 버스 — 3시간
24. 파나하첼 — 산페드로
15Km — 보트 — 1시간
25. 산페드로 — 안티구아
160Km — 버스 — 4시간
26. 안티구아 — 엘툰코
270Km — 버스 — 6시간
27. 엘툰코 — 산살바도르
40Km — 버스 — 1시간
28. 산살바도르 — 테구시갈파
329Km — 버스 — 6시간

29 테구시갈파 — 레온
305Km — 버스 — 6시간

30 레온 — 마사야
138Km — 버스 — 2시간

31 마사야 — 그라나다
20Km — 버스 — 1시간

32 그라나다 — 산타엘레나
380Km — 버스 — 7시간

33 산타엘레나 — 산호세
153Km — 버스 — 5시간

34 산호세 — 푸에르토 비에호
227Km — 버스 — 5시간

35 푸에르토 비에호 — 보카스 델 토로
90Km — 버스 — 2시간

36 보카스 델 토로 — 파나마시티
613Km — 버스 — 9시간

37 파나마시티 — 메데진
550Km — 비행기 — 1시간 30분

38 메데진(왕복) — 구아타페
170Km — 버스 — 4시간

39 메데진 — 보고타
521Km — 버스 — 10시간

40 보고타(왕복) — 씨빠끼라
90Km — 버스 — 3시간

41 보고타 — 칼리
548Km — 버스 — 12시간

42 칼리 — 포파얀
158Km — 버스 — 3시간 30분

43 포파얀 — 이피알레스
334Km — 버스 — 9시간

44 이피알레스 — 오타발로
160Km — 버스 — 3시간

45 오타발로 — 키토
95Km — 버스 — 2시간

46 키토 — 바뇨스
200Km — 버스 — 3시간 30분

47 바뇨스 — 과야킬
320Km — 버스 — 7시간

48 과야킬 — 산타크루즈섬(갈라파고스)
1200Km — 비행기 — 2시간

49 산타크루즈섬(갈라파고스) — 산크리스토발섬(갈라파고스)
100Km — 보트 — 2시간

50 산크리스토발섬(갈라파고스) — 과야킬
1200Km — 비행기 — 2시간

51 과야킬 — 리마
1508Km — 버스 — 28시간 30분

52 리마 — 와카치나
290Km — 버스 — 5시간

53 와카치나 — 아레키파
726Km — 버스 — 12시간

54 아레키파(왕복) — 콜카 캐니언
350Km — 버스 — 6시간

55 아레키파 — 쿠스코
492Km — 버스 — 10시간

56 쿠스코(왕복) — 아구아스깔리엔테스(마추픽추)
460Km — 버스 — 14시간

7번의 비행, 4번의 항해,

73번의 버스 이동, 33158km

497시간 30분

57 쿠스코 — 푸노
386Km — 버스 — 8시간

58 푸노 — 코파카바나
142Km — 버스 — 3시간

59 코파카바나 — 라파스
164Km — 버스 — 4시간

60 라파스 — 코차밤바
380Km — 버스 — 8시간

61 코차밤바 — 수크레
348Km — 버스 — 9시간

62 수크레 — 포토시
154Km — 버스 — 3시간

63 포토시 — 우유니
394Km — 버스 — 6시간

64 우유니 — 산 페드로 데 아타카마
856Km — 버스 — 15시간

65 산 페드로 데 아타카마 — 칼라마
101Km — 버스 — 1시간 30분

66 칼라마 — 산티아고
1534Km — 버스 — 23시간

67 산티아고 — 발파라이소
120Km — 버스 — 1시간 30분

68 발파라이소(왕복) — 비냐델마르
16Km — 버스 — 30분

69 발파라이소 — 푸콘
891Km — 버스 — 12시간

70 푸콘 — 푸에르토 몬트
338Km — 버스 — 6시간

71 푸에르토 몬트 — 바릴로체
320Km — 버스 — 6시간

72 바릴로체 — 엘 칼라파테
1425Km — 버스 — 32시간

73 엘 칼라파테 — 푸에르토 나탈레스
272Km — 버스 — 4시간 30분

74 푸에르토 나탈레스 — 푼타 아레나스
248Km — 버스 — 3시간

75 푼타 아레나스 — 우수아이아
618Km — 버스 — 10시간

76 우수아이아 — 부에노스 아이레스
2100Km — 비행기 — 3시간 30분

77 부에노스 아이레스(왕복) — 콜로니아
100Km — 버스 — 2시간

78 부에노스 아이레스 — 엔까르나시온
1355Km — 버스 — 16시간

79 엔까르나시온 — 아순시온
368Km — 버스 — 6시간

80 아순시온 — 푸에르토 이구아수
370Km — 버스 — 8시간

81 푸에르토 이구아수 — 포스 두 이구아수
20Km — 버스 — 1시간

82 포스 두 이구아수 — 라구나
1037Km — 버스 — 18시간

83 라구나 — 플로리아노폴리스
120Km — 버스 — 2시간

84 플로리아노폴리스 — 리우 데 자네이루
750Km — 비행기 — 2시간 30분

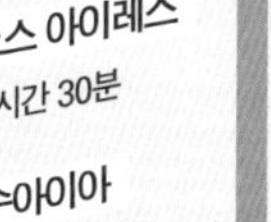

16번의 비행, 8번의 항해, 그리고 18번의 기차 이동과 무려 153번의 버스 이동. 이 네 가지 이동 수단은 지난 500여 일간 우리의 발이 되어주었다. 이동한 거리는 약 10만 킬로미터, 이동한 시간은 1270시간이나 된다. 지구 둘레의 두 바퀴 반에 해당하는 거리를 꼬박 53일간 이동했다는 이야기다. (한국에서, 혹은 한국까지의 입출국 이동 거리와 시간은 제외했다.)

때로는 지루한 시간이 이어지기도 했지만 그 덕에 지구가 숨겨놓은 곳을 구석구석 누빌 수 있었다. 긴 여행 중엔 이동하는 시간, 그 자체가 하나의 새로운 여행이 된다. 그렇기에 몸은 힘들어도 눈과 마음은 즐거웠다. 비행기를 타고 사하라 사막 위를 날던 순간도, 작은 보트에 몸을 맡긴 채 메콩 강을 가르던 순간도, 기차를 타고 중국의 어느 깊은 협곡을 통과하던 순간도, 버스에 웅크린 채 파타고니아 고원을 횡단하던 순간도 생생히 떠오른다.

이동 수단 중 가장 자주 사용했던 버스는 우리에게 작은 집이나 마찬가지였다. 그 좁은 두 칸의 좌석에서 우리는 먹고, 자고, 쉬고, 사람들과 소통했다. 그곳에서는 희로애락을 아우르는 별의별 사건이 끊임없이 일어났다. 마치 인생의 축소판처럼 말이다. 그 순간들을 떠올리면 헤죽헤죽 웃음이 새어 나온다. 머물러 있는 지금, 문득 그때가 그리워진다.

아들은 풍경 찍고, 엄마는 아들 찍고!

"엄마는 살면서 처음으로
내일이 막 궁금해져!"